愛ゆえの反ハルキスト宣言

平山瑞穂

皓星社

序にかえて――村上春樹と僕

　この本は、アンチの立場から書かれた村上春樹論である。類書が世の中にどれだけ出まわっているかは（後述の理由により）僕の知るところではないが、どちらかというとめずらしい存在なのではないかと思っている。

　村上春樹といえば、今や新刊が出るや判で捺《お》したように書店に行列ができ、毎年のようにノーベル文学賞受賞への期待が語られる世界的な人気作家である。しかし僕がこの作家に対して抱く思いは、愛憎入り乱れるたいへん複雑なものとなっている。好きか嫌いかというのはとてもひとことでは言い尽くせないし、そうなった背景にはしかるべく入り組んだ経緯もある。

　そこで、本書執筆に臨《のぞ》んだ僕のスタンスを示すためにも、いささか私事にわたることは承知の上で、まずはこの作家に対する一読者としての僕自身の関わりや、その歴史的変遷について述べさせていただきたい。

　僕が村上春樹という作家を初めて知ったのは（１Ｑ８４年ならぬ）一九八四年の早春、当時まだデビューからわずか四、五年しか経ていない彼は、若手として注目を浴びる一人の駆け出しにすぎなかった。

　一方、僕は中学を卒業したばかりで、教科書以外の本など数えるほどしか読んだことがなく、文学のブの字も知らない少年だった。父親が日本文学専攻の大学教授、母親が大学生時代に芥川賞の候補になったこともあり、今なお手元に小説の類《たぐい》があれば読まずにはいられない「永遠の文学少女」、三つ歳上の姉も中学時代から熱心に文学作品を読みあさっていたという家庭環境に育っていながら、僕だけはそうした風潮になんとなく反発を感じて、読書という習慣からは意識して距離を置いているようなところがあったのだ。

そんな僕が彼の作品に初めて触れることになったきっかけは、今でも鮮明に記憶している。高校入学を控えた時期のある晩、両親のもとに来客があった。酒宴が催され、僕はそこそこの時間に二階の自室に引きあげさせられたが、すでに高校を卒業していた姉はその場に残ることを許された。階下から床越しに聞こえてくる話し声や笑い声は遅くまで絶えず、僕はなかなか寝つけずにいた。「大人の話」にまだ加われない年齢であることがもどかしくてならなかったのだ。

ある時点で眠ることをあきらめた僕は、無人の姉の部屋に足を踏み入れ、本棚に並ぶ文庫本を物色してみた。筒井康隆、阿刀田高、吉行淳之介、中沢けいなどの間に、村上龍の『限りなく透明に近いブルー』と村上春樹の『風の歌を聴け』が兄弟のように肩を並べていた。どちらの作家名も、姉と両親の会話の中にしばしば出てくるので聞き覚えがあった。両方手に取ってパラパラとめくってみたところ、『風の歌を聴け』のほうが文字がみっちり詰まっておらず読みやすそうだったので、ひとまずそれを自室に持っていって読みはじめた。

あくまで眠気が訪れるまでの間、というつもりだった。というより、文章でも読んでいればおのずと眠くなるだろうと踏んでいたのだ。ところがひとたびページをめくりはじめるや、途中でやめることができなくなってしまった。それは僕がそれまでに読んだいかなる本とも違っていた。どこか謎めいた登場人物たち、その間で交わされるしゃれた会話、起承転結よりは語られない行間から滲《にじ》み出てくるものこそが意味を持っているのだと思わせる文章のスタイル。

そこには、僕が憧《あこが》れてやまない「大人の世界」のにおいがあった。ついさっきも、まだ年若いからということで入場を認めてもらえなかったその世界の放つ、馥郁《ふくいく》たる芳香が。

小説って、こんなにおもしろいものだったのか。どうして今まで、こんなにおもしろいものの存在にも気づかずに脇を素通りしていたのだろう——。

気がついたら窓の外はすっかり白《しら》み、姉もいつしか隣の部屋に引きあげてきていたようだった。勢いに任せて『風の歌を聴け』を最後まで読みきってしまった僕は、冷めやらぬ興奮を一人で持てあましていた。本を手にしたときよりもかえって眠気が遠ざかっていて、今すぐにでもだれかに感想を、この「大人の世界」が自分にもわかるのだということを伝えたくてうずうずしていた。しかし酒宴は、とうにお開きになっていた。僕は無理にでも気持ちを鎮《しず》めて、眠ろうと努めなければならなかった。

これを皮切りに、四十九歳になる現在に至るまで、僕は一日たりとも欠かさずになんらかの本を片端から読みつづけている。三十数年にわたって途切れることなく続いている読書習慣のトップバッターになったのが、期せずして村上春樹のデビュー作である『風の歌を聴け』だったのだ。

そしてそれは同時に、僕にとっての「文学への目覚め」でもあった。

この晩をきっかけに、高校入学とほぼ時を同じくして小説というものを意識的に読むことを始めた僕は、自分がいわゆる文学の素養《そよう》にあまりに乏しいことにすぐに気づき、最初の数年は古典を中心に「教養」を身につけることを優先して読むべき本を選んでいった。それこそスタンダールやドストエフスキー、カフカにヘッセにカミュ、サリンジャー、カポーティにフォークナー、国文学でも漱石や谷崎、三島や川端や太宰、新しいものでも大江健三郎といったラインナップである。文学史を華々しく彩《いろど》るそうした作品を追うのに汲々《きゅうきゅう》としていて、先鋭的な現代作家の作品にまではなかなか手が回らないのが実情だった。

しかし村上春樹だけは別格で、機会があれば何はともあれ目を通すようにしていた。わが家は両親も姉もこの作家を非常に高く買っており、新作が出れば即時ほぼ無条件に購入していたので、黙っていても早晩僕に順番が回ってきたのである。

中でも一九八五年、村上春樹にとっては四作目の長編作品である『世界の終りとハードボイルド・ワンダーランド』を初めて読んだときの鮮烈な印象は忘れがたい。新潮社の「純文学書き下ろし特別作品」のひとつとして箱入りの装幀《そうてい》で刊行されたバージョンである（わが家には、安部公房『燃えつきた地図』、大江健三郎『個人的な体験』、中村真一郎『四季』、福永武彦『海市《かいし》』など、あのシリーズの箱入り書籍が驚くほどたくさん買い揃えられていた）。

一見まったく異なる二つの世界で別々に起きるできごとがいつのまにかリンクしていく展開、全体に漂う喪失感とそれを取り巻くえもいわれぬ情緒、ファンタジックでありながらたしかな説得力をもって訴えかけてくる設定、そのすべてを美しくくるみこむ平易ながら流麗で淀《よど》みない文体、とどれを取っても非の打ちどころがなく、自分もいつかこういう小説を書きたいという強い憧れに身を震わせたことを覚えている。

その後いくつかの経緯を経て、最終的に僕はこの作品についても手放しでは称賛しかねる立場に落ちつくなりゆきとなったものの、結局のところこれが村上春樹の最高傑作なのではないかという思いを、僕は今もって否定できずにいると思う。

しかしその賛美の念は、残念ながらあまり長続きはしなかった。一九八七年、僕が大学に入学した年に刊行された次作『ノルウェイの森』が、僕の中に築き上げられていた揺るぎない敬意を一挙に、完膚《かんぷ》なきまでに叩きつぶしてしまったからだ。

何が起爆剤となったものか、この本は飛ぶように売れた。単行本の発行部数は二〇〇八年時点で上巻・下巻合わせて四四九万部、文庫版も含めればすでに一千万部を超えているというが、単行本の発売から比較的早い段階で百万部に達していたものと思われる。現在の村上春樹は新刊を出せば百万部単位で売れるのがあたりまえになっているようだが、これは今も昔も一種の異常事態と言っていい。文芸の単行本、それも純文学の作品がそんなスケールでのセールスを果たすことなど、いったい業界内の誰が想定しえただろうか。そうした「異常な売れ方」の先鞭《せんべん》をつけたのが、『ノルウェイの森』だったということだ。

それがいいことだったのか悪いことだったのかは、微妙なところだろう。村上春樹本人が、一九九〇年に刊行された旅行記『遠い太鼓』の中で、「小説が十万部売れているときには、僕はとても多くの人に愛され、好まれ、支持されているように感じていた。でも『ノルウェイの森』を百何万部も売ったことで、僕は自分がひどく孤独になったように感じた。そして自分がみんなに憎まれ嫌われているように感じた」と語っているほどだからだ。

その心情は、セールスの桁《けた》は比ぶべくもないほど小さいとはいえ、一応は同業者である僕にも理解できる。たまに売れる本があると、それまでの固定ファンとは異なる層の読者がどっと押し寄せてきて、「売れているというから読んでみたがたいしたことないじゃないか」とばかりに否定的な感想（売れているものをただクサすだけが目的のものも含む）を大量にアップしてきたりする。『ノルウェイの森』の時代にはまだインターネットも存在しなかったが、読者の一部に見られるそうした反作用めいた悪意の波を彼なりに肌で感じ取っていたのだろう。

もっとも僕には、そこで否定サイドに回る読者たちの心理も同時に理解できるところがある。「バカ売れしているもの」はつい反射的に斜めから見てしまうという天邪鬼《あまじゃく》な傾性《けいせい》を持っているということだ。率直にいって、僕は一般大衆の鑑識眼《かんしきがん》というものをまったく信用していない。支持が一定規模を超えてバカ売れと呼べる状態になった途端に、「それほど多くの大衆に支持されているくらいならさだめし質の悪いものにちがいあるまい」と決めつけてしまいたくなるのだ（なぜなら、「質のよさ」を正確に見極められる見識をそんなに大勢の人間が持っているはずがないから）。

だから『ノルウェイの森』についても、バカ売れの気配を感じ取った時点で僕は懐疑《かいぎ》的になっており、その姿勢が作品それ自体の評価に影響を及ぼしたという側面がまったくなかったとは言えないだろう。それでも、というのは、仮にバカ売れしていなかったとしても、僕がこの小説を肯定的に評価した可能性はきわめて低いのではないかと思う。

むやみに感傷的で、登場人物がやたらと死にまくり、その喪失感ばかりが露骨に強調されている。それでいて悲愴感に貫かれているかというとそんなことはなく、一方ではあきれるほどおめでたいご都合主義が横溢《おういつ》している。登場してくる女という女が、煮えきらない主人公ワタナベ・トオルになぜか軒並み好意を寄せ、そしてワタナベはその全員とあっさり寝てしまうのだ（これは実際に書かれている内容に照らして必ずしも正確ではないが、初読時に僕が受けた印象がそういうものだったということ)。

これはいったいなんなのか。『世界の終りとハードボイルド・ワンダーランド』であの隙のない緊密な物語世界を構築し、奇想天外な発想の数々で魅了してくれた村上春樹が、いったい何を思ってこんなにだらしない、必然性を欠いた性描写ばかりが際立つ冗漫な小説を書いたのか。『風の歌を聴け』で主人公が友人「鼠」の書く小説の美点として挙げている「セックス・シーンの無いことと、それから一人も人が死なないこと」の両方を、自ら裏切りまくってしまっているではないか。

前作に対する僕の中での評価が抜きん出て高かっただけに、この作品によって味わわされた幻滅は並たいていのものではなかった。空前の大ヒットによって村上春樹という作家名の世間での認知度が一躍高まったこととあいまって、僕はこの作家の作品を追いつづける意志をこの段階で早くもなくしてしまったのである。

そして事実、その後二〇〇二年に『海辺のカフカ』上・下巻の購入に踏みきるまで、僕は実に十五年間にわたってこの作家にそっぽを向きつづけることになる。

再び読むようになったのは、結局のところ、この作家を完全に無視して済ませることが僕にはできなかったということなのだと思う。僕自身が作家を目指すにあたっておおいに影響を受けた存在でもあり、『世界の終りとハードボイルド・ワンダーランド』以前の作品にはその時点でもなお魅力を感じていることを否《いな》めずにいた。それに、両親や姉を含めて周囲にはこの作家を追いつづけている人が何人もいて、やれ『ダンス・ダンス・ダンス』はよかった、『ねじまき鳥クロニクル』でまたかつてのトーンが復活した、などとその後の動向を耳に入れてくれてしまう。そのすべてを自分に無関係なこととして黙殺するのは難しかった。

『ノルウェイの森』のときは、たまたまトチ狂っていただけなのかもしれない。その一作だけでその後のすべてを否定するのはあまりに早計にして不寛容だったのではないか、という反省もあった。誰しもスランプというものはあるだろう。そのスランプの象徴たる作品（書いた本人がそういう認識を持っていたかどうかは別にして）が、それまでのレコードを軽々と塗りかえる最大のヒットになったという点は皮肉というほかないが、いずれにしてももう少し長い目で見守るべきなのではないか、と。

こうして僕はもう一度彼の読者の一人となり、読まずにいた十五年の間の欠落も順次埋めていったのだが、もはや無条件に「ファンの一人」であると言っていい状態ではなくなっていたことは、はっきりさせておかなくてはならない。いわば株式市場における特設注意市場銘柄のように、一応上場は許すものの常に一定の留保のもとに動向を注視しているといった態度で、作品に対峙しつづけることになったのである。

実際、十五年ぶりに手に取った新作である『海辺のカフカ』に対する僕の評価も、きわめて両義的なものだった。文章力はもちろんのこと、発想力や構成の妙、一見まるでバラバラに見える複数のモチーフやサブプロットを縦横無尽《じゅうおうむじん》にからみあわせながらひとつの物語に編みあげていく筆力は実にみごとで、本来の美質が潰《つい》え去ってしまったわけではなかったのだと実感できた一方で、いろいろな意味で鼻につく箇所が随所にちりばめられていることも否定できなかった。そしてその多くは、『ノルウェイの森』で僕がげんなりした要素と共通していた。

離反していた空白期間に書かれた作品群についても、同じことが言えた。そして読めば読むほど、そうした鼻につく要素のむやみな反復に僕は食傷《しょくしょう》していき、しまいには、村上春樹作品を読むとなれば次はいつそれが顔を出すかと身構えるようになってしまった。

あまりいちどきに立てつづけに読んだのもよくなかったのかもしれない。その最大のきっかけになったのは、二〇〇四年、僕自身が作家デビューを果たした年に、村上春樹のファンブックの執筆に携《たずさ》わったことだ。当時兼業として勤務していた会社内に、僕も参加していた読書サークルがあり、定期的に読書会などを催していたのだが、年に一度、「文学フリマ」（二〇〇二年から開催されている文学限定の同人誌即売会）に同人誌も出品していた。この年は村上春樹でいこうという話になり、どちらかというと否定的なスタンスである僕は躊躇《ちゅうちょ》を覚えたのだが、「一人くらいアンチの人がいたほうがおもしろい」という意見のもとに参加することになった。

僕はその機会に、既存の村上春樹作品のあらかたに目を通している。再読、再々読に当たるものもあれば、初めて読むものもあった。もちろん、この時点での最新作である『アフターダーク』も外さなかった。それがかえって僕の中の「村上春樹アレルギー」への耐性を大幅に弱めてしまったことは、まちがいのないところだと思う。短期間に続けざまに読んだ作品のそれぞれについて、「鼻につく要素」に目を向けてしまうことを避けられず、「またか」「ここにもある」と顔をしかめるのを何十回となく繰りかえすはめになったからだ。

そこにとどめを刺す役割を果たしたのが、『1Q84』だった。二〇〇九年五月に「BOOK 1」と

「ＢＯＯＫ ２」が、翌二〇一〇年四月に「ＢＯＯＫ ３」が出て完結したこの小説も、文芸書としてはとうてい尋常とは思えない売れ行きを示し、書店に殺到する読者の姿が社会現象化したことでも有名だが、僕はまさにこの作品によって、村上春樹という作家を完全に見限ることになったのだ。

この作品を読んでいる間、僕は怒り狂っていた。そして誰彼となくつかまえては、どこにどう腹が立つのかを逐一《ちくいち》述べたてずにはいられなかった。

おもしろくないわけではない。青豆《あおまめ》を一種の義のための殺し屋として使役する「柳屋敷の老婦人」とその周辺、新興宗教団体「さきがけ」をめぐるよく作りこまれた諸設定、リトル・ピープルや「空気さなぎ」を中心とする謎めいた存在の数々――と奔放《ほんぽう》な想像力の跳躍はあいかわらず健在である。しかし、それらの価値をことごとく無効にしてしまう（と僕には思える）ほど、「鼻につく要素」もまた充満している。

離れた者同士の間で物理法則を超越した手段を通じてなされる性交、主人公が（思わず鼻白《はなじろ》むほどの）純真さと性的放縦《ほうじゅう》の側面を当然のように併《あわ》せ持っていること、お約束のように登場する主人公の「年上の人妻のガールフレンド」、随所に現れるご都合主義的展開など、既存作品でもさんざん使い古されているモチーフの執拗《しつよう》な（そして必然性が必ずしも認められない）反復が目立ち、矢継ぎ早に襲ってくる既視感に目がくらみそうになる。

中でも十七歳の少女ふかえりが、通常の意味でのコミュニケーションが困難なほど風変わりであるにもかかわらず、主人公天吾《てんご》にはなぜかあっさりとなつき、あまつさえ（しかるべき設定によって必然化されているとはいえ）自分から天吾との性交を求めてくるくだりに至っては、「いいかげんにしてくれ」と叫びたくなる気持ちを抑えることができなかった(エキセントリックな十代の少女が主人公にだけは容易に信頼を寄せるというパターンは、それまでの作品でもたびたび描かれている)。

まるで、「村上春樹自身が読みたいポルノ」を読まされているような気分になるのだ。周到に組み上げられた設定の数々も、そのポルノの筋書きを実現させるためのお膳立てにすぎないように見えてきてしまう。こちらはそんなものが読みたくて村上春樹の作品を手に取っているわけではない。そういうポルノも自分で読みたいなら好きなだけ書けばいいが、書斎の中だけに留めておくべきではないのか。

もちろんそうした見方が、ものごとを悪意によってあまりに単純化したものだということは了解している。村上春樹は、決してそれだけに終始する作家ではない(もしそうなら、世界中でこれだけの支持を集めている理由も説明できない)。しかし、もしも彼が今後も作品のスタイルを改めるつもりがないなら、そうした「鼻につく要素」に対する苛立《いらだ》ちや怒りに毎回耐えてまで、お金を払い、時間も費やしてその作品を読みつづけることにいったいなんの意味があるのか、と僕が思ってしまったことはわかっていただきたい。

もう十分だ――そう思った。見放すまでに一定の猶予《ゆうよ》を設け、辛抱強く様子を見てきたが、もうこれ以上つきあう必要はないだろう。金輪際《こんりんざい》、この人の書いた小説は読むまい。僕一人読むのをやめたところで、どうせ日本国内だけでも何百万という人々が読みつづけるのだ。その熱狂の理由が僕にはわからないが、そんなことは今までだって数知れずあったではないか。圧倒的多数の人々が支持するものを僕が好きだったためしはない。村上春樹もまた、そのうちのひとつに成り下がってしまったというだけのことだ。

そう見切った僕は、彼の作品を追いつづけることを本当にきっぱりとやめてしまった(厳密には、その直後に『世界の終りとハードボイルド・ワンダーランド』だけはある理由から再読しているのだが、その経緯については本編中で詳述する）。

二〇一三年に『色彩を持たない多崎つくると、彼の巡礼の年』が出た際も、世間での過熱ぎみの風評をよそに、自分にはいっさい関わりのないこととして黙殺《もくさつ》を決めこんでいた。「アンチならアンチなりに、『よくぞここまで春樹節《ぶし》を貫徹しているものだ』と感心してしまうところもあるから、一度は読んでおくべき」などと知人にアドバイスされても、気持ちはぴくりとも動かなかった。読みたい本、読まなければならない本が常時十冊、二十冊と山積《さんせき》している中で、またあれこれと不快な思いをさせられるにちがいない村上春樹の小説などに割《さ》くべき時間はとうてい工面できないと思っていたのだ。

今回、このような論評を書く話が出てきさえしなければ、僕はそのまま、彼の本からは目をそむけつづけて生涯を閉じることになったのではないかと思う。ただし、そう言明することに眉唾《まゆつば》なところがあるのは、自分でも認めざるをえない（村上春樹的に言うなら、「認めないわけにはいかない」）。なぜなら、「アンチの立場から村上春樹論を書く」ということを選び取ったのもまた僕自身であり、そうすることで結果として、『1Q84』以降に書かれた作品も読まざるをえない立場に自らを追いこんでいるからだ。

版元・皓星社《こうせいしゃ》にこの話を持ちかけたのは去年（二〇一六年）の暮れのことだ。僕としては、「こういうことも腹案としてぼんやりと考えてはいる」と雑談の延長として伝える程度のつもりだったし、そういうものを書くとしても向こう二、三年の間の話だとのんびり構えていたのだが、「それはおもしろい、ぜひ来年にもやりましょう！」と食いつかれてしまい、引っこみがつかなくなったというのが実情である。それで慌てて未読の『多崎つくる』を取り寄せているうちに、最新作『騎士団長殺し』の刊行が発表され、「このタイミングでか！」と泡を食ったのだが、いっそそのタイムリーさを喜ぶべきだろうと思いなおした。だから『騎士団長殺し』も、発売とほぼ同時に購入している。感想がどういうものであったかは本論に譲るが、本書の執筆にあたって最新作まできっちりと精読していることは、ここではっきりと宣言しておきたい。

結局僕は、村上春樹という作家から離れられないさだめのもとにあるようだ。そのときどきのやむをえない事情はあれど、窮極には「無視できない」のひとことに尽きるのだろう。ただ単に嫌いなだけなら、あるいはなんら評価していないのなら、無視していればいいだけの話だ。実際、そういう形で一顧《いっこ》だにせずに見過ごしている作家だって（誰とは言わないが）何人もいる。作品がどれだけ売れていようが関係ない。肯定的に評価できる点が何もなければ、僕にとってその作家は存在しないも同じだからだ。

村上春樹については、そうはいかない。どれだけ無視を貫徹《かんてつ》しようと努めても、いずれかのタイミングで必ず視界に入ってきてしまう。そして、なにごとかを言及せずにはいられなくなる。たとえそれが否定的な、あるいは批判的な内容であったとしても、「言わずにはいられない」という時点で、僕にとってこの作家はなにがしかの重要な意味を持ちつづけているということなのだ。

本書はアンチの立場から書かれた村上春樹論だが、タイトルにわざわざ「愛ゆえの」と冠《かん》している理由は、まさにそこにある。根本にあるのは愛なのだ。愛があり、期待もあるからこそ、それを裏切られたことがこんなにも腹立たしいのだ（もちろんそんな期待は、一読者にすぎない僕が勝手に抱いているものであって、村上春樹自身にはなんの責任もないのだが）。

今回、僕がこのような本をそのようなタイトルで書くことになったと知った姉は、「実は前からお母さんとの間では、瑞穂《みずほ》が村上春樹を悪く言うのは愛があるからなんじゃないかと言っていたんだけど、本人にそれを指摘したら怒るかと思って黙っていた」と漏《も》らしていた。僕に言わせればそんなのはあたりまえのことで、ことさらに指摘するまでもないことなのだ。愛がなければ、怒りもあろうはずがない。昔の学園ドラマにあやかって言うなら、「先生はおまえが憎くて殴ってるんじゃない！」といった台詞にでも当たるだろうか。

だから本書は、「アンチ」とはいっても、みんながもてはやすものをとにかくこき下ろしてやろうといったさもしい根性から書かれた一方的で独善的な罵詈雑言《ばりぞうごん》とは本質的に別ものなのだということをまずは押さえておいていただきたい。槍玉《やりだま》に挙げている主題によっては、ときに口が滑って「罵詈雑言」めいたトーンになることもあるかもしれないが、その底に伏在《ふくざい》する真意に免じて見逃してほしい。

またこの論評が、「売れない作家のルサンチマン」であるとか「超売れっ子作家に対する単なるやっかみ」であるといった批判もおよそ当たらないことは、最初にはっきりさせておきたい。

日本国内だけでも累計何千万部だか（よくは知らないが途方もない量）のセールスを誇り、多くの作品が世界中の数十ヶ国語で翻訳されている村上春樹と、刊行した作品の点数こそ少なくないものの（僕が村上春樹に勝っているると言えるのはその点だけかもしれない）、いちばん売れた本でもせいぜい十万部規模で、ほとんどは初版止まりという僕では、同じ小説家といってもまるで比較の対象にはならない。「同業者です」と言うのも口はばったいほどだ。彼がクジラなら僕は蟻、いや、せいぜいミジンコ程度かもしれない。

それだけ立場がかけ離れていると、もはや妬《ねた》むとか羨《うらや》むとかいう卑小《ひしょう》な心理の及ぶところではなくなってしまう。こうした論評を本の形で発表できるのも僕が職業的な物書きだからという点に間違いはないにしても、僕はどちらかというと一読者としてこの本を書いている。その点はゆめゆめ取りちがえないようにしていただきたい。

それから、僕にはその「一読者としての」感覚を大事にしたいという思いがある。なんの予備知識もないままに作品そのものと対峙《たいじ》したとき、一読者として何をどう感じるのかということだ。

僕は研究者ではない。ことに現代作家の作品を読む際には、作者のバックボーン、その作品が書かれた経緯や意図、その作品を他人がどう評価しているか、といった背景にはあえて極力目を向けず、必要最小限の知識以外は頭の中を空白にしたまま作品に臨むように心がけているし、それは対象が村上春樹であっても同じである。それをしないと、自分の目になんらかのバイアスがかかり、「作品そのもの」をありのままに直視することができなくなる恐れがあるからだ。

本書は、その視点を極力損《そこ》なわない状態で書きたかった。生《き》のままの「村上春樹観」、中でも特に一読者としてなんらかの違和感を覚える部分に焦点を当てて、よけいな情報に煩《わずら》わされることなく思いの丈《たけ》を語りたかったのだ。

したがって僕は、村上春樹について書かれた既存の評論などはいっさい読んでいないし、具体的にどういった著作が先行して存在しているのかをたしかめてすらいない（たしかめると、読みたくなる衝動を抑えられなくなるかもしれないので）。必要最小限の事実関係を調べる過程で偶然目に触れてしまったものを除けば、村上春樹自身が自著について語っている叙述も、一般読者のレビュー等もすべて素通りしている。

だから僕がこれから本書で述べることの中には、事実関係に照らして途方もなく見当はずれなものや、だれかがとっくに述べていることなどが含まれている可能性もあるが、その点はあらかじめご了承いただきたい。いささか言い訳がましくなるが、「一読者の感想」とは、そもそもそういうものではないだろうか。

なお、本書で論評の対象としているのは、基本的に村上春樹の「全長編小説作品」である。本書執筆時点で、一九七九年のデビュー作『風の歌を聴け』から二〇一七年の最新作『騎士団長殺し』まで、計十四作が長編小説として発表されている。それらが対象になっているということだ。

短編小説やエッセイ、『アンダーグラウンド』などのノンフィクション、膨大な点数の翻訳作品など、村上春樹の仕事は裾野《すその》が広いが、すべて取り上げていると論旨《ろんし》がぼやけてくるし、この人は本質的には「長編小説の書き手」（たとえばサリンジャーや、村上春樹自身が訳業によって日本に紹介したレイモンド・カーヴァーなどとはタイプが異なるということ）だと僕は考えている。必要に応じて他の著作物に触れることもあるが、本筋はあくまで長編小説であることをお断りしておく。

以上、いわば「免責事項」に相当するようなことを長々と述べてきたが、これだけ入念に防御壁を築いておいても、あえてこのような本を出す以上、僕はさまざまな批判を免《まぬか》れないだろう。とりわけネットでは批判どころではなく、ありとあらゆる誹謗《ひぼう》中傷、罵詈雑言、根拠のない言いがかり、「だからそれは違うってちゃんと本文の中でも断ってるよね」と言いかえしたくなるであろう条件反射的な揶揄《やゆ》や悪罵《あくば》にさらされることになるのが必定《ひつじょう》だと思っているし、その覚悟もできている（覚悟ができているかどうかと、実際にあれこれ言われても腹が立たないかどうかは別問題だとしても）。

それに僕は、たとえ多数派ではなくても、僕が述べたことに「そのとおり」と深くうなずいてくれる人が一定数は存在することを確信している。だからこそ僕は、それを述べずにはいられない（述べないわけにはいかない）のだ。

読者の便宜のため、本書巻末に「村上春樹全長編小説概観《がいかん》」なる資料を添付しておく。論評の対象とした全十四作の長編小説について、最小限の書誌学《しょしがく》的事実とあらすじ、それに併せて若干のコメントを列挙してある。必要に応じて、それぞれの作品を思い出すよすがに、また未読の作品がある場合はその概要を知る手がかりにしていただければさいわいである。

また続く本文中では、記述が煩瑣《はんさ》になることを避けるため、作品名は原則として略号《りゃくごう》で表示している。たとえば『風の歌を聴け』なら〈風〉、『騎士団長殺し』なら〈騎〉という具合にタイトルの一文字目を取ったものがほとんどだが、『1973年のピンボール』＝〈ピ〉、『1Q84』＝〈Q〉など、重複や紛らわしさを回避するための例外もある。巻末資料には略号も付記してあるので、随時参照されたい。

なお、本書執筆時に参照した版は以下のとおりである。単行本と文庫版が混在しているが、それぞれ、初版年月日によってバージョンを特定してある。本書における抜粋や巻数、ノンブル等はすべてこれに拠《よ》っているものと考えていただきたい。
『風の歌を聴け』　講談社文庫　一九八二年七月十五日
『1973年のピンボール』　講談社文庫　一九八三年九月十五日
『羊をめぐる冒険』（上）（下）　講談社文庫　一九八五年十月十五日
『世界の終りとハードボイルド・ワンダーランド』（上）（下）　新潮文庫　二〇一〇年四月十日
『ノルウェイの森』（上）（下）　講談社文庫　一九九一年四月十五日
『ダンス・ダンス・ダンス』（上）（下）　講談社文庫　一九九一年十二月十五日
『国境の南、太陽の西』　講談社文庫　一九九五年十月十五日
『ねじまき鳥クロニクル』（第1部）（第2部）（第3部）　新潮文庫　一九九七年十月一日
『スプートニクの恋人』　講談社文庫　二〇〇一年四月十五日
『海辺のカフカ』（上）（下）　新潮社　二〇〇二年九月十日
『アフターダーク』　講談社　二〇〇四年九月七日
『1Q84』（BOOK 1）（BOOK 2）　新潮社　二〇〇九年五月三十日
『1Q84』（BOOK 3）　新潮社　二〇一〇年四月十六日
『色彩を持たない多崎つくると、彼の巡礼の年』　文春文庫　二〇一五年十二月十日
『騎士団長殺し』　新潮社　二〇一七年二月二十五日

もくじ

第1章　純真さと性的放縦

1　永遠にピュアな少年少女たち

多くの作品を彩る奇抜な発想や非現実的なモチーフなどの陰に埋もれがちだが、村上春樹は「純真さ」にこだわる作家でもあると僕は考えている。ここで言っているのは、特定の相手に対する一途《いちず》でプラトニックな思い、それを神聖視してあくまで守りとおそうとする姿勢などのことだ。

全体に性描写が目立ち、主人公がしばしば複数の相手とあっさり性行為に及んでしまうことを村上作品の特徴のひとつと考えるならこれは一見矛盾しているようだが、村上はそれをきっちりと矛盾のないように書いている。あるいは、あたかも矛盾など存在しないかのように思わせるロジックで巧妙にマスキングしている。

そのしかけ部分については後段に譲るとして、まずは村上作品において「純真さ」がどのように描かれているかを見てみよう。

純真さが初めてわかりやすい形で現れるのは、『ノルウェイの森』＝〈ノ〉においてである。

主人公ワタナベ・トオルは、東京の私大に進学してきた年に同郷の直子《なおこ》と中央線の車中で偶然再会し、心惹《ひ》かれていくのだが、直子はもともと自殺した友人キズキの恋人だった。キズキと直子は幼なじみで早くから親密な間柄となり、直子自身が「とくべつな関係」だったと言うほどの切り離しがたい絆《きずな》で結ばれていた〈その関係性は『海辺のカフカ』＝〈海〉における佐伯《さえき》とその若くして死んだ恋人との間柄を思わせ、それ自体が「純真さ」のひとつの表現となっている〉。しかしキズキの生前には、このカップルにワタナベを加えた三人で会うのが通例化していた。それが三人にとって最も居心地のいい形態だったからだ。

キズキの死後、ワタナベはある女の子と性的関係を結ぶが、彼女はワタナベの心に「何ひとつとして訴えかけてこ」ず、半年ももたずに関係は瓦解《がかい》する。そのあとで再会したのが直子だったのだ。二人はぎこちないやりとりを繰りかえしながらも頻繁に顔を合わせ、次第に距離を詰めていくが、部屋で二人きりになっても何も起こらない。それが劇的に変転するのは、ワタナベが直子の部屋を訪れ、二十歳の誕生日を祝った日の晩のことだ。

ふとした拍子に泣きだして嗚咽《おえつ》が止まらなくなった直子をなだめているうちに、「そうする以外にどうしようもな」くなって、ワタナベは初めて直子と体を合わせる。そこでワタナベは、直子がキズキと最後までは一度もしていなかったという意外な事実を知ることになる。期せずしてワタナベは、直子にとって初めての性交の相手となってしまったのだ。

しかしワタナベが直子と体を交えるのは、結局これが最初で最後となる。それきり直子は行方をくらまし、次に連絡してきたときには、京都の山中にある、心を病んだ人々のための療養所「阿美寮《あみりょう》」に患者として籠《こ》もる身となっていたからだ。訪問した寮でも二人になる機会はあるが、手や口を使ってワタナベを射精させる以上のことを直子はしようとしない。寮での同室者レイコも交《まじ》えた会話の中で、ヴァギナがどうしても濡れず、本当に好きだったキズキとの間でさえそれがかなわなかったのだと打ちあける直子。例外は、二十歳の誕生日、ワタナベに抱かれたときだけだったのだ。

「私、あの二十歳の誕生日の夕方、あなたに会った最初からずっと濡れてたの。そうしてずっとあなたに抱かれたいと思ってたの。抱かれて、裸にされて、体を触られて、入れてほしいと思ってたの。そんなこと思ったのってはじめてよ。どうして？　どうしてそんなことが起るの？　だって私、キズキ君のこと本当に愛してたのよ」（〈ノ〉上巻　p.206）

こうして女性登場人物自身の口から繰《く》り出される性的にあけすけな言いまわしの数々も、僕にとってはうんざりさせられる要素のひとつなのだが、そのことはひとまず措《お》いておくとして、ここで肝腎なのは、ワタナベと直子の交わりが、「ただ一度だけ果たされたセックス」として特権を帯び、神聖化されている点である。その時点での直子は、最愛の人キズキを失った喪失感からいまだ回復しておらず、ワタナベのことを愛しているとすら言えない状態だったにもかかわらずだ。

直子はそれ以降再び「濡れない」状態に戻ってしまっているが、一度可能だったことはいつかまた可能になるかもしれない。それに賭けてワタナベは、直子に操《みさお》を立てるために涙ぐましい（と言えるのかどうかは微妙なところだが）努力を重ねる。阿美寮を出ることができたら一緒に暮らさないかと持ちかけるかたわら、ともにガールハントをしていた年長の友人・永沢《ながさわ》に誘われても断り、「君が僕に触れてくれていたときのことを忘れたくないから」もう誰とも寝ていないと直子に書き送る。そして、一方で着々と親しい間柄になっていた小林緑《みどり》に露骨に誘惑されても耐えるのだ。

「でもワタナベ君、私とやりたくないんでしょ？　いろんなことがはっきりするまでは」「やりたくないわけがないだろう」と僕は言った。「頭がおかしくなるくらいやりたいよ。でもやるわけにはいかないんだよ」（〈ノ〉下巻 p.212）

まあそれでも結局、このあとワタナベは緑に手で処理してもらっているし、その前に本人にせがまれて同じ蒲団の中で抱きあったりもしているわけで、「誰とも寝ていない」というのはあくまで「誰とも最後まではやっていない」という意味でしかないのではないか、そういう理屈は女性に対しても通用するものなのか、と揚《あ》げ足を取りたくなる衝動を僕は抑えられないのだが、ともあれ、ワタナベなりに直子に対する思いを大事にしようとしているのは事実だろう。

しかし直子はこのあと、坂道を転げ落ちるように病状が悪化していき、六歳上の姉がそうであったようにあっけなく首を吊って自ら命を絶ってしまう。こうしてワタナベと直子の間の「ただ一度だけ果たされたセックス」は、永遠の聖性を保証されることになる。

直子の死後、ワタナベは山陰地方を中心に一ヶ月もの間、ホームレスのようななりで放浪生活を続ける（そのさまは少しだけ、最新作『騎士団長殺し』＝〈騎〉で妻ユズに別れを告げられたあとの主人公〈私〉の姿と重なる）。直子がすでに死んでしまっているということを事実としてどうしても呑《の》みこめず、あたりまえの日常との接点を見失ってしまったのだ。すさまじいまでの喪失感である。

そこに僕が素直に共感も感情移入もできないのは、あるいは一方にすでに恋人と別れてワタナベを選ぶと宣言している緑が待っていること、またその緑との関係を仕切りなおすための一種の禊《みそ》ぎとして必要だったという理由づけが（おそらく）なされているとはいえ、放浪から戻ってきたワタナベが、阿美寮を出て訪ねてきた三十八歳のレイコ（年齢差十八歳）とすらあっさり寝てしまうことなどに鼻白む部分があるからだろうか。

ともかくもこれは、（いくつかの留保はつくとしても）ひとつの「純愛」を描いた物語にはちがいあるまい。そして、それまではいわゆる「純文学」の書き手としてどちらかといえば一部の好事家《こうずか》たちの熱い支持を受けていたにすぎなかった作家・村上春樹を一躍スターダムにのしあげ、無差別な一般大衆の注目にさらされる存在に仕立てあげたのがこの作品だった理由も、まさにそこにあるのだと僕は考えている。

わけのわからない「羊」やら「やみくろ」やらが暗躍《あんやく》する、どこか不条理感漂うそれまでの作品よりも、「純愛」を直球で描いたこの作品のほうが、一般大衆にははるかにとっつきやすく、わかりやすかったのだろう（そしてひとたび形成されたポピュラリティは、その後は作品の性質にかかわらずなかば自動的に作用するようになる）。

次に「純真さ」が突出した形で現れるのは、二作あとの長編に当たる『国境の南、太陽の西』＝〈国〉だ。ただし本作における「純真さ」は、いわゆる「純真さ」とは少し違った形で描かれる。

主人公のハジメは一人っ子である。村上作品の主人公で一人っ子であることが明示されているのはこのハジメと〈ノ〉のワタナベ、『ねじまき鳥クロニクル』＝〈ね〉の岡田亨《とおる》、『1Q84』＝〈Q〉の天吾のみであり、ほかは兄弟姉妹がいるかどうかが不明であるか、兄、姉または妹がいるかだが、村上作品を読むにあたってそのことは本質的な問題ではないと僕は考える。たとえば次の一節を見てほしい。

「あなたはきっと自分の頭の中で、ひとりだけでいろんなことを考えるのが好きなんだと思うわ。そして他人にそれをのぞかれるのがあまり好きじゃないのよ。それはあるいはあなたが一人っ子だからかもしれない。あなたは自分だけでいろんなことを考えて処理することに慣れているのよ。自分にだけそれがわかっていれば、それでいいのよ」（〈国〉p.53）

これは一人っ子であるハジメが、高校時代に交際していたイズミから言われるひとことである。同じく一人っ子である〈ね〉の岡田亨も、自分に「一人っ子にありがちな孤独癖」があることを認め、「真剣に何かをやるときには、自分一人でそれにあたることを好んだ。誰かにいちいち説明して理解させなくてはならないのなら、時間や手間がかかっても一人で黙ってやった方が楽だった」（第2部 p.117）と述べている。

しかしこれは、兄弟姉妹がいる設定になっているかどうかにかかわらず、村上作品の主人公のほぼ全員に共通する性質のひとつではないだろうか。彼らの多くは友だちが極端に少なく、さまざまなできごとをよくも悪くも自己完結的に処理し、自分一人で納得して済ませてしまう。それはおそらく村上自身が一人っ子であることとも関係があるのだろうが、一人っ子の人がおしなべてこの傾向を持っているとは僕には必ずしも思えない。それはあくまで、「村上春樹の小説の主人公の特徴」なのだ。

ただ、「一人っ子であるかどうか」ということは、〈国〉では非常に重要なポイントとして扱われている。なぜならハジメが安定した人生を狂わされそうになる女性「島本《しまもと》さん」もまた一人っ子であり、二人はおたがいに一人っ子であることから惹かれあったようなところがあるからだ。

ハジメは村上自身とほぼ同世代の人物として描かれているが、少子化が叫ばれて久しい現在と違い、ハジメの世代では一人っ子は非常にめずらしい存在だった。小学校の六年間を通じて出会ったたった一人の一人っ子が島本さんだったのだ。左脚の悪いこの少女に、本を読んだり音楽を聴いたりするのが好きなこと、「他人に対して自分の感じていることを説明するのが苦手なこと」など自分との多くの共通点を見出《みい》だしたハジメは、彼女と二人でいることにすぐに慣れ、彼女の家の居間にあるステレオセットで一緒にレコードを聴いたりして親睦を深めていく。

二人はおたがいに相手に異性としての好意を抱いていたが、まだ小学六年生である二人はその気持ちをどう表現していいかがわからず、どこかに案内する折に彼女が「こっちに早くいらっしゃいよ」と言ってハジメの手をわずか十秒かそこら握ったのが、二人の間に交わされた唯一の肉体的接触だった。

その後、ハジメの家の引越しに伴って二人は別々の中学校に進学することになる。といっても離れたのは電車の駅二つ分にすぎず、その気になればいつでも会いに行くことができた。にもかかわらず、ハジメの足は次第に遠のいて、二人の仲もおのずと疎遠《そえん》になってしまう。その理由は、ハジメの自意識が「あまりにも強く、あまりにも傷つくことを恐れていた」からだと説明されている。

二人が再会するのは実に二十数年後、三十六歳になってからである（これくらいの年齢の男性を村上は実にしばしば主人公に据《す》えている。『世界の終りとハードボイルド・ワンダーランド』＝〈世〉の〈私〉も、『色彩を持たない多崎《たざき》つくると、彼の巡礼の年』〈色〉の多崎つくるも、〈騎〉の〈私〉も同年代）。その間にハジメは中堅建設会社社長の娘・有紀子《ゆきこ》と結婚して二人の女児を設け、義父の援助で青山にジャズ・バーとジャズ・クラブを開いて成功させている。そのジャズ・クラブのほう、「ロビンズ・ネスト」が雑誌「ブルータス」で紹介され（村上がこうした実在するメディアや企業などの固有名をためらいなくそのまま作中で使用する点を、僕はかねがね興味深く思っている）、経営者がハジメであることを島本さんがその記事で知り、ふらりと店を訪ねてきたのが再会のきっかけとなる。

島本さんは思わず目を瞠《みは》るほどの美しい女性になっているが、会わずにいた間にどんな人生を送ってきたのか、今現在どういう立場にあるのかといったことはいっさい語ろうとしない。ただ、「昔のあなたのことがとても好きだったから、今のあなたに会ってがっかりしたりしたくなかった」という理由で、店に顔を出すのも一ヶ月近くためらったのだという。一方ハジメのほうは、今の生活が幸せかと問われ、少なくとも不幸ではないと応じた上で、こうつけ加える。

「でも僕はときどき何かの拍子《ひょうし》にふと思うことがあるんだ。君の家の居間でふたりで音楽を聴いているときが僕の人生でいちばん幸せな時代じゃなかっただろうかってね」（〈国〉p.129）

二人の間で、小学六年生の頃の幼い交流が特権化され、神聖視されていることがわかる。ハジメは三十歳で有紀子と出会って結婚するまでは、誰とつきあっても本気で好きになることがなく、しばしば島本さんのことを考えていたと明かす。島本さんもまた、これまでの人生でつらいときにはいつもハジメを思い出していたと言い、ハジメのことを「ただ一人の友だちだったみたいな気がする」とまで評している。

これでおたがいにほのかに胸を温めただけで別れれば、中年にさしかかった男女間の甘酸っぱくもほほえましいエピソードで終わったところだが、そうはいかず、みごと焼けぼっくいに火がついてしまう。いや正確には、「二十数年前、発火する手前で踏みとどまっていた棒杭《ぼうくい》に、今になって時間差で火がついてしまった」とでも表現すべきだろうか。

ただし二人は、ただちに、また安易に体を交えるわけではない。にもかかわらず、島本さんに惹かれていく自分をハジメは押しとどめることができないのだ。島本さんを前にするとハジメは、「自分がもう一度あの無力で途方に暮れた十二歳の少年に戻ってしまったような気がし」て、冷静さを見失いそうになってしまう（p.198）。そして二人の間には「何か特別なもの」があり、自分は島本さんに対してうんざりするようなことは決してない「特別な人間」なのだと力説するハジメに、島本さんはこう答える。

「とても残念なことだけれど、ある種のものごとは、後ろ向きには進まないのよ。それは一度前に行ってしまうと、どれだけ努力をしても、もうもとに戻れないのよ。もしそのとき何かがほんの少し

でも狂っていたら、それは狂ったままそこに固まってしまうのよ」〈国〉p.204）

ここには、「本来なら、私たち二人こそが一緒になるべきだった（でも実際には、そうではない形でものごとは固まってしまった）」という考えが透けて見える。事実ハジメは、もはや取りかえしがきかないレベルまで堅牢《けんろう》に、家庭を含めた現在の生活環境を築きあげてしまっているのだが、そのすべてを擲《なげう》つ覚悟で島本さんを箱根の別荘に誘い、二人だけの夜を過ごす。

当然の帰結として、ついに二人は体を交える。ここでも少々うんざりさせられるねっとりした詳細な性描写がしばし続くのだが、翌朝目覚めると島本さんは姿をくらませており、その後も二度と現れない。こうしてこの遅ればせながらの「駆け落ち」は結局未遂のまま終わり、今ひとつすっきりしない幕切れとともにハジメはもとの暮らしに戻っていく。

とはいえ、決して出来の悪い小説ではないと思う。爆発的に売れた他の作品群の中に埋没してしまっている感も否めないものの、長すぎないことやテーマが明瞭であることとも相まって、「隠れた名作」と呼びたくなる気持ちがないわけでもない。しかし僕としてはどうしても、こういう疑問を拭《ぬぐ》い去れないのだ。わずか十二歳のときに抱いた好意が、三十代も後半にさしかかった男女をかくまで劇的に衝《つ》き動かすほどの潜在的な影響力を、二十数年にもわたって保持しつづけるものだろうか、という疑問を。

それでもこのハジメと島本さんのケースはまだいい。十二歳とはいえ、二人は少なくとも一定期間親しく顔を突きあわせ、貴重な理解者としてのおたがいへの好意を育《はぐく》み、「この人でなければ」という思いを抱くに足るだけの親交を暖めた過去があったのだから。その過程さえもすっ飛ばして、子ども時代に抱いた突発的な好意を思いこみめいた強引な勢いで巨大な駆動力にすげかえてしまった作品がある。それが『1Q84』=〈Q〉だ。

リトル・ピープルや空気さなぎ、マザにドウタにパシヴァにレシヴァ、宗教団体さきがけや「柳屋敷の老婦人」、異様にしつこい謎のNHK集金人、「猫の町」たる千倉《ちくら》の療養所など、絢爛《けんらん》なほどさまざまな要素が入り乱れる〈Q〉だが、突きつめればこれは実にシンプルな物語であり、「小学校時代にたがいに好意を寄せあっていた青豆と天吾の二人が、三十歳にして再会して思いを遂《と》げる」というものでしかない。

本質的に卑小《ひしょう》なはずのそのできごとが、本作では世界そのもののあり方すら(少なくとも一時的には)変えてしまう。小学五年時に青豆が転校して以来約二十年、おたがいの居場所も知らずまったく別個の人生を歩んできた二人が再び出会うだけのために、月が二つに増えたり、なかったはずの過激派と警察の銃撃戦が起きたり、十七歳の少女が書いたとされる小説が飛ぶように売れたりするのだ(これはいささか乱暴な言い方だが、「二人の再会」を軸に作中のできごとを見るならそう言うことも可能だと思う)。

今その詳細に触れている余裕はない。問題は、小学生時代のこの二人の間に、通常の意味での交流らしい交流などないに等しかったという点なのだ。

二人は市川の小学校で三年生から四年生にかけて同じクラスだったが、口をきいたことはなかった。ただし、ひそかな共通点が二人を結びつけていたとは言える。青豆(これは苗字であり、下の名前は「雅美」であることが作中で一度だけ言及されるが、それも行きがかり上のことにすぎず、著者自身にこの名をフィーチャーする意思はなかったものと思われる）の両親は「エホバの証人」を思わせる「証人会」という宗教団体の熱心な信徒で、青豆は週末ごとに母親に連れられて、一般家庭に小冊子を配って歩く布教活動につきあわされていた。かたや天吾は早くに母親を亡くし、ＮＨＫの集金人である父親にやはり日曜日ごとに駆り出されては、受信料をなかなか払おうとしない世帯を一緒に歩いて回ることを余儀《よぎ》なくされていた。子連れのほうが拒否に遭《あ》いにくいことを父親が知っていたからである。

このふた組の親子の様子は、ライアン・オニールとテータム・オニールという実の父娘が詐欺師《さぎし》まがいに聖書を売り歩く偽の父娘を演じた一九七三年の映画「ペーパー・ムーン」を連想させずにはおかないし、その主題歌でもあった「イッツ・オンリー・ア・ペーパームーン」は本作でエピグラムを皮切りにたびたび引きあいに出され、「信じさえすればそれは本物になる」という含意《がんい》がくりかえし強調されているが、映画の父娘の心暖まる姿とは裏腹に、青豆と天吾の置かれた境遇は、伸びやかであるべき子ども時代に暗い影を落とす単なるつらい思い出として描かれている。

親に連れられている姿を目撃された結果、天吾には「ＮＨＫ」というあだ名がつけられる一方、青豆は気味悪がられ、いないものとして扱われていた。二人はおたがいの境遇に対してほのかな同情を感じはするが、だからといってそのことについてわざわざ語りあおうとはしなかった。

ところが四年生の秋、青豆が理科の実験で手順をしくじり、「証人会」がらみのきつい揶揄を浴びているのを見かねた天吾は、自分の班に彼女を引き入れて手順をていねいに説明してやった。

二人がまともに口をきいたのは、おそらくそのときただ一度きりである。

しかしこの一件は、青豆の中にきわめて深い刻印を残す。同じ年の十二月、放課後の掃除が終わった教室でたまたま二人きりになったとき、彼女は足早に天吾に近づき、無言のままその手を取るのだ（最初の出会いが小学生時代であったこと、唯一の肉体的接触が手を握ることであったこと、という点で、これは〈国〉におけるハジメと島本さんと軌《き》を一《いつ》にしている）。青豆は天吾の目をじっと見つめながら長い間手を握り、やがて何も言わずに立ち去る。青豆なりの感謝や信頼や愛情の表現だったわけだが、このときは天吾もわけがわからず当惑するのみだった。そしてほどなく、青豆は転校していく。

転校は、青豆が自らの意思で両親と袂《たもと》を分かち、都内にある母方の叔父の家に身を寄せたことによるものだった。小学校五年生の女の子が自分から両親との関係を絶つというのは普通のことではない。信仰を強いられる生活がそれだけ苦痛であったということだ。おまけにそれが原因でクラスメートからの迫害まで受けていた。想像を絶する孤独に苛《さいな》まれていたであろう青豆が、ただ一人自分に公平に接し、やさしくしてくれた天吾というクラスメートに対して渇仰《かつごう》に似た思いを抱くのは自然なことだろう。だから、青豆が天吾の手を握るところまではいい。しかしそこから先はどうか。

三十歳になった青豆は、ともに男漁りをする相棒として親しくなった警察官中野あゆみに、これまでに恋人を作ったことはあるかと訊《き》かれて一人もないと答えつつ、「好きになった人は一人だけいる」として天吾のことに触れる。そんなに好きなら、彼が今どうしているのかなぜ調べようとしないのかと問われた青豆は、こう答える。

「私が求めているのは、ある日どこかで偶然彼と出会うこと。たとえば道ですれ違うとか、同じバスに乗り合わせるとか」

「運命の邂逅《かいこう》」

「まあ、そんなところ」と青豆は言って、ワインを一口飲んだ。「そのとき、彼にはっきりと打ち明けるの。私がこの人生で愛した相手はあなた一人しかいないって」

「それって、すごくロマンチックだとは思うけどさ」とあゆみはあきれたように言った。〈Q〉「BOOK 1」p.340)

同じくあゆみに対して、青豆はこうも言っている。「今がいつであれ、ここがどこであれ、そんなことは関係なく彼に会いたい。死ぬほど会いたい。それだけは確かなことみたいね」(「BOOK 1」p.527)。また、殺し屋としての青豆の雇い主である「柳屋敷の老婦人」に、自分が十歳だったときのことを覚えているかと問われた青豆は、「よく覚えています」と答えながら、「その年に彼女は一人の男の子の手を握り、一生彼を愛し続けることを誓った」と心中で当時のことをなぞっている(「BOOK 1」p.402)。

十歳の少女がそれを誓うのはいいとしよう。しかしそうした誓いというものは、仮にどれだけ俗世《ぞくせ》離れをした生活を送っていたとしても、その後さまざまな経験を積んでいくうちに自然に風化し、やがては「そんなこともあったたな」と苦笑まじりに思い出す、懐かしくも少々こそばゆい追想のひとコマになっていくものではないのか。青豆は違う。三十歳になった今なお、当時のままのまっすぐさでその誓いを保持し、天吾に対する色褪《あ》せることのない純粋な愛を育みつづけているのだ。二十年もの間、遠目に姿を見たことすらない相手に対する愛を。

それを「ロマンチック」であるとは、申し訳ないが僕にはどうしても思えない。ピュアで一本気なのにもほどがある、と言ったら僕が鬼畜《きちく》だろうか。こうしたある種ピント外れといってもいい一途さは、経験の乏しさと思いこみの激しさから勝手な幻想に容易に振りまわされるある種の男性にこそときに見られるものかもしれないが、一般になにごとにつけ現実的で、たしかな手応えのある目先の実《じつ》を取る傾向が強い女性の側には、ほぼ生じえないことなのではあるまいか。もし生じるとしたら、その人は三十歳の成人女性としてなにか根本的に欠けたところがあるのではないかと疑いたくなってしまう。

対する天吾も天吾だ。何も言わずに自分の左手を握る青豆の手の力が驚くほど強かったこと、自分の目を覗《のぞ》きこんだその目の中に、「これまで見たこともないような透明な深み」を見出したことに強い印象を受けていながら、どうしてその後彼女に声をかけて話すべきことを話さなかったのかと長く悔やんだ、といった説明が一応は施されているものの、中学へ進み、高校に上がってまで、折に触れて青豆を思っては（青豆に握られたほうの左手で）マスターベーションをしていたという執着ぶりには、なにか尋常ではないものが感じられる。

しかも大学進学以降、ほかのだれかと性的関係を結ぶようになってからも、「その少女（＝青豆）」が残していったような鮮明な刻印を彼の心に押すこと」がないからといって、つきあうどんな女性にも満足できず〈この点も〈国〉のハジメに似ている〉、三十歳になる今でもときに十歳の青豆の姿を知らず知らず思い浮かべているというのは、普通に考えればずいぶん不自然かつ不健全なことに思える。耐えかねるほどの逆境《ぎゃっきょう》にある中、救いの手を差しのべられたという経緯から青豆が天吾を絶対視・神聖視するのはまだわかるにしても、天吾の側に、ろくに知りもしなかった青豆にそこまでこだわる理由がはたして存在しただろうか。

このあたりに僕は、かなりの強引さを感じずにはいられない（感じないわけにはいかない）。「十歳のときの幼く純真な恋心が二十年間持続して、三十歳にして成就《じょうじゅ》する」という設定自体に、途方もない嘘くささがまといついているのだ。そんなことがあってたまるかと思うし、実際にあったとしたらなにかが決定的にまちがっていると思ってしまう。それを「美しい」というよりは「気持ちが悪い」と思ってしまい、そこで一気に感興《かんきょう》が殺《そ》がれ、ほかの要素がどれだけ興味深かったとしても、物語として素直に享受《きょうじゅ》しようという意思が損なわれてしまうのである。

この点についてほかの読者がどう思っているのか、一度真剣に聞いてみたいものだ（一般読者のレビューなどをほぼまったく読んでいないというのは比喩でも誇張でもないので、どういう感想が一般的なのか僕は本当に知らない）。この本もまた信じられないほどのセールスを記録しているが、それもあるいは、〈ヘノ〉がそうであったように）この「純愛」ぶりが「ロマンチック」であるとして広く受け入れられたことに負《お》っているのだろうか。だとしたら、そういった人々に問いたい。「本当にそれで納得しているのか」と。

それとも、こんなふうに感じるのは僕が飛びぬけて意地悪で、根性がひん曲がっているからなのだろうか。

2　エクスキューズとしての性的放縦

以上で見てきたように、村上作品では主人公たちの純真さがときに極端なまでに強調されているが、彼ら・彼女らは「純真」ではあっても、「清純」であるとは必ずしも言えない。だれか特定の相手に対する一途な思いを担《にな》うその同じ人物が、一方では別の相手に対して性的に驚くほど奔放な一面を覗かせることがしばしばあるからだ。

前節で取りあげた『ノルウェイの森』＝〈ノ〉のワタナベは直子を一途に求めつづけるかたわら、年長の友人・永沢に誘われるまま夜の街に繰り出しては声をかけた女の子とゆきずりの関係を持つことを繰りかえし、それは毎週のように直子に会っていながら直子の心の中にはキズキしかいないことが「辛《つら》かったから」だと説明している。

『国境の南、太陽の西』＝〈国〉のハジメは、結婚してからこそ、たまに浮気はしても深入りはしないという鉄則を守っているものの、高校時代、クラスメートであったイズミとつきあっている間に、その従姉である歳上の大学生とセックスだけを目的としたひそかな逢瀬《おうせ》を続け、「会うたびに四度か五度」「二ヵ月間に亘《わた》って脳味噌が溶けてなくなるくらい激しくセックスを」することで、イズミを深く傷つけてしまったという過去を持つ。

また『1Q84』＝〈Q〉の天吾は、体が大きく、物静かで欲がないというおっとりしたたたずまいを裏切るように、三十歳になるまでに十人ほどの女性と性的関係を持ち（それは決して少ない数とは言えないだろう）、今なお週に一度は訪ねてくる十も歳上の「人妻のガールフレンド」とほぼ性欲処理のみが目的の関係を続けている。

青豆に至っては、定期的に高級ホテルのバーなどに出向き、好みの禿《は》げかかった中年男に声をかけては、そのまま客室に直行して即物的なセックスを楽しむのを習慣にしてすらいる。しかも、相手の男に対する態度が必要以上に（と僕には見えるのだが）サディスティックなのだ。

たとえば青豆が、女性に理不尽な暴力を振るう男に私的制裁を加えるという殺し屋としての「仕事」をひとつ片づけてから立ち寄った赤坂の高層ホテルの最上階にあるバーでアプローチしたのは、出張で大阪から来ている五十過ぎのビジネスマンである。当たり障《さわ》りのない雑談のさなか、青豆はだしぬけに、「あなたのおちんちんは大きい方？」と男に訊《たず》ねる。当惑しながらもなんとか応じていた男が、そのおちんちんを見せてほしいと青豆に請われて思わず「ここで？」と問いかえすと、青豆はこう答える。

「ここで？　あなた、どうかしてるんじゃないの。いい年をして、いったい何を考えて生きてるわけ？　上等なスーツを着て、ネクタイまで締めて、社会常識ってものがないの？　こんなところでおちんちんを出して、いったいどうすんのよ。まわりの人がなんて思うか考えてごらんなさいよ。これからあなたの部屋に行って、そこでパンツを脱いで見せてもらうのよ。二人きりで。そんなこと決

まってるでしょうが」〈〈Q〉「BOOK 1」p.114〉

僕だったら、たとえどれだけ魅力的な女だったとしても、こんなことを言われた時点で腹が立ち、あるいは意気阻喪《そそう》して、「あ、大丈夫です。もう帰ります」と（今風に）誘いを断るところだろう。見ず知らずの女に、どうしてこうまで悪しざまに言われなければならないのか。しかしこの男は、すでに勃然《ぼつぜん》と頭をもたげていた欲望に打ち勝てなかったのか、それとももともと女性からの言葉責めを好もしく思うマゾっ気があったのか、罵《ののし》られながらも唯々諾々《いいだくだく》と青豆の意向に従い、自分の部屋に彼女を連れていってお相手を務めるのである。

ここまで極端ではないにしても、似た構図は他の作品にもざらに見られる。たとえば『スプートニクの恋人』＝〈ス〉の主人公、二十五歳の小学校社会科教師〈ぼく〉は、ほぼ唯一の友人である二つ歳下のすみれに恋しているが、すみれは雇い主である十七歳上の在日韓国人女性ミュウに一方的に同性愛的感情を抱いており、〈ぼく〉の思いは報われない。そこで〈ぼく〉は、「苦痛をやわらげ、危険を回避するために、ほかの女性たちと肉体的な関係を持つことに」なる。そうすれば「すみれとのあいだに性的な緊張を介在させずにおけるだろうと考え」てのことだ。

〈ノ〉のワタナベが、直子への思いを果たせないつらさを紛らすためと称して夜ごとのガールハントに精を出すのとよく似ているが、〈ぼく〉はゆきずりの相手と交わるわけではなく、人妻（ほとんどは歳上）の、中には自分がクラス担任を受け持っている男児の母親との交際をもって、自らの性欲を処理している。

それを村上は「人妻のガールフレンド」と称しており、僕にはこの表現が気持ち悪くてしかたがないのだが（人妻は人妻であるという時点で「ガール」ではなくなっている気がするので）、この「ガールフレンド」は英語の“girlfriend”がそうであるように「性的関係のある女性」を意味するのだろうから、まあやむをえないのだろう。

それはともかくとして、「人妻のガールフレンド」というのは村上作品にはおなじみのアイテムであり、〈Q〉の天吾にも、最新作『騎士団長殺し』＝〈騎〉の〈私〉にもそう呼ばれる対象が存在する。いずれも定期的に主人公のもとを訪れ、彼の性欲を満たして去っていく歳上の女性として描かれている。そして主人公はいずれの場合も、相手をほぼ純粋な性欲処理の対象としてしか見ていない。

〈ス〉の〈ぼく〉は七歳上のその人妻について「彼女を愛することはできなかった。すみれと一緒にいるときにぼくがいつも感じる、あのほとんど無条件と言ってもいいような自然な親密さが、彼女とのあいだにはどうしても生まれなかったからだ」（p.121）と明言しているし、〈Q〉の天吾のケースはもっと露骨だ。天吾に多くを要求しないその人妻が性的なパートナーとして文句のつけようがないとした上で、このような叙述が続く。

彼が何よりも求めているのは自由で平穏な時間だった。定期的なセックスの機会が確保できれば、それ以上女性に対して求めるべきものはなかった。同年齢の女性と知り合い、恋に落ち、性的な関係を持ち、それが必然的にもたらす責任を抱え込むことは、彼のあまり歓迎するところではなかった。踏むべきいくつかの心理的段階、可能性についての仄《ほの》めかし、思惑《おもわく》の避けがたい衝突……、そんな一連の面倒はできることなら背負い込まずに済ませたかった。（〈Q〉「BOOK 1」p.451）

ここだけを見れば、天吾はかなり身勝手でいやなタイプの男性に思えてしまう。男女間の関係とそのメンテナンスにつきものの「面倒」をことごとく回避して、いいところ（純粋な性的快楽）だけを掬《すく》い取ろうとしていると謗《そし》られても反論できない態度ではないか。

〈騎〉の〈私〉が六歳上の「人妻のガールフレンド」（画家である〈私〉が糊口《ここう》をしのぐために講師として働いている絵画教室の生徒だったという設定）とつきあっている態度もこれと似ていて、女性とのそういう関わり方は初めての経験だったと断りを入れつつも、「私は彼女という人間にもともと興味を惹かれていたわけではない」「私と彼女とのあいだには共通する話題はあまり存在しなかった」として、その関係に性的快楽の追求以外の要素が欠けていた点を強調している。

まず最初に肉体があった。しかしそれはそれでなかなか悪くないものだった。私は彼女と会っているあいだ、純粋にその行為を楽しんだと思う。彼女もやはり同じようにその行為を楽しんでいたと思う。私の腕の中で彼女は何度も絶頂を迎えたし、私も何度も彼女の中で射精した。（〈騎〉第1部 p.74）

すでに学校に通っている娘が二人もいる人妻が、夫以外の男に「中で射精」することをはたして許すだろうか、という根本的な疑問はひとまず措いておくにしても（その問題については第3章であらためて詳細に論じることになる）、彼がかなり自由闊達《かったつ》な性生活を享受していることはここを見るだに歴然としている。

小田原郊外の山中にあるアクセスの悪い小さな家で一人暮らししている〈私〉のもとに、この人妻はなんと週に二回は車で乗りつけてくる（それは、相手が家庭のある主婦であるという点を度外視《どがいし》するとしてもなお、かなりの頻度であると僕には思えるのだが）。そして二人はなにやらウィットに富んだ会話を織りまぜながら、午後の悦楽に心ゆくまで身を任せるのである。これは〈私〉が六年間にわたる結婚生活を妻ユズの側から突然解消され、八ヶ月後に復縁するまでの間のできごとだが、その間、彼は少なくともセックスに関してはまったく不自由していなかったことになる（それもあってか、僕はこの〈私〉に対しても、妻に去られたことについて少しも同情できなかった）。

若干文脈は異なるものの、『色彩を持たない多崎つくると、彼の巡礼の年』＝〈色〉の多崎つくるも、大学生時代に製図のアルバイトをしていた設計事務所で知りあった女性と一定期間、性的な関係を続けている。その時点では彼女は独身であり、彼女が幼なじみの恋人との結婚を機に遠方に移転することになったのがきっかけでその関係も解消されることになるのだが、彼女にそういう恋人がいることはつくるもわかった上で交際していた。正規の恋人（あるいは婚約者）がいたという意味では彼女もまた人妻に準ずる存在であり、つくるより四つ歳上であるという点も含めて、他の「人妻のガールフレンド」たちと存在の意味はかなり似通っていると言っていいだろう。

なお、これら「人妻（あるいはそれに準ずる立場）のガールフレンド」たちが例外なく主人公より歳上なのは、おそらく偶然ではない。つくるに関しては「二人の姉と一緒に育ったせいだろう、彼は年上の女性といると自然に寛《くつろ》ぐことができた」という説明がなされているが（p.151）、これは前節で考察した「一人っ子」の問題と同じで、主人公の家族構成がどうであったかとは実質的に無関係な、おそらく村上自身の好みを反映したものだろう（〈ス〉の〈ぼく〉は姉がいる設定だが、〈Q〉の天吾は一人っ子、〈騎〉の〈私〉は妹がいたとされていて、まったく統一性を欠いている）。

ではなぜ歳上なのかというと、その理由については〈Q〉の天吾が明瞭に述べている。

　彼が落ち着けるのは、年上の女性を相手にしているときだった。何をするにせよ自分がリードする必要はないのだと思うと、肩の荷が下りた気持ちになれた。そして多くの年上の女たちは彼に好感を持ってくれた。だから一年ばかり前に十歳年上の人妻と関係を持つようになってからは、若い女の子たちとデートをすることをすっかりやめてしまった。週に一度、アパートの自室でその年上のガールフレンドと会うことで、彼の生身の女性に対する欲望（あるいは必要性）のようなものはおおかた解消された。（「BOOK 1」p.92）

ずいぶん虫のいい話だが、いちいちこのように説明されていないだけで、おそらく他の主人公たちも、ほぼ同じ理由に基づいてあえて歳上の相手を選んでいるものと思われる。そしてその相手に必ず配偶者なり正規の恋人なりがいることも、これと近い文脈から出ていることにちがいない。そういう間柄の相方が別に存在していれば、彼女たちが主人公たちに結婚を迫るなどの形で「責任」を負わせようとする恐れは基本的に回避される。要するに、責務を担うことなく楽に性欲の処理さえできればいいということなのだ。

つくるも同じである。彼がこの歳上の女性と性的関係を持つようになった背景には、その時点で彼を悩ませていた二つの問題（夜ごと自分の意思に反して見てしまう特定の性夢《せいむ》と、自分が同性愛者なのではないかという疑惑）を解消したいという思いがあったように描かれているが、つくるにとっての彼女が本質的に性欲処理の対象でしかなかったという点では、他のケースと本質的な区別はない。

週に一度彼女と会えなくなるのが残念だというのは本当だった。生々しい性夢を回避するためにも、現在という時制に沿って生きていくためにも、彼は決まった性的なパートナーを必要としていた。とはいえ、彼女の結婚はつくるにとってむしろ好都合だったかもしれない。その年上のガールフレンドに対して、穏やかな好意と健康的な肉欲以上のものを感じることが、彼にはどうしてもできなかったから。（〈色〉p.153）

一方では、つくるもまた、三十六歳という年齢を考えれば驚くほどうぶなところのある純真な男として描かれている。大学時代、かけがえのない仲間だと思っていた郷里の四人の友人から突然、一方的に断交を宣言されていながら、その理由を追求しようともせず、ただ深い傷心を抱えたままその後の人生を歩んできたという男である。

そのつくるが、現在親密な関係にある女性・木元沙羅《さら》から焚《た》きつけられ、かつての仲間たちに絶交の真の理由を訊ねて回る「巡礼の旅」がこの作品の主要な題材となっているわけだが、彼はそのうちの一人（陶芸家になっているクロ）に会うために、事前に約束も取りつけず単身フィンランドを訪れ、海外旅行自体が初めてだというのに当地でレンタカーを借りて、観光名所からも遠く離れた湖畔のキャビンを自ら探し当てることまでしている。生半可《なまはんか》な心がけでできることではない。その行動は徹頭徹尾《てっとうてつび》、混じり気のない一本気な誠実さに貫かれているように見える。

そういうつくるの人物像と、正規の恋人のいる女性とほぼ性欲を満たすことだけを目的とした関係を自ら率先して持つ姿とを、僕は頭の中でにわかにはひとつに結びあわせることができない。もちろんこれは、つくるだけの問題ではない。〈ノ〉のワタナベにせよ、〈Q〉の天吾あるいは青豆にせよ、「そこまで純真なのになぜ、一方では平気でそういうことができてしまうのか」という疑念と無関係にそのふるまいを見ることは難しいのである。

この手のアンバランスさに対する違和感を、僕はかなり早い段階からこの人の作品に感じていたと思う。作品を通じてそうした局面に行きあわせるたびに、なにかもやもやとした心安らがない感じに見舞われ、苛立ちを覚えるのだが、その正体を捉えることはなかなかできなかった。転機となったのは、〈Q〉を初めて読んだときである。天吾と青豆が、わずか十歳の頃の幼い恋心に、三十歳になってまでなお支配されているさまを「気持ち悪い」と感じたことこそが、最大のヒントになったのだ。

彼らの性的放縦（あるいは少なくとも、「性的快楽を求めることに対する積極性」）は、その一方に常に潜在している「気持ち悪さ」あるいは「それを気持ち悪いと取られてしまう可能性」に対する一種のエクスキューズとして投入されているものなのではあるまいか――。

想像してみてほしい。天吾と青豆が、仮に童貞と処女（あるいはかぎりなくそれに近い状態）であったとしたら？　天吾にはあれこれめんどうなことは言わずに毎週決まりよく性欲を満たしてくれる「人妻のガールフレンド」などいないし、青豆も、ショーン・コネリーのように頭の形がいい禿げかかった中年男を夜ごと漁ったりはしていない。セックスにはおよそ縁のない身であるそのような三十歳の男女が、十歳のときに好意を抱いた、そしてその後二十年間は行方も知らずにいる元クラスメートへの思いを、今もって心の中で大事に育んでいるとしたら？

それでもあなたは、二人の思いをかけ値なく「ロマンチック」だと称揚《しょうよう》できるだろうか。「この二人、どこかおかしいんじゃないの？」と言いたくならずにいられるだろうか。

読者にそういうジャッジを下させないためには、二人がそれぞれ、セックスに関してそれなりに経験を積んでいる（あるいは「不自由していない」）設定にする必要があった（まあそういう設定になっていても僕はどのみち「気持ち悪い」と思ってしまったわけだが）。さりとてその相手が正規の恋人や配偶者では、いざ二人が再会したときに成就されるべき「純愛」が成立しなくなってしまう。だからそれは、いつでも関係を解消できる「性欲処理だけが目的の人妻との逢瀬」であったり、名前さえ訊かず体を交えさえすれば二度と会うこともないゆきずりの関係であったりしなければならなかったのだ。

ひとたびそういう視点をもって眺めなおすなり、これまでに抱いてきた違和感のすべてに明確な回答が与えられ、疑問という疑問が氷解《ひょうかい》するような爽快さを覚える。

〈ノ〉のワタナベが永沢と組んでしばしば女の子を引っかけるというのは、直子と再会してから毎週のように顔を合わせていながら初めて寝るまで二年近くかかったという事実や、それきり自由には会えなくなったのに、それでも一途に思いつづけるという態度にともすれば付与されかねない「童貞臭」のようなものを中和するために必要な設定だったのではないか。

〈色〉のつくるが恋人のいる同僚と短期間とはいえ週に一度はセックスをする関係を持った過去があるというのも、三十六歳にしてはあまりにもピュアであるというつくるのいわば「弱点」（それは弱点であると同時に、この物語を成立させるためには不可欠な強みでもある）を側面から補強し、「そうはいっても彼は性的には十分に成熟しているし、しかるべき経験もあるのだ」と言い訳することで、悪意あるまなざしから守る必要を感じていたためではないか。

これまで例として挙げてきたような、「純真さ」がことさらに強調されている系列の作品でなくても、「これは一種のエクスキューズなのではないか」と思わせるシーンや記述は実に頻繁に見られる。

デビュー作の『風の歌を聴け』＝〈風〉からして、脈絡《みゃくらく》もなく「僕はこれまでに三人の女の子と寝た」と切りだし、それぞれのケースを詳細に語ったり、「街について話す。僕が生まれ、育ち、そして初めて女の子と寝た街である」などと性的経験があることを折に触れてさりげなくほのめかしたりしている（ちなみにこの「女の子と寝る」というのは、〈風〉から五作目の〈ノ〉あたりまでの村上が非常に好んで使用したフレーズである)。

二作目の『1973年のピンボール』=〈ピ〉では、ある朝主人公〈僕〉が目覚めると両脇に双子の姉妹がいて、彼は彼女たちが何者なのかもわからないままに共同生活を営むようになる(姉妹との間の性行為は作中では描かれていないが、当然あったものと想像される)。

続く『羊をめぐる冒険』=〈羊〉では、冒頭でいきなり、大学時代、毎週のように「FENのロック番組を大音量で聴きながらセックスを」したという家出少女の思い出が語られ(そのエピソードは本筋とはなんの関係も持たず、なくてもなんら不都合はない)、そして〈僕〉は(『ねじまき鳥クロニクル』=〈ね〉の岡田亨や〈騎〉の〈私〉がそうであるように)妻には別れを告げられるのだが、そのあと仕事を通じて存在を知った耳専門の広告モデルであり高級コールガールでもある女性(彼女は続編である『ダンス・ダンス・ダンス』=〈ダ〉では「キキ」と呼ばれることになる)と伝手《つて》を頼って二人で会うことに成功し、実にあっけなく性的関係に至っている。

『世界の終りとハードボイルド・ワンダーランド』=〈世〉では、〈世界の終り〉サイドの〈僕〉はともかくとして、〈ハードボイルド・ワンダーランド〉サイドの〈私〉は、性的にもなかなか積極的な男性として描かれている。行きがかり上のこととはいえ、会ったばかりの図書館のリファレンス係の女性を結果としてその日のうちにベッドに連れこむことにも成功している(ただしこのとき〈私〉は勃起《ぼっき》せず、実際に彼女と体を交えるには別の機会を待たねばならないのだが)。

なお、〈世〉の〈私〉が図書館のリファレンス係と親密な間柄になるプロセスと、〈ダ〉の〈僕〉が札幌のドルフィン・ホテルのフロントに立つ女性従業員ユミヨシとそうなるプロセスの描き方には、かなりの共通点が見られる。ともに主人公がなんらかの調べものをしている過程で偶然協力を仰《あお》ぐことになる相手だが、彼女たちは主人公からのあつかましいとも言える申し出に当惑しながらも決して門前払いは食わせず、性的にもわりとあっさり主人公を受け入れていくのだ。

一方〈ね〉の岡田亨は、妻のクミコが失踪して以降、自分からセックスの相手を探しこそしないものの、外からやってくるものを拒むことはない。占い師加納マルタの妹・加納クレタが、（なぜそうしなければいけないかあれこれと込み入った理由を掲《かか》げながら）「私を娼婦として抱いてほしい」と頼んできたときも、言われるまま彼女と一夜をともにし、翌朝も「できることなら手をのばして彼女の体をもう一度抱きたい」いと思っている（このくだりについては次節で詳述する）。

よくもまあこれだけ主人公にとって都合のいいようにことを運ばせるものだとあきれもするのだが、ひとつだけはっきり言えることがあるとすれば、村上の主人公たちの中で、セックスに不自由している者はただの一人もいないという点である。ただの一人も、だ。それはひとつには、彼らがどういうわけか異性からいとも容易に好感を得られるという設定になっているからだ。

彼らは特に、歳上の女性からの覚えがめでたいようだ。たとえば〈ノ〉のワタナベは、永沢がしばしばほかの女性と寝ていることもわかっていながら黙ってそれに耐えている恋人のハツミの部屋を行きがかり上訪れることになったとき、ハツミとこんなやりとりを交わす。

「つまりね、僕には兄弟がいなくってずっと一人で育ってきたけれど（※註：ワタナベもまた一人っ子である）、それで淋しいとか兄弟が欲しいと思ったことはなかったんです。一人でいいやと思ってたんです。でもハツミさんとさっきビリヤードやってて、僕にもあなたみたいなお姉さんがいたらよかったなと突然思ったんです。スマートでシックで、ミッドナイト・ブルーのワンピースと金のイヤリングがよく似合って、ビリヤードが上手なお姉さんがね」

ハツミさんは嬉しそうに笑って僕の顔を見た。「少くともこの一年くらいのあいだに耳にしたいろんな科白《せりふ》の中では今のあなたのが最高に嬉しかったわ。本当よ」（〈ノ〉下巻 p.127）

ワタナベはハツミとまで肉体関係を持つわけではないが（しかし僕は今回再読するまで、彼はハツミとも一回くらい関係していたはずだと思い違いをしていた。それくらい、ワタナベの行動に無節操な印象を受けていたということだろう）、村上の主人公の「歳上の女キラー」としての側面を象徴的に表す場面なので、あえて抜粋した。

同じ〈ノ〉の中で、こんな場面もある。直子の自殺後、直子が遺《のこ》した服を身に着けて吉祥寺《きちじょうじ》の一軒家にワタナベを訪ねてきた三十八歳のレイコは、今の自分は「かつての私自身の残存記憶」にすぎないと言う。それに対してワタナベはこう応じるのだ（そしてこのあとワタナベは、レイコとは実際に体を交える）。

「でも僕は今のレイコさんがとても好きですよ。残存記憶であろうが何であろうがね。そしてこんなことはどうでもいいことかもしれないけれど、レイコさんが直子の服を着てくれていることは僕としてはとても嬉しいですね」

レイコさんはにっこり笑って、ライターで煙草に火をつけた。「あなた年のわりに女の人の喜ばせ方よく知ってるのね」

僕は少し赤くなった。「僕はただ思っていること正直に言ってるだけですよ」（〈ノ〉下巻 p.250）

このシーンは、『海辺のカフカ』＝〈海〉における十五歳の田村カフカ少年と、彼が身を寄せた甲村《こうむら》図書館の館長、五十代の女性である佐伯との以下のやりとりを想起させずにはおかない（そしてこのあと、驚いたことにカフカと佐伯もまた実際に体を交える）。

「ありがとう」、僕が机の上にコーヒーを置くと彼女は言う。

「疲れているみたいに見えます」

彼女はうなずく。「そうね。疲れると、ずいぶん歳をとって見えるでしょう」

「そんなことはありません。佐伯さんはいつもと同じようにとても素敵です」と僕は正直に言う。

佐伯さんは笑う。「あなたは歳のわりに、女性の扱いがなかなかうまいのね」

僕は赤くなる。（〈海〉下巻 p.67）

たまたま相手が歳上のケースをいくつか並べたが、年齢が相手より上か下かというのは、窮極にはあまり関係がないようだ。見るからに気難しそうな十三歳の少女ユキをみごとなまでにあっさり手なずけた〈ダ〉の〈僕〉(三十四歳)をはじめ、(性的な関係に至るかどうかは別にして)主人公たちは十代の少女らからも軒並《のきな》み好かれているし、年齢にかかわらず登場してくる女性たちはたいてい早い段階で主人公に好意を抱いているように見える。

その設定は各作品のいたるところで具体的なシーンとして描かれてもいるが、理由(というかそのメカニズム)に当たるものをかなり明瞭に述べている箇所もある。たとえば『スプートニクの恋人』=〈ス〉の〈ぼく〉は、すみれへの思いが遂げられない苦痛を回避するためにほかの女性と性的関係を持つに至った経緯を述べたあとで、こう続けている。

> ぼくは一般的な意味からすれば女性にもてたわけではない。べつに男性的な魅力に恵まれているわけでもないし、なにか特殊な才能を持ち合わせているわけでもない。しかしある種の女性たちはなぜか(その理由はぼく自身にもよくわからないのだが)ぼくに興味を持ち、それとなく近づいてきた。そしてそのような機会を自然にとらえさえすれば、彼女たちと性的な関係を持つのはそれほどむずかしいことではないという事実をぼくはあるとき発見した。そこには情熱と呼べるほどのものは見いだせなかったが、少なくともある種の心地よさはあった。(〈ス〉p.92)

村上自身が自覚しているかどうかは不明だが、これと酷似《こくじ》した叙述が〈Q〉にも見られる。

天吾は一般的な意味でハンサムではないし、社交的な性格でもなく、とくに話が面白いわけでもない。いつも金に不自由していたし、着るものも見栄えがしなかった。しかしある種の植物の匂いが蛾《が》を引き寄せるように、ある種の女性を天吾は引き寄せることができた。それもかなり強く。

二十歳になった頃に（中略）その事実を彼は発見した。自分から何もしなくても、彼に関心を持って近づいてくる女性たちが必ず身近にいた。（中略）やがてコツのようなものを飲み込み、その能力をうまく使いこなせるようになった。そしてそれ以来、天吾が女性に不自由することはほとんどなくなった。（〈Q〉「BOOK 2」p.482）

これらの叙述には、まるで実体験に根ざしてでもいるかのような妙な生々しさが感じられる。〈ス〉の〈ぼく〉と〈Q〉の天吾は当然まったく別個の人物だし、必ずしも人間としての類型が近いわけでもない。かたや「羊四部作」の〈僕〉と同様、なにかにつけて気の利いた（あるいは少なくとも気が利いているように見える）冗語的な発言を繰り出してはいろいろなこと煙《けむ》に巻くタイプ、もう一方は高校時代に柔道の県大会で決勝戦まで進んだという大柄な偉丈夫《いじょうぶ》で、よけいなことは口にしないという（若い世代の読者には例が古くて恐縮だが）「気は優しくて力持ち」な『ドカベン』の山田太郎を思わせるタイプだ。

にもかかわらず、女性の歓心《かんしん》を得ること、特に性欲を満たす相手としての女性を効率的に手に入れる手段をめぐって、この二人はなぜかくまで似ているのか。はからずも、そこに村上春樹自身が顔を覗かせてしまっている可能性がありはしないか。人生のいずれかの時期に、彼らと似たような意外な「能力」を自分が持っていることを「発見」し、それを意図的に行使した経験が村上自身にもあったのではあるまいか。

僕にはまるで村上春樹自身が、読者に向かって懸命にこう言い訳しているように見えるのだ。「いやいや、これでも僕は若い頃はそれなりに性的な経験を積んでいるし、こう見えて言い寄ってくる女性も決して少なくはなかったから」と。

もちろんそれが下衆《げす》の勘《かん》ぐりにすぎず、本書の論考の枠を逸脱《いつだつ》していることは重々承知しているのだが、主人公に一定の性的経験があること、その経験を得るのに不自由はしていないことを、ほとんどすべての作品でこうまで執拗に強調されると、いったいそれは誰が、誰に向けて発しているなんのためのエクスキューズなのか、と真顔で問いただしたくなってくるのだ。

それに、右に挙げたような（たがいに似通った）作中のくだりが目に触れるたびに、だれか特定個人の自慢話を聞かされているような微妙な辟易《へきえき》の念を禁じえなくなるのはなぜなのだろうか。

3　イノセント化される性的逸脱行為

さて、村上春樹の諸作品において、主人公の放埓《ほうらつ》な性行為や、性欲処理のみを目的とした性交などが一種のエクスキューズとして活用されていることを以上で見てきた。そのエクスキューズは、純真であることがその肯定的価値の裏側に同時に帯びてしまいがちな否定的イメージ（野暮ったさ、童貞臭、年齢にそぐわないナイーブさなど）を相殺《そうさい》するような形で挿入されるのが最も特徴的だが、それ以外にも、主人公がどういう境遇に置かれているにせよ、セックスの相手にはとにかく不自由していないのだと逐一念を押すためでもあるかのように非常に頻繁に用いられている。

その点をこれだけたびたび念入りに言い含められると、もはや村上春樹自身が、自らの作品世界や物語を「童貞男子のナイーブでおめでたい幻想」のように受けとめられることを（なぜか）恐れ、一種の過剰防衛を施しているようにしか思えなくなってくるわけだが、そうしたエクスキューズを駆使《くし》することにひとつ大きなリスクがあることをここで指摘しないわけにはいかない。それは、度が過ぎれば読者の反感を買い、本来称揚したかったほうの価値（純真さなど）をかえって損なってしまいかねないという点にある。

たとえば、仮に『ノルウェイの森』＝〈ノ〉のワタナベが、阿美寮に直子を訪ねてしみじみと語りあってからもなお、永沢とのガールハントをいっさい控えず、接近してくる緑とも躊躇なく性交を重ねていたとしたらどうだろうか。ガールハントにも、そしておそらく緑の存在や彼女との間に交わされる性的接触などにもエクスキューズとしての側面があるわけだが、そちらを強調しすぎると、ワタナベの直子に対する思いはいったいどこが「純愛」なのか、という話になってしまう。

直子への思いを大事にしようとひとたび心に決めてからのワタナベは、手紙で直子に対して綴《つづ》っているとおり「誰とも寝ていない」し、緑にどれだけ迫られても「やるわけにはいかない」と言って拒む（といっても、しつこく指摘するなら、結局手で処理はしてもらっているわけだが）。だからこそ、直子への「純愛」が「純愛」として成り立っているのである。

まあ正直なところをいえば、ワタナベのそれは本当に「純愛」と呼べるものなのかという点について僕は最初から懐疑的であり、何度読みかえしてもその疑いを晴らすことはできずにいるのだが、「純愛」というのはこの作品に対してメディアや読者が勝手に貼ったレッテルであって、著者本人がそう主張しているわけでは（たぶん）ないのだから、その点については目をつぶろう。

それより注目すべきは、くだんの永沢とのガールハントに対してワタナベが取っている態度である。彼はもともと、この行動に対してそれほど乗り気だったわけではない。どちらかというと、永沢に誘われて行きがかり上応じているだけという気配がある。事実、「僕自身は知らない女の子と寝るのはそれほど好きではなかった」と明言してもいる。

ただそれに続けて、「性欲を処理する方法としては気楽だったし、女の子と抱きあったり体をさわりあったりしていること自体は楽しかった」とも述べている点が重要である（上巻 p.65）。つまり、それはあくまで「性欲の問題」なのだ。処理しなければならない性欲があり、それをするに際して手っとり早かったから、誘いをはねのけなかったということなのだ。

成績も優秀で外務省の試験にやすやすと合格した永沢を祝うために、その恋人ハツミとワタナベの三人で食事をしたとき、悪趣味な性格破綻《はたん》者である永沢は、かつて二人でガールハントをしたときにワタナベと「女をとりかえっこした」というエピソードをハツミに披露《ひろう》する。ハツミは冷静な面持ちを保ちながらも、本当にそんなことをしたのか、なぜそんなことするのか、あなたにはそういうことが向いていないように思えるのに、なぜやめないのかとワタナベを問いつめていく。

「ときどき温もりが恋しくなるんです」と僕は正直に言った。「そういう肌の温もりのようなものがないと、ときどきたまらなく淋しくなるんです」

「要約するとこういうことだと思うんだ」永沢さんが口をはさんだ。「ワタナベには好きな女の子がいるんだけれどある事情があってやれない。だからセックスはセックスと割り切って他で処理するわけだよ。それでかまわないじゃないか。話としてはまともだよ。部屋にこもってずっとマスターベーションやってるわけにもいかないだろう?」

「でも彼女のことが本当に好きなら我慢できるんじゃないかしら、ワタナベ君?」

「そうかもしれないですね」と言って僕はクリーム・ソースのかかった鱸《スズキ》の身を口に含んだ。(〈ノ〉下巻 p.112)

露悪《ろあく》的なキャラクターとして設定されている永沢のみもふたもない台詞《せりふ》はつい読みとばしてしまいそうになるが、村上作品の底流を流れている思想の表明としては、むしろ永沢の言っていることのほうが本質に肉薄《にくはく》しているように僕には思える。真摯《しんし》に思いを寄せる相手がいようがいまいが、性欲はどのみち厳然として常に存在し、それは「処理されなくてはならない」ものなのだ(右記のやりとりに続けて永沢がハツミに「君には男の性欲というものが理解できていないんだ」と言っているように、それはもっぱら男の抱える問題として提示されている)。

日曜日ごとに阿美寮の直子に手紙を書き送るのが習慣となっていた頃、ワタナベは永沢から何度かガールハントへの誘いを受けていながらその都度用事があると言って断っているが、そのときでさえ、彼はこう述べている。

僕はただ面倒臭かったのだ。もちろん女の子と寝たくないわけではない。ただ夜の町で酒を飲んで、適当な女の子を探して、話をして、ホテルに行ってという過程を思うと僕はいささかうんざりした。(中略)ハツミさんに言われたせいもあるかもしれないけれど、名前も知らないつまらない女の子と寝るよりは直子のことを思い出している方が僕は幸せな気持になれた。草原のまん中で僕を射精へと導いてくれた直子の指の感触は僕の中に何よりも鮮明に残っていた。(〈ノ〉下巻 p.163)

「女の子と寝たい気持ち」それ自体を、ワタナベは否定していない。この場合の「女の子」は当然、どこの誰とは特定できない「適当な女の子」のことである。結果として彼は誘いを断っているが、それは「面倒臭かった」からであり、直子とのことも歯止めになったとはいえ、このとき彼が思い出しているのは彼女の性的な側面である。彼はただ単に、めんどうな手続きを経て知らない女の子と寝るよりも、(そのように明言されてはいないが)直子を思ってマスターベーションをするほうが性欲処理の方法として好ましいとこのときは判断した、というだけのことなのだ。そこに、「直子という人がいるのだからほかの女の子とむやみに寝たりすべきではない」という強い意思はあまり感じられない。

　本当に好きな相手との間で性欲を満たせるならそれに越したことはないが、事情がそれを許さない場合もある。そのとき、純然たる性欲処理として別の相手とそれを済ませることは、ある程度許されてしかるべきなのではないか――。〈ノ〉にかぎらず、さまざまな作品のさまざまな場面を通じて、村上はそう主張しているように見える。というより、そうとでも仮定しなければ説明のつかない場面があまりにも多すぎるのだ。

　そうでないとしたら、なぜ『1Q84』＝〈Q〉の天吾をはじめとする多くの主人公たちは、定期的な性欲処理の機会を提供することだけに存在意義がほぼ特化された「人妻のガールフレンド」やそれに準ずる相手を確保しているのだろうか。そこには、「目的が純然たる性欲処理ならOK（＝主人公にとって本命に当たる異性との間でそれは競合《きょうごう》しない）」というもうひとつのエクスキューズが伏在しているように見える。いわばエクスキューズに対するエクスキューズである。これを仮に「二重エクスキューズ」と呼ぼう（『騎士団長殺し』＝〈騎〉に登場する「二重メタファー」とは無関係）。

　ガールハントをしているという事実や、「人妻のガールフレンド」の存在自体が、「この主人公は決してセックスに無縁な境遇にあるわけではない」ということを示すエクスキューズとして機能しているわけだが、そこに「でもそれは単なる性欲処理にすぎないのだから」と重ねて言い訳をすることで、ひとつ目のエクスキューズの持つ意味の暴走を抑制し、結果として主人公の性的逸脱行動に免罪符《めんざいふ》を与え、無罪化《イノセント》している。村上作品に見られるエクスキューズとしての性的放縦は、そういうきわめて入り組んだ構造を持つ仕組みによって巧妙に「読者にとって受け入れやすい形」に整えられているのだ。

ただ、「目的が純然たる性欲処理ならOK」というそのロジックが読者に、ことに女性読者にどの程度まで通用しているのかははなはだ疑問である（ハツミだって、「でも彼女のことが本当に好きなら我慢できるんじゃないかしら」ともっともな指摘をしているではないか）。まああまり「男は、女は」と一般化するのも決めつけになってしまうかもしれないが、あくまで一般論に則《のっと》っていうなら、〈Q〉の青豆が自分の中年男ハンティングの習慣についてまさにエクスキューズとして次のような見解を持っていることにも、僕としては疑問を感じざるをえない。

青豆が時々たまらなく男たちと寝たくなるのは、自分の中ではぐくんでいる天吾の存在を、可能な限り純粋に保っておきたいからなのかもしれない。彼女は知らない男たちと放埒に交わることによって、自分の肉体を、それを捉えている欲望から解き放ってしまいたかったのだろう。その解放のあとに訪れるひっそりとした穏やかな世界で、天吾と二人だけで、何ものにも煩わされることのない親密な時間を過ごしたかったのだ。（〈Q〉「BOOK 2」p.113）

一方、同じ〈Q〉から例を引くなら天吾のほうは、先述のとおり「人妻のガールフレンド」相手に規則的に性欲を処理する毎日を送っているわけだが、天吾と青豆はいずれ奇跡の再会を果たし、二十年越しの

「純粋な思い」を成就させることになっている。いくら性欲処理だけが目的の交際だったとはいえ、そういう相手が現に存在していたら、青豆の手前少々具合の悪いことになりはしまいかと心配されるのだが、それは杞憂《きゆう》に終わる。しかるべきタイミングで、このガールフレンドは実に都合よく物語の表舞台から退場していくことになるからだ。

ある晩天吾は、安田と名乗る知らない男からの電話を受ける。「家内はもうお宅にお邪魔することができない」と相手が言うのを聞いて、ようやく天吾は人妻のガールフレンドが「安田恭子《きょうこ》」という名前だったことを思い出す。「彼女が天吾の前でその名を口にする機会はまずなかったし、だから思い当たるまでに時間がかかった」と一応言い訳しているが、仮にも一定期間、毎週のように家を訪れて体を合わせていた女の名前をとっさに思い出せないなどということがはたしてありうるだろうか。

もっとも、これにはひとつ注釈が必要な気がする。村上は、概して登場人物に固有名を与えることを避けようとする傾向がある。特にこの「安田恭子」のような立場にある女性たち（主人公がほぼ性欲処理目的で交際している歳上の人妻など）は名前が与えられること自体が稀《まれ》だ。最新作の『騎士団長殺し』＝〈騎〉でも、それに当たる人物は常に「ガールフレンド」としか呼ばれず、固有名が示されることはない。

名前をめぐるこの問題については第4章で詳述することになるので、ここで深入りはしない。とにかく、この段階まで「安田恭子」に固有名が与えられていなかったのはそうした基準に基づくことだとして、このとき恭子の夫が伝えてきたのは、彼女が「既に失われてしまった」ということだった。彼は妻と天吾の関係を知った上で、事態が根本的に変わってしまったことを妻の不倫相手に伝えずに済ませることに寝覚めの悪さを感じてわざわざ電話してきたのである（「BOOK 2」p.125）。

「失われてしまった」というのが具体的にどういう状態を指すのか、恭子の夫はひとことも説明しない。「死んだ」ということでもないらしいが、さりとて「失われる」というのはこのような形で普通に使われる言葉ではない。あとになって、この一件はどうやら神に似た超自然的存在「リトル・ピープル」からの天吾への警告だったらしいと判明するのだが、恭子が結局どうなったのかは最後までわからずじまいで終わる。なんとも不穏なあと味を残す一幕だが、恭子を見舞った運命がどのようなものであったにしても、肝腎なのは、これで天吾と青豆が結ばれるのを阻《はば》む障壁がひとつ、当人たちにはなんの苦もなく除去されたという事実である。

〈騎〉における「人妻のガールフレンド」も、主人公が大きな問題を乗り越え、事態がすべて収束《しゅうそく》していくタイミングを見計らったかのように、「もうあなたに会わないほうがいいと思う」と電話一本で自分から別れを切りだしてくる。夫が自分のことを疑いはじめているばかりか、上の娘が問題を抱えているからというのがその理由だが、それは〈私〉自身、別れた妻ユズともう一度きちんと話してみようと思っていた矢先のことでもある。

人妻ではないが、『色彩を持たない多崎つくると、彼の巡礼の年』＝〈色〉の多崎つくるにとってそれに相当する存在であった設計事務所の歳上の女性は、本人が結婚することになって自ら離れていくし、そもそも時期的にもつくるにとっての本命である木元沙羅との交際とはかぶっていない。

主人公の側から関係の解消を申し出るのは、『スプートニクの恋人』＝〈ス〉の〈ぼく〉のケースのみである。ただしそれも、どさくさまぎれに体《てい》よく丸めこんだという印象を与える場面として描かれている。ガールフレンドの息子（それはすなわち、〈ぼく〉がクラス担任を受け持っている児童でもある）がスーパーマーケットで万引き騒動を起こし、保護者として保安室に呼ばれたガールフレンドが電話で助けを求めてくる。駆けつけた〈ぼく〉は、癖のある警備主任と渡りあってどうにか事態を収拾《しゅうしゅう》するのだが、そのあとで二人になったとき、息子が自分たちの関係についてなにか察している気がするとガールフレンドが言ったのに乗じて、もう会うのをやめたほうがいいと〈ぼく〉が提案するのである。


「ずいぶん考えてみたんだ」とぼくは言った。「でもぼくはやはり問題の一部になるわけにはいかない。いろんな人のためにもね。問題の一部でありながら、解決の一部になることはできないんだ」

「いろんな人？」

「とくに君の息子のために」（〈ス〉p.301）

こう言っておきながら、実際にこのとき考えていたのは「そこに存在した彼らではなく、我々でもなく、不在するすみれのことだけだった」と彼はあとから認め、「ぼくはぼく自身にとって必要だと思えることをやっただけだった」とも述べている。

この時点では、すみれはギリシャの小さな島で失踪《しっそう》したきり行方もわかっていないので、〈僕〉がガールフレンドとの関係を絶ったのも実際上の必要に迫られてのことではなく、あくまで自分の気持ちの中でけじめをつけるという意味しか持ってはいないのだが、いずれにしても、ずいぶんエゴイスティックで冷酷な仕打ちのように見える。万引き事件の収拾をめぐる妙に冗長な描写も含めて、著者の真意を測りがたく感じるくだりである。

ともあれ、主人公の性的経験を証明するエクスキューズとして活用された彼女たちは、その役目を終えるなり、今度はこのように一転して障害物として除去されていくことになるのである。

ところで〈Q〉の天吾には、青豆との「純愛」を成就するにあたって、少なくとも外形的には障害となりうるもうひとつの存在がある。十七歳の少女、ふかえり（深田絵里子）である。

ふかえりが書いて文学新人賞に応募してきた（厳密には、同居している少女が勝手に応募の手続きを取った）『空気さなぎ』なる小説を天吾がリライトすることになったのがきっかけで知りあったこの少女は、天吾のことはなぜか初対面の段階から信頼し、一緒に歩くときに自分から手をつないできたりする（そのこと自体、僕には不自然としか思えないのだが）。新興宗教団体さきがけの教祖の娘でもあり、神がかりな言動を取ったりもするのだが、基本的に何を考えているのかわからない。

その彼女が、アパートに一人暮らししている天吾のもとに身を寄せてきたことで、彼らはいっとき二人きりで寝食をともにすることになる。ある晩ふかえりは、天吾の「オハライ」が必要と称し、同じ蒲団に入って彼女を抱くことを天吾に要求する。わけもわからぬまま応じた天吾は、気がつけば彼女と性的に交わっており、彼女の中に射精してしまう。ただしそのとき彼は、硬く勃起してはいるものの体の自由はきかず、性交もふかえりのほうが自ら天吾の上にまたがった形でなされたものだった。

気がついたとき、天吾はふかえりの中にいて、彼女の子宮に向けて射精をしていた。そんなことはしたくなかった。しかしそれを止めることはできなかった。すべては彼の手の届かないところでおこなわれていた。（〈Q〉「BOOK 2」p.308）

自分の意思ではなく、体も随意《ずいい》に動かせず避けることができなかったという意味で、いわばレイプされたようなものだが、あとになってこれは、霊媒《れいばい》的な能力を持つふかえりが自分の体を使って、遠隔地にある天吾と青豆を交わらせ、天吾の精液を青豆の子宮に送り届けるための行為であったことがわかる。ここまで周到に何重にもエクスキューズを張りめぐらされれば、この行為はおのずとイノセント化されざるをえない。

それにふかえりと天吾の間にはもともと恋愛感情はなく、ふかえりは役目を果たすとやはり物語のフロントから姿を消すことになるので、その意味でも、青豆にとっての脅威にはなるはずもない存在なのである。ただしふかえりとの性交に関していうなら、もともと天吾が望んだことではないわけで、そこになんらかのエクスキューズの意図があるとしても、その他の二重エクスキューズの構図とは少し趣《おもむき》を異《こと》にしているようにも思える。この点については第3章で別途考察を加えよう。

村上春樹が仕込んだこの手の多重エクスキューズの中で、ある意味において最高傑作と褒《ほ》めたたえたくなるのは、なんといっても『ねじまき鳥クロニクル』＝〈ね〉の主人公・岡田亨が、加納《かのう》クレタを「娼婦として」抱くくだりだろうと僕は思っている。

加納クレタは、一九六〇年代のファッショナブルな女性のようななりをしているどこか現実離れした二十代なかばの美しい娘である。亨たちのいなくなった飼い猫ワタヤ・ノボル（のちに「サワラ」と改名）の行方探しを亨の妻クミコが依頼した占い師・加納マルタの妹で、猫探しに必要だからということで亨の家に「水の採取」に訪れるのが最初だが、クミコの兄で亨にとっては義兄に当たる経済学者・綿谷《わたや》ノボルに「汚《けが》された」と訴えてもいて、やがては亨とも深い関わりを持つようになっていく。

猫の行方がわからなくなったことは、実は亨を取り巻く大きな問題の序章にすぎず、妻クミコの失踪を皮切りに急転回していく事態の中で、クレタはその問題の解決へと亨を導く重要なキーポイントとして位置づけられていくことになるのだ。

姉マルタが助手として使っているクレタは一種の霊媒でもあるが、その能力は、夢の中で人と性的に交わることによってその人の抱える問題の解決を手助けするというものである。したがって彼女は、亨の夢の中にも何度か登場して、亨のペニスを口に含んで射精に導いたり、「岡田様は何も考えなくていいんです」などと言いながら自ら亨の上に馬乗りになって腰を動かし、やはり射精に導いたりする（その場面は、〈Q〉でふかえりが天吾の上にまたがる場面とあまりにもよく似ている）。

なんとも（男にとって）都合のいい働きをしてくれる女性だが、この段階では、二人はまだ物理的に性的な接触を交わしているわけではない。クレタ自身の言葉を借りれば、「岡田様が射精なさるとき、それは私の体内にではなく、岡田様自身の意識の中に射精なさるわけです」（第2部 p.81）ということだ。二人の交わりも、亨の側には選択の余地がないような形で描かれている。

しかしある晩、夜中にベッドで目を覚ました亨が、自分の隣に加納クレタが（夢ではなく現実に）全裸で眠っている姿を見出だしたあたりから、事態は別の様相を帯びてくる。彼女が覚えているのは、亨が考えごとをするのに使っていた近所の古い涸《か》れ井戸の底に降りてそこで眠ったところまでで、気がついたら裸で亨の隣に寝ていたのだという。くだんの井戸は、異世界に通じるチャンネルとして機能していることがしだいにあきらかになっていくし、クレタ自身が特異体質の霊媒でもあるわけだから、なぜ彼女がいつのまにか亨の隣に一糸まとわぬ姿で寝ていたのか、その経緯については不問に伏すとしよう。問題はそこからだ。

その日一日一緒に過ごしたあとで、クレタは亨と「肉体的に性交したい」と持ちかけてくる。彼女には、「意識の娼婦」という現在の立場になる以前に、やむにやまれぬ事情に押されて「肉体の娼婦」としてお金を稼いでいた時期もある。その最後の客になったのが綿谷ノボルなのだが、そのときに体に残された汚れから解放されるためにも、またそれを通じて「意識的にも肉体的にも娼婦であることをやめる」べくひとつの区切りをつけるためにも、「ただ一度だけでいいから娼婦として私を抱いてほしい」というのだ。

結果として亨は自らの意思でその申し出を受け、彼女と物理的にも交わることになる。この少し前に亨は、妻クミコからの長い手紙を受け取り、仕事上知りあったずっと歳上の妻子ある男性と三ヶ月にわたって性的関係を持っていたことを告白され、自分のことはもう忘れてほしいとも言われている。だからそもそもここでクレタを抱くことが人倫《じんりん》に悖《もと》るとは一概には言えないのだが、それにしても念が入っていると僕がある意味で感心するのは以下のくだりなのだ。

「ねえ、悪いけれど僕は他人の肉体を買ったりしない」

加納クレタは唇を噛《か》んだ。「こうしましょう。お金のかわりに奥様の洋服を何着かください。そして靴も。それが形式的には私の肉体の代価になります。それでいいでしょう？　そうすることによって、私は救われるのです」（〈ね〉第２部 p.260）

なんという手の込んだエクスキューズだろうか。

村上はまず亨を、妻に去られたからといってその間に色ごとひとつこなせないような無粋《ぶすい》な男としては描きたくなかったのだろう（同じく妻に去られた立場である『騎士団長殺し』＝〈騎〉の〈私〉にも「人妻のガールフレンド」がいたように）。実際クレタの誘いかけも、言葉面《づら》だけを捉えれば「娼婦として抱いてほしい」といういわば「商談」の体裁を取ってはいるが、それは形式上のことにすぎず、実際には亨という一男性への好意や信頼から、自分の再出発への船出を一任したい思いで申し出ていることがはっきりと伝わってくる。［**※第一のエクスキューズ**］

しかし亨は、この時点で実はまだクミコのことをあきらめてしまっているわけではない。事実、一緒にクレタ島に行って暮らそうというクレタからの誘いにもいったんは応じ、パスポートなど出発に向けての準備も進めておきながら、「逃げてはいけない」と思いなおし、クミコを取りもどすための死闘に舞い戻っていく様子がこのあとのくだりで描かれることになる（その姿はそれ自体、「純真」とは言えないまでも実にいじましく涙ぐましいものである）。それを考えれば、ここで亨がクミコ以外の女性とあまり安易に体を交えるのは微妙なところもある。

ただし、その相手が「娼婦」であるなら話は別だ。娼婦といえば通常は性欲処理のためだけに存在する対象であり、そしてすでに見てきたように、「純然たる性欲処理ならＯＫ」という基準が村上作品には適用されているからだ。だからここでクレタが「娼婦として」抱いてほしいと自分からわざわざただし書きをつけてきたことは、その意味で渡りに船なのである。［※**第一のエクスキューズに対するエクスキューズ**］

さりながら、問題はもうひとつある。「娼婦を買う」という行為を主人公のふるまいとして描いたりしたら、読者（ことに女性）から顰蹙《ひんしゅく》を買いはしまいか（主人公が「買春《ばいしゅん》」をする場面が村上作品で描かれるのは、『ダンス・ダンス・ダンス』＝〈ダ〉が最初で最後。それ以外は『世界の終りとハードボイルド・ワンダーランド』＝〈世〉でコールガールについてのわずかな言及があるのみ）。そういう懸念から、村上は「悪いけれど僕は他人の肉体を買ったりしない」という台詞を亨に言わせたのではあるまいか。代価をお金ではなくクミコの衣服や靴で支払うというのは、「この行為は買春であって買春ではない」という強引なロジックを成立させるために捻出《ねんしゅつ》された奇策、というか苦肉の策だったのではあるまいか。［※**第一のエクスキューズに対するエクスキューズ、に対するエクスキューズ**］

形の上では代価を手渡しているから、それはあくまで単なる買春であってクミコに対する不貞ではないが、お金を渡しているわけではないから、その意味では亨は「金で女を買った」ことにはならない。こうしてここでの亨は二重にイノセント化され、その二重エクスキューズが、「性的に決してうぶなわけでも鈍《どん》くさいわけでもない亨」という像を支えているのである（しかも、それを通じてクレタという一人の女性を救うという「善行」までなしとげられている）。おみごととしか言いようがない。

もっとも、村上がどういう意図でこのくだりをこのように描いたのか、本当のところはわからない。「そのように見える」という意味で、僕はひとつの（村上自身の好きな言葉を拝借するなら）「仮説」を提示しているにすぎない。それに、仮に村上の意図が僕の想像どおりだったとしても、その意図が読者に対して意図どおりの効果を及ぼしているかというと、その点はやはりおおいに疑問である。ロジックが強引だからというだけではない。「娼婦を買う」代価として支払ったものがよりによって妻の衣服や靴だったという点に、致命的な問題があるとしか思えないからだ。描いた場面を無害化しようとして深追いし、かえってやぶへびな結果に陥っているのではないか。

この〈ね〉のくだりは極端な例だとしても、その他あちこちに散見するこうしたエクスキューズの使用例について、一般読者がなんの疑問も抱かないのだとしたら、僕にはその点こそがおおいなる謎だ。しかし、村上春樹という作家に対して世界中から注がれているこの圧倒的な支持の勢いを見るかぎり、読者の多くはそれらのしかけにまんまとだまされているか、そうでなくてもそれはそれで納得していると考えるべきなのだろうか。

第2章　当事者であることを回避する人々

1　定型句「やれやれ」の興亡

男の一人暮らしである主人公が夕食向けにスパゲティーを茹《ゆ》でていると、電話のベルが鳴る。あるいは玄関の呼び鈴が聞こえる。電話の主あるいは来訪者はきまって、わけのわからないことを一方的にまくし立てるか、もしくは途方もなく厄介な問題を持ちかけてくる。優雅に食事を楽しむどころではなくなった主人公は、一人そっと呟《つぶや》く。「やれやれ」——。

ある時期まで、「村上春樹の小説」と聞いてまっさきに頭に思い浮かべるのはそういうイメージだった。近作は必ずしもそうとは言えなくなってきているが（それでも電話はしょっちゅうかかってくるし、来訪者もあとを絶たない）、初期の作品から村上春樹に親しんでいるおおかたの人には、このイメージが共有されているものと僕は思っている。

そして僕は村上作品を読んでいるうちにだんだんこの「やれやれ」が鼻につきはじめて、しまいには目の敵《かたき》にするようにまでなってしまった。無理もないと思う。このフレーズは、長編十四作品すべてを通して、計百回以上も作中で使われているのだ（カギカッコつきの台詞としてだれかが言っているケースと、登場人物の内話《ないわ》として使われているケースの両方を含む）。

そもそも、この言葉は日常会話の中でごく普通に使用されていると言えるだろうか。少なくとも僕は、記憶するかぎり、自然に口をついて出るような形でこの語を実際に発話したことが一度もないと思う。もちろん意味はわかるし、なにかに辟易した折などに文字どおり「やれやれ」という気持ちになることもある。「今の心情をできるだけ短いひとことに集約して表現するとしたら?」と訊かれれば、あるいは「やれやれ」と答えるのが最も適切かもしれないと思えるような局面に立ちいたることは往々にしてあるということだ。しかし、実際に声に出してそれを言うことはほとんど考えられない。「やれやれ」とは、そういう不思議な位置づけにある表現なのだ。

それはひとつには、この言葉がどことなく翻訳調の響きを帯びているからかもしれない。やや極端な例だが、たとえば洋画に出てくるラジオのＤＪが「ゴキゲンなヒットナンバー」と言うのを聞いて、誰もがその意味を了解していながら、実際に会話の中で「ゴキゲンな」という語をそれと同じ意味合い（強いて訳せば、「聴いていて好もしい」程度の意か）で使うことはまずない、というのにそれは似ている。「ゴキゲンな」はあくまで、（原語が何かはさておき）一種の訳語として定着したものなのだ。「やれやれ」がなにかの訳語とは思わないが、欧米の言語を翻訳した中にはめこんでこそしっくりくるような雰囲気を持っているとは言えるのではないか。

村上春樹訳の『キャッチャー・イン・ザ・ライ』（Ｊ・Ｄ・サリンジャー）を読んだとき、原文で使われている感嘆詞の"Jesus"や"Boy"、また"for Chrissake"（「かんべんしてくれよ」といったニュアンスの成句）など、それまで"The Catcher in the Rye"の「定訳」扱いになっていた野崎孝訳の『ライ麦畑でつかまえて』では「チェッ」「驚いたな」「これには僕も参ったね」などと訳されている箇所の多くを、村上があっさり「やれやれ」にすり替えているのを見て、「なるほど！」と膝を打ったことを思い出す。それらはまったく違和感がなく、全体の中に実にうまく溶けこんでいるのだ（ただしそのせいもあってか、村上が訳したこの小説はまるでそれ自体が「村上春樹の小説」であるかのようなたたずまいを呈してしまっているのだが）。

もともと村上は、現代アメリカ文学の翻訳作品のような雰囲気や文体を引っさげて日本の文壇に登場した存在である。たとえばデビュー作『風の歌を聴け』＝〈風〉にある次の一節を見てほしい。

もしあなたが芸術や文学を求めているのならギリシャ人の書いたものを読めばいい。真の芸術が生み出されるためには奴隷制度が必要不可欠だからだ。（〈風〉p.12）

これは登場人物が口にした台詞ではなく、地の文の一部である。語り手の〈僕〉が読者に向かって「あなた」と呼びかけているのだと取れなくもないが、おそらく、英語なら「非人称の“you”」と呼ばれる（つまり、通常は訳さない）部分をあえて訳出したような文体をもって、翻訳小説的な雰囲気を意図的に強調したものだろう。

同じ〈風〉から例を引くなら、こんな箇所もある。

「おいしかった？」

「とてもね。」

彼女は下唇を軽く噛んだ。

「何故いつも訊ねられるまで何も言わないの?」

「さあね、癖なんだよ。いつも肝心なことだけ言い忘れる。」

「忠告していいかしら?」

「どうぞ。」

「なおさないと損するわよ。」

「多分ね。でもね、ポンコツ車と同じなんだ。何処かを修理すると別のところが目立ってくる。」

(〈風〉p.89)

男女の間で交わされる、軽妙にして洒脱《しゃだつ》な言葉のキャッチボールである。初期の村上作品では、この手の「気の利いた」やりとりがしばしば差し挟まれている。そして僕はそれを目にするたびに、「こんな当《とう》意即妙《いそくみょう》な受け答えのできる日本人がそうザラにいてたまるものか」とその嘘くささに苛立ち、彼らの取り澄ました様子に反感を覚えたりもしているのだが、こうした要素が当時の文壇でそれまでにない「新しさ」として受けとめられたことは十分に納得できる。

そうしたトーンは、後年、善悪や暴力、現実の多層性(これについては第4章で詳述する)といった重厚なテーマ性が作中で浮上してくるのと足並みを揃えるように徐々になりをひそめていくのだが、それでも村上作品がどこか翻訳文学的なたたずまいを留めていることに変わりはなく、「やれやれ」というフレーズが作中で多用されてきたのもある意味で必然だったと言えるのかもしれない。

ところで、この語が作品の中で具体的にどのように使われ、使用頻度がどのように変遷してきたのかを実際に検証してみると、なかなか興味深い事実が見えてくる。

意外なことに、最初の二作〈〈風〉と『1973年のピンボール』=〈ピ〉〉では一度も使われていない（見落としている可能性もあるが、あるとしてもごくわずかだったということだろう）。初登場は三作目の『羊をめぐる冒険』=〈羊〉で、計八回使われている。同じくよく使われる定型句である「わかると思う」や、主人公が「スパゲティーを茹でる」場面が初めて登場するのもこの作品である。われわれが「村上春樹らしさ」と思っているものの基礎部分は、どうやらこの作品において形成されたものらしい。

〈羊〉は、「星型の斑紋《はんもん》のある羊」を一ヶ月で捜し出すことを強いられた主人公〈僕〉が北海道に渡って不条理な事態に巻きこまれていく過程を描いた物語だが、羊捜しが手詰まりになっていくにつれて、「やれやれ」が発される頻度も高まっていく。おもしろいのは、書いている村上自身がおそらく途中でそれに気づき、〈僕〉の口を借りてそっと言い訳している点である。

「やれやれ」と僕は言った。やれやれという言葉はだんだん僕の口ぐせのようになりつつある。「これで一ヵ月の三分の一が終り、しかも我々はどこにも辿りついていない」（〈羊〉下巻 p.36）

わずか九ページ前でも〈僕〉が「やれやれ」と言っているので、さすがに使いすぎかもしれないと著者が「自分ツッコミ」を入れているようにも見える。しかしその自覚はその後あまり活《い》かされなかったか、もしくはいっそ居直ってしまったらしく、次作の『世界の終りとハードボイルド・ワンダーランド』＝〈世〉で十八回とむしろ激増し、六作目の『ダンス・ダンス・ダンス』＝〈ダ〉ではなんと二十四回にまで達している。

〈ダ〉は（文庫版で）上下巻合わせて七二八ページなので、単純計算してもおよそ三十ページ置きにだれかしらが「やれやれ」と言っていることになるが、実際には「事態の手詰まり感」「ものごとがしっちゃかめっちゃかになっている様態」などが強まったときほど頻繁に使われる傾向があるため、読んでいる側からすると、ほとんど十ページごとにその言葉を目にしているような印象を受けるくだりもある。

実際、これは〈ダ〉ではなく二つ前の作品〈世〉だが、主人公〈私〉は、「25　ハードボイルド・ワンダーランド　――食事、象工場、罠――」という単一の章だけで五回も「やれやれ」を連発している。この章は五十ページだから、まさに「十ページごと」の頻度である。もはや、登場人物の抱く「ある心情」を効果的に表すお気に入りのフレーズとして味をしめ、無制限に濫用《らんよう》しているようにしか見えない。

続く『国境の南、太陽の西』＝〈国〉ではたった三回と極端に減っているが、これは作風に連動したものだろう。この作品は全体の中でもかなり異質な書き味に貫かれており、他の作品にありがちな冗語《じょうご》的な要素が極力排除されている。その中に、どこかシニカルかつコミカルな脱力感の漂う「やれやれ」という語彙《ごい》はそぐわないという判断があったものと思われる。

事実、次の『ねじまき鳥クロニクル』＝〈ね〉では「やれやれ」はみごとに復活して十五回、『海辺のカフカ』＝〈海〉でも十七回と多用されているが、二〇〇四年に発表された『アフターダーク』＝〈ア〉以降、この語は急速に作中での存在感を薄めていく。村上本人がさすがに飽きたのか、それともだれかからの指摘を受けて意識的に控えたのかは不明だが、〈ア〉や『色彩を持たない多崎つくると、彼の巡礼の年』＝〈色〉では一度も使われず、最新作『騎士団長殺し』＝〈騎〉での使用例もわずか一件にすぎない。『1Q84』＝〈Q〉では九回と件数はそこそこあるのだが、そんな頻度で使われていたという印象がなぜか読後には残らない。

実際の使用例をつぶさに見ていくと、その理由がどこにあるのかがおぼろげに浮かびあがってくる。たとえば最新の使用例である〈騎〉での該当箇所を見てみよう。主人公〈私〉が住む山中の家の裏手から聞こえる鈴の鳴るような不思議な音の正体をたしかめようとして、谷を挟んだ家の住人である免色《めんしき》が手配した造園業者の重機で石の塚を暴《あば》いたにもかかわらず、確たることは何もわからなかったという場面である。

免色はまた首を振った。それから小さく微笑んだ。「やれやれ、これだけの機器を持ち出して重い石の山をどかし、石室を開いて、その結果判明したのは、我々には結局何ひとつわからなかったという事実だけのようです。辛《かろ》うじて手に入ったのはこの古い鈴ひとつだけだ」（〈騎〉第1部 p.254）

もうひとつ、やはり比較的最近の作品である〈Q〉での使用例を挙げておく。

主人公・天吾は作家志望だが、新人賞獲得には至らず、文芸書の編集者・小松から紹介される応募作品の下読みなどのアルバイトをしている。天吾の文章力を買っている小松は、内容は奇抜で興味深いがテニヲハがなっていないふかえりの原稿『空気さなぎ』を天吾にひそかにリライトさせることで新人賞を獲得できる道筋をつけ、十七歳の美少女作家としてのふかえりをマスコミに向けて大々的に売り出そうともくろんでいる。その小松から、計画に及び腰な天吾のところに電話がかかってきた場面である。

小松はしばらく電話口で沈黙していた。それから言った。「なあ天吾くん、この話はもうしっかりと動き出しているんだ。今さら電車を止めて降りるわけにはいかない。俺の腹は決まっている。君の腹だって半分以上決まっているはずだ。俺と天吾くんとはいわば一蓮托生《いちれんたくしょう》なんだ」

天吾は首を振った。一蓮托生？　やれやれ、いったいいつからそんな大層なことになってしまったんだ。(〈Q〉「BOOK 1」p.80)

見てのとおり、ともに用法としていたって順当なのだ。どちらの例も、置かれた状況からいって、まあ「やれやれ」のひとつも言いたくなるだろうと思わせる場面で適切に使用されている。特に後者は、台詞ではなく内話として書かれているおかげでいっそう自然に文中になじんでいる印象がある〈Q〉で使われている「やれやれ」九件のうち、実は八件までが内話の形である)。これなら、読んでいて特に鼻につくということはない。

逆にいえば、「やれやれ」が鼻についていた時期は、頻度が高いということももちろんあるが、それ以外にも使い方になにか問題があったのではないだろうか。

そういう目で見かえしてみると、村上がこのフレーズを最も好んで濫用していた時期（一九八五年の〈世〉から一九九四、一九九五年の〈ね〉あたり）には、一種の誤用なのではないかと指摘したくなるほど不適切な用例が目立つことにただちに気づかされる。

たとえば先に例に挙げた〈世〉の一章、「25　ハードボイルド・ワンダーランド　――食事、象工場、罠――」だが、十ページおきに〈私〉が「やれやれ」とこぼしているのは、いったい何に対する反応なのか。

状況としては、主人公〈私〉が、博士の孫娘に「このままじゃ世界が終っちゃう」と叩き起こされ、「やみくろ」なる得体の知れない生物が支配する地下の領域を孫娘と二人して決死の覚悟でくぐり抜け、祭壇の上に避難していた博士のもとにようやく辿りついたところである。迫りくる危難を回避できた安堵《あんど》から、そこでひとまず「やれやれ」と言うのはよしとしよう。しかしこのあと彼は、博士が過去に携わったある研究の結果として、自分の脳内でとんでもない事態が起こりつつあることを知らされることになる。

博士の説明に耳を傾けながら〈私〉は折々に「やれやれ」と漏らすのだが、話が核心に至ると、事態がおそろしく深刻かつ絶望的であることが判明する。

詳細は省くが、ひとことでいえば、〈私〉の脳内に人為的に組みこまれていた〈世界の終り〉と呼ばれる別人格（それはもともと〈私〉自身の「無意識の核」をデータ化したものなのだが）が制御《せいぎょ》不能に陥り、ほどなく現在の〈私〉の人格を吸収してしまうと宣告されるのである。「世界が終っちゃう」というのは、その事態を指していたのだ。しかもそれを阻む手立てはもはや何もなく、ただその時が訪れるのを待つしかないという。それに対してすら、〈私〉は「やれやれ」と返している（〈世〉下巻 p.127）。

これは、まともな神経を持った人間としてはあまりに不自然な反応ではないだろうか。今の人格がまもなく消滅する、と言われているのだ。それは実質的に死にも等しい事態である。普通ならもっと狼狽《ろうばい》したり、やみくもに否認を求めたり、自分を結果としてそんな目に遭わせた博士に対して怒り狂ったりするものではないのか。〈私〉はそうではない。ただ「やれやれ」と呟き、中途半端な泣き言を述べただけでその事実をあっさり受け入れてしまうのである。まるで人ごとのように。

このように用法が不適切と思われる「やれやれ」はこの時期の作品にいくつも見られるが、最たるものは〈ダ〉における以下の例だろう。

主人公〈僕〉は、あるきっかけから、中学時代の同窓生で現在は俳優をやっている五反田《ごたんだ》と再会する。一見、派手な暮らしぶりを思うさま謳歌《おうか》しているように見えるこの男の意外に孤独で繊細な一面を知った〈僕〉は、意気投合して急速に彼との交友関係を深めていく。しかし一方で〈僕〉は、行方のわからなくなっていたかつてのガールフレンド・キキは五反田によって殺されたのだということを、霊媒的能力のある少女ユキから聞かされることにもなる。意を決して本人に真相を訊ねると、五反田はそれを認め、自分の中の隠れた暴力性や、それに支配されて意に反することまでやってしまう自らの病理などについて切々と打ち明ける。自己否定を繰りかえす五反田を、〈僕〉は懸命になだめる。以下はそれに続く一節である。

「友達のよしみで、一つ頼みがある」と彼は言った。「もう一杯ビールが飲みたい。でも今は立ってあそこまで行く元気がない」

「いいですよ」と僕は言った。そしてカウンターに行って、またビールを二杯買った。（中略）グラスを両手に奥のテーブルに戻った時、彼の姿はなかった。レイン・ハットも消えていた。駐車場のマセラティもなくなっていた。やれやれと思った。そして首を振った。でもどうしようもなかった。彼は消えてしまったのだ。（〈ダ〉下巻 p.302）

ここで章が終わり、続く章「40」は、五反田の乗ったマセラティが芝浦《しばうら》の海から引き上げられるくだりから始まっている。「予想通りだったから、僕は驚かなかった」と〈僕〉は続けている。「彼が消えた時から、僕にはそれがわかっていたのだ」と。

五反田が奥のテーブルから消えた時点で彼の自殺が予想できていたのなら、「やれやれ」などと内心で呟きながら首を振っている場合ではなかったのではないか。目の前で進行している事態の深刻さに比して、この「やれやれ」という反応はあまりに軽すぎるのではないだろうか。用法として不適切というより、「不謹慎」とすら評したくなる使い方であると断じざるをえない。

こうしたどこかピントのずれた使い方による「やれやれ」を目にするたびに、僕は胸の一隅《いちぐう》がむずむずするようないわく言いがたい苛立ちを覚える。この人物はどうしてこう、自分自身のことなのにそれをあたかも遠目に傍観しているかのような態度を取るのか。怒りや狼狽、焦燥や惑乱《わくらん》といった切迫した心の動きを、もっとあらわにしてしかるべきなのではないか。彼らはまるで、そうしたあけすけな感情に自分が翻弄《ほんろう》されることを嫌って、あるいは酷薄《こくはく》な現実に直面することを避けようとして、一歩引いたところに退避して動じていないふりをしているかのように見えるのだ。

「やれやれ」という言葉を使うかどうかということ自体は、ささいな問題かもしれない。しかしその背後には、村上作品を読み解くにあたって決してないがしろにはできない大きなテーマが控えているように僕には見える。「やれやれ」は、その大きなテーマが水面に浮かべたあぶくのようなものなのだ。次節以降、その真のテーマを解き明かすために、今一歩掘り下げた考察を進めてみたい。

2 ネガティブな感情に対する障壁とエゴイズム

論を展開する前に、二つほど例を挙げておこう。

ひとつは『羊をめぐる冒険』＝〈羊〉の一節、主人公〈僕〉が、四年間生活をともにし、一ヶ月前に離婚して出ていった妻のことを思い出しているくだりである。彼女が消えてしまったことについて、「既に起ってしまったことは起ってしまったことなのだ」と総括した上で、〈僕〉はこう述べている。

それと同じように、彼女が僕の友人と長いあいだ定期的に寝ていて、ある日彼のところに転がり込んでしまったとしても、それもやはりたいした問題ではなかった。そういうことは十分起り得ることであり、そしてしばしば現実に起ることであって、彼女がそうなってしまったとしても、何かしら特別なことが起ったという風には僕にはどうしても思えなかった。結局のところ、それは彼女自身の問題なのだ。(〈羊〉上巻 p.38)

もうひとつは、『世界の終りとハードボイルド・ワンダーランド』=〈世〉からの抜粋である。

〈ハードボイルド・ワンダーランド〉側の主人公〈私〉は、依頼を受けた仕事をひとつ片づけたところだが、どうやらそれが原因で自分がなにか途方もなく厄介な事態に巻きこまれつつあるらしいことは自覚している。そこへ突然、玄関のドアにだれかが力任せに体当たりする音が聞こえてくる。そのすさまじい騒音がひっきりなしに続く中〈私〉は、「とても疲れて」いて「逃げまわるのが面倒になった」という理由で、まずは悠長に小便を済ませ、冷蔵庫から缶ビールとポテトサラダを取り出して食べはじめる。

食べ終わった頃にドアが無残に破壊され、見覚えのない大男とちびの二人組が部屋に乱入してくる。二人の様子を見て〈私〉は、「やはり非常梯子《はしご》を使ってヴェランダから逃げるべきだったのだ」と悔やむが、そのわりにはいたって冷静に彼らに応対し、コーラを勧めさえする。以下はそういう状況におけるやりとりである。

「我々は好意でここに来たんだ」とちびは言った。「あんたが混乱しているから、いろいろと教えにきたんだ。まあ混乱しているという言い方が悪きゃとまどっていると言いなおしてもいい。違う?」

「混乱し、とまどっている」と私は言った。「何の知識もなく、何のヒントもなく、ドアの一枚もない」（〈羊〉上巻 p.271）

この二例における主人公の態度には、共通点がある。いずれも、自分が当事者であるにもかかわらず、一定の距離を置いたところからそれを冷静に眺めてばかに取り澄ました論評を述べているかのように見える点だ。どことなく、前節で取りあげた不適切な用法による「やれやれ」と似た「人ごと感」が感じられないだろうか。

〈羊〉の〈僕〉は、妻に去られたばかりか、寝取ったのが友人だったと判明したのだ。もっと怒ってもいいし、もっと傷ついてもいい。たとえ理屈の上ではこの〈僕〉の言うとおりだったとしても、人間というのは常に理屈だけでものごとを呑みこめるものではない。ときには、自分でもどうしようもない感情の嵐に翻弄されるものではないのか。

〈世〉の例も同様だ。〈私〉は「混乱し、とまどっている」と自ら認めているが、本当に混乱し、戸惑っている人間は、そのさなかに自分のことをそんなふうに客観的に描写したりはしない。僕が〈私〉だったとしたら、狼狽と怯《おび》えで尿意も引っこみ、食欲など一瞬で消し飛ぶだろう。まして「ドアの一枚もない」などとさりげなく皮肉を交える余裕などあろうはずもない。

主人公たちのこうした態度は、その現れ方こそまちまちながら、ほとんどすべての村上春樹作品に見られるものである。そこに共通しているのは、自らがある事態の当事者であることを回避しようとする姿勢であると言ってほぼ差しつかえがないように思われる。当事者であることそれ自体は避けようがない中で、それに対する自分の受けとめ方を巧妙にずらすことで、事態の悲劇性や破滅性などと直接対峙することを免かれようとしているのである。本書ではその態度を、「当事者回避」と呼ぶことにしよう。

「やれやれ」というフレーズは近作ではなりをひそめているが、それともしばしば連動するこの当事者回避的態度それ自体は、時期を問わず主人公の特性としてまんべんなく付与されているように見える。

たとえば最新作の『騎士団長殺し』＝〈騎〉でも、主人公〈私〉はほかの男と関係して去っていった妻ユズに対して右記の〈羊〉の主人公と似た態度を取っている。ユズは自分から別れを切りだし、現在はその相手の男との間で身ごもったものと思われる子をおなかに宿していながら、なぜか再婚しようとしていないという。それは不可解なことだし、ユズと一度きちんと話しあってみるべきなのではないかと友人・雨田政彦《あまだまさひこ》は勧めるのだが、〈私〉はユズがその相手と結婚するかどうかは「彼女の問題」であるとして切り捨てる。

「何が起こっているのか、知りたくはないのか？」

私は首を振った。「知らなくてもいいことは、とくに知りたいとは思わない。ぼくだって傷ついていないわけじゃないんだ」

「もちろん」と雨田は言った。

でも自分が傷ついているのかいないのか、正直なところ私にはときどきそれさえよくわからなくなった。自分に本当に傷つく資格があるのかどうか、それがうまく見極められなかったからだ。もちろん資格があろうがなかろうが、人は傷つくべきときには自然に傷つくものなのだが。〈騎〉下巻 p.295）

「傷ついてないわけじゃない」と自ら認めているだけ正直になっていると取れなくもないし、こうした態度が「それ以上傷つきたくないから」という動機に基づくものだということもこのくだりははからずもあきらかにしているものの、やはりあまりにも人ごとじみた反応である。

このように、村上春樹の主人公の多くは、怒りや嫉妬、憎悪といったネガティブな感情をあらわにすることは稀だし、目の前でなにか驚天動地《きょうてんどうち》の事態が進行していても淡々と受け入れるか、少なくともそのように見えることが多い。そしてそれもまた僕にとっては、村上作品について鼻につく大きな要素のひとつとなっているのである。

もっとも、最初からそう感じていたわけではない。「序にかえて」でも述べたとおり、僕が村上作品を読みはじめたのは中学卒業直後であり、まだものごとの道理もよくわかっていなかった当時には、それをむしろ「大人たちには達することが可能な人格的洗練」と受けとめていたのではないかと思う。

特に初期の作品では、当事者回避的態度は一種の気取り、あるいはポーズとして作中に現れているケースが目立つ。たとえばデビュー作『風の歌を聴け』＝〈風〉における以下の一節はどうか。

あらゆるものは通りすぎる。誰にもそれを捉えることはできない。

僕たちはそんな風にして生きている。（〈風〉p.147）

二作目の『１９７３年のピンボール』＝〈ピ〉にも、以下のようなくだりがある。主人公〈僕〉が、相棒と経営する翻訳事務所で事務をやっている女の子に、近くの海老料理の店での食事に誘われた場面である。今現在、〈僕〉に恋人はいないと知った彼女が、「寂しくないの？」と訊ねてくる。


「慣れたのさ。訓練でね。」

「どんな訓練？」

僕は煙草に火を点《つ》けて、煙を彼女の五十センチばかり頭上に向けて吹いた。「僕は不思議な星の下に生まれたんだ。つまりね、欲しいと思ったものは何でも必ず手に入れてきた。でも、何かを手に入れるたびに別の何かを踏みつけてきた。わかるかい？」

「少しね。」

「誰も信じないけどこれは本当なんだ。三年ばかり前にそれに気づいた。そしてこう思った。もう何も欲しがるまいってね。」

彼女は首を振った。「それで、一生そんな風にやってくつもり？」

「おそらくね。誰にも迷惑をかけずに済む。」

「本当にそう思うんなら、」と彼女は言った。「靴箱の中で生きればいいわ。」
素敵な意見だった。（〈ピ〉p.105）

十代なかばのナイーブな僕には、〈僕〉のこうした悟りきったような態度が恰好《かっこう》よく見えたのだ。しかし実際に自分が成長して大人になってみると、こんな境地にはそうやすやすと辿りつけるものではないということがすぐにわかってくる。すべてが過ぎ去っていくものだということはわきまえているつもりでも、なにかに執着し、ここに留めておこうと無我夢中になることはときに避けられないし、誰にも迷惑をかけずに生きていくなど土台不可能なことなのだ。もしもそれが外見的には可能に見えたとしても、そのときは必ずどこかに不自然な無理がかかっている。

今の僕なら、「靴箱の中で生きればいい」としごくもっともな一撃を加えた事務の女の子に躊躇なく快《かい》哉《さい》を贈るところだし、それに対して「素敵な意見」などと涼しい顔で内心の皮肉を返す〈僕〉を張りたおしてやりたいと思うほどだ。

こうした気取ったトーンが幅をきかせているのは初期の「青春三部作」くらいで、その後は後退していくのだが、主人公の性格設定に大きな変更はない。というより、当事者回避という基本姿勢に着目するかぎり、村上春樹の描く主人公は、実質的にすべて同一人物なのではないかと言いたくなることさえある。めずらしく女性である『1Q84』＝〈Q〉の青豆だけは若干毛色が異なっているものの、それ以外は同《どう》工《こう》異《い》曲《きょく》である。ざれごとばかり並べ立てて摑みどころがないタイプ、気難しくてアイロニカルなタイプ、純朴でなにごとにつけ愚直《ぐちょく》で正直なタイプ、といろいろ取り揃えているように見えるのは実は見かけだけで、いずれも当事者であることを回避しようとしているという点ではたいした違いがないのだ。

当事者回避的態度は、他人と深くコミットすることを極力避けようとする姿勢という形でもしばしば現れる。それによって人との感情的な衝突を回避したり、結果として傷つくリスクから自分を遠ざけておくことができるからだ。たとえば『ノルウェイの森』＝〈ノ〉のワタナベはこう述べている。

東京について寮に入り新しい生活を始めたとき、僕のやるべきことはひとつしかなかった。あらゆる物事を深刻に考えすぎないようにすること、あらゆる物事と自分のあいだにしかるべき距離を置くこと——それだけだった。（〈ノ〉上巻 p.47）

前年の五月に友人キズキが予告もなく自殺したことの衝撃や喪失感を、ワタナベはまだ引きずっている。そして、大学の近くのレストランで同じ「演劇史Ⅱ」の講義を受けている緑から初めて声をかけられたときも、こんなやりとりを交わしている。

「孤独が好きなの？」と彼女は頬杖をついて言った。「一人で旅行して、一人でごはん食べて、授業のときはひとりだけぽつんと離れて座っているのが好きなの？」

「孤独が好きな人間なんていないさ。無理に友だちを作らないだけだよ。そんなことをしたってがっ

かりするだけだもの」と僕は言った。（〈ノ〉上巻 p.98）

こうした態度は当然、周囲の人間の目にも防御的なものとして受けとめられているが、同時にそれがいくぶん好もしい印象を与えている場合もある。

あなたはいつも自分の世界に閉じこもっていて、私がこんこん、ワタナベ君、こんこんとノックしてもちょっと目を上げるだけで、またすぐもとに戻ってしまうみたいです。（〈ノ〉下巻 p.190）

緑はレポート用紙に書いた手紙にそう綴っているが、一方ではワタナベが自分に「何も押しつけない」ことを褒め、だから一緒にいると落ちつけるのだと述べてもいる（下巻 p.45）。またもう一人のヒロインである直子は、心を病んで入院した阿美寮からワタナベに書き送った手紙で、こう述べている。

私は不完全な人間です。（中略）私はあなたのように自分の殻《から》の中にすっと入って何かをやりすごすということができないのです。（中略）だから時々あなたのことがすごくうらやましくなるし、あなたを必要以上にひきずりまわすことになったのもあるいはそのせいかもしれません。（〈ノ〉上巻 p.159）

この直子の発言は、最新作『騎士団長殺し』＝〈騎〉における免色と〈私〉の以下のやりとりと遠く共鳴している。

「ぼくのいったい何がうらやましいのでしょう？」と私は尋ねた。

「あなたはきっと、誰かのことをうらやましいと思ったりはしないのでしょうね？」と免色は言った。

少し間を置いて考えてから私は言った。「たしかにこれまで、誰かのことをうらやましいと思ったことはないかもしれない」

「私が言いたいのはそういうことです」（〈騎〉第2部 p.84）

人になにかを押しつけないのも、だれかのことをうらやましがらないのも、自分は自分、他人は他人というふうに、自分とそれ以外のものとの間に一定の距離をセットしているからにほかならない。それは「僕自身の存在と他人の存在とを、まったく別の領域に属するものとして区別しておける能力」があると自ら称する『ねじまき鳥クロニクル』＝〈ね〉の岡田亨（第1部 p.147）にも通じるし、『スプートニクの恋人』＝〈ス〉の〈僕〉も他人との間に「目に見えない境界線」を引き、「どんな人間に対しても一定の距離をとり、それを縮めないようにしながら相手の出かたを見届けるようになった」と述べている（p.86）。

彼らがそういう態度を取っている理由や意味合いについては作品ごとにそれぞれ少しずつ異なる説明が

なされているのだが、『色彩を持たない多崎つくると、彼の巡礼の年』＝〈色〉ではそれが作品そのもののテーマと不可分な形で語られていると言っていい。多崎つくるは高校時代に一心同体の仲であった四人の仲間から突然絶縁を言いわたされるのだが、そのときのトラウマ体験それ自体が、他人と距離を置くことになったきっかけとして位置づけられているのだ。

「そのときの恐怖心を僕は今でも持ち続けている。自分の存在が出し抜けに否定され、身に覚えもないまま、一人で夜の海に放り出されることに対する怯えだよ。たぶんそのために僕は人と深いところで関われないようになってしまったんだろう。他人との間に常に一定のスペースを置くようになった」（〈色〉p.330）

当事者回避的な態度が発動した原因それ自体がこのように作中で明示されるのはどちらかというとめずらしいことなのだが、僕の目にはそれはかえってうさんくさく見えてしまう。というのも、きっかけはどうあれ、結果としてつくるの辿りついている現況は、バックボーンも性格もそれまでの経験も異なるはずのその他の主人公たちと大差なく、もともとそうだったのではないかという疑いが拭えないからだ（実はつくる自身がこのあとに続けて、「もちろんそういうのは、僕の生まれつきの性質なのかもしれない」と留保している）。

これは第1章の「2　エクスキューズとしての性的放縦」で指摘した「一人っ子」の件とほぼ同質の問

題である。実際に一人っ子であるという設定であろうがなかろうが、村上の主人公たちは一様に、村上が「一人っ子の特徴」だと考えている傾向を保持している。それと同じように、彼らはつくるの抱えているようなトラウマ体験があろうがなかろうが、まるで示しあわせたように「他人との間に常に一定のスペースを置く」姿勢を取っているのだ。そもそも、なんでも一人で解決し、他者となにかを共有しようとしないという（村上の言う意味での一人っ子的な）性質それ自体が、他人との間に距離を置く姿勢のひとつの局面にすぎないのではないだろうか。

もしもつくるがもともとそういう傾向を持っていたのだとしたら、四人もの友人たちとそんなに親密な関係を築くことがそもそも可能だったのかという話になり、この物語の根幹部分が崩壊の危機に瀕《ひん》してしまうのだが、その問題はひとまず脇へよけておくことにしよう。

当事者回避的な態度を取る主人公たちは、つくるにかぎらず、必ずしも作中でそれが明示されないだけで、それぞれなにかしら原体験となるような過去のつらい記憶に囚《とら》われているのかもしれない。しかし仮にそうだとしても今ひとつ同情の念が沸き起こらないのは、彼らのふるまいが結果としてあまりにエゴイスティックに見えるからなのだ。

たとえば〈Q〉の天吾については、こう書かれている。

責務という観念は、常に天吾を怯えさせ、尻込みさせた。責務を伴う立場に立たされることを巧妙に避けながら、彼はこれまでの人生を送ってきた。人間関係の複雑さに絡《から》め取られることなく、規則に縛られることをできるだけ避け、貸し借りのようなものを作らず、一人で自由にもの静かに生きていくこと。それが彼の一貫して求め続けてきたことだ。(〈Q〉「BOOK 1」p.451)

ここだけならわざわざ取りあげるほどのこともないように見えるかもしれないが、これが第1章の「2 エクスキューズとしての性的放縦」で抜粋した以下のくだりに直接続く一節なのだということを踏まえて見たとしたらどうだろうか。

彼が何よりも求めているのは自由で平穏な時間だった。定期的なセックスの機会が確保できれば、それ以上女性に対して求めるべきものはなかった。(中略)踏むべきいくつかの心理的段階、可能性についての仄めかし、思惑の避けがたい衝突……。そんな一連の面倒はできることなら背負い込まずに済ませたかった。(〈Q〉同上)

ここで念頭に置かれているのは、週に一度は天吾のもとを訪れ、めんどうなことはいっさい言わずに性欲処理の機会だけを天吾に与えて去っていく「人妻のガールフレンド」のことである。彼女との関係は、天吾が恋愛の当事者であることを回避することで初めて成り立っているものなのだ。というより、天吾は最初から、自分が当事者になることなく性欲だけを効率よく満たせるような便利な相手を選んでいる。

同情に値する面が天吾にないわけではない。責務を逃れようとすることも、子どもの頃から「誰かに頼らず自分一人の力で生き延びていかなくてはならない状況」に置かれていた境遇と結びつけて語られているし、実際、子ども時代の天吾は、ＮＨＫの集金人であった父親のもと、伸びやかに生きることさえ禁じられていたという意味で、一種の虐待《ぎゃくたい》を受けていたとすら言える。千倉の療養所で、認知症が進行してもはやまともな意思疎通《そつう》もかなわなくなっている父親に、天吾が一方的に切々と自分の思いを明かす場面は胸を打つ。彼はこう述べるのだ。

「僕は誰かを嫌ったり、憎んだり、恨んだりして生きていくことに疲れたんです。誰をも愛せないで生きていくことにも疲れました。僕には一人の友達もいない。ただの一人もです。そしてなによりも、自分自身を愛することすらできない。なぜ自分自身を愛することができないのか？　それは他者を愛することができないからです」〈Ｑ〉「ＢＯＯＫ ２」p.178）

しかし、憐《あわ》れむべきこの姿と、自分にとって都合のいい性的パートナーを実にたやすく手に入れ、少なくとも性的には満ち足りている天吾とが、僕の頭の中ではなかなかひとつに重ならないのだ。それとこれとは別なのではないかと言いたくなる。過去に傷ついたりつらい思いをしたりしたという事実を、それとは本来文脈的に無関係な持って生まれた根の深いエゴイズムに対して、（第１章で述べたのとはまた違った意味で）「エクスキューズ」として利用し、振りかざしているだけなのではないかと（それは当然、「人妻のガールフレンド」やそれに準ずる相手のいるほかの主人公たちにもあてはまることである）。

そんな天吾も、最後には晴れて「ただ一人本当に愛した女」である青豆と結ばれる。ちなみに青豆が天吾にとってそれほどまでに重要な存在であったことは、宗教団体さきがけのリーダーが青豆に、天吾が「今に至るまで、君以外の女性を愛したことは一度もない」と告げることで初めてあきらかになる（「BOOK 2」p.280）。ある段階に至るまで、天吾本人はそんなそぶりなどおくびにも出さずにいるので、このリーダーの発言には「そうだったのか？」とかなり驚かされるのだが、とにかく彼はそうして青豆との間で「真実の愛」を成就させるわけである。しかし、この二人の関係がハッピー・エバー・アフターで終わるとは、残念ながら僕には思えない。

青豆とは再会のしかたが運命的で劇的だったおかげで、「踏むべきいくつかの心理的段階、可能性についての仄めかし、思惑の避けがたい衝突」といった恋愛の初期段階につきものの「一連の面倒」を省略できたことはたしかだろう（おまけに霊媒ふかえりの働きによって、再会するよりも前の段階ですでに青豆を懐妊させてすらいる）。しかし、そのあとはどうなのか。「誰をも愛せな」くなっている天吾が、青豆のことだけは愛しつづけられるという保証がどこにあるのか。単なる性欲処理の相手ではない青豆との関係には当然「責務」が伴うはずだが、それに耐えられるメンタリティを彼はいったいいつどこで手に入れたというのか。その点についての納得のいく説明なしに、「相手が青豆なら問題ない」とするのは、オプティミスティックに過ぎるのではあるまいか。

そんなふうに思うのは、僕の目には川奈《かわな》天吾という男が本質的にエゴイスティックな人間であるとしか映らないからだ。穏やかで、他人に何も無理強いはせず、やさしくて親切ではあるかもしれないが、それは必ずしも、他者を真に思いやる心を持っている証拠にはならない。いみじくも〈世〉に登場する〈老大佐〉(〈世界の終り〉側の主人公〈僕〉が起居する官舎での隣人)がこう述べているではないか(僕はこれをたいへんな名言だと思っている)。

「親切さと心とはまたべつのものだ。親切さというのは独立した機能だ。もっと正確に言えば表層的な機能だ。それはただの習慣であって、心とは違う。心というのはもっと深く、もっと強いものだ。そしてもっと矛盾したものだ」(〈世〉上巻 p.341)

天吾については、むしろ見かけ上のふるまいがやさしくて紳士的であるだけに、かえってその裏側からほの見える冷酷さにときにぞっとさせられるのである。第1章で触れたとおり、人妻のガールフレンド「安田恭子」の名をとっさには思い出せないこともそうだし、恭子がどうなったのかがまったくわからないにもかかわらず、そのことをそれ以上追求しようとしないこともそうだ。いっときは二人で暮らし、(神がかり的な文脈ではあったものの)体を交えさえしたふかえりのことも、天吾は途中からまったく興味を失っているように見える。

ほかの主人公たちも同じだ。彼らには基本的に「自分しかない」のではないかと思えてならない。「自分自身を愛すること」ができているかどうかはともかくとして、他者に本当の意味で関心を持ち、その相手の身になってものを考えることができるようには見えないのだ。

『国境の南、太陽の西』＝〈国〉の主人公ハジメは、自らの孤独癖を自分が一人っ子であることに帰《き》している人間だが、彼が高校時代、イズミというクラスメートとつきあっていながら、その従姉と隠れて頻繁に逢瀬を重ね、セックスに明け暮れていたことは第1章で述べたとおりである。結果としてその事実はイズミ本人に発覚し、二度と口もきいてもらえなくなる。大学入学に際して東京に向かう新幹線の中で、ハジメは「生まれて初めて自分に対して激しい嫌悪感」を覚えるが、もう一度同じ状況に置かれてもやはり自分は同じことを繰りかえすだろうとも思っている。そして彼は言う。

でも何年かが経過してからあらためて振り返ってみると、その体験から僕が体得したのは、たったひとつの基本的な事実でしかなかった。それは、僕という人間が究極的には悪をなし得る人間であるという事実だった。僕は誰かに対して悪をなそうと考えたようなことは一度もなかった。でも動機や思いがどうであれ、僕は必要に応じて身勝手になり、残酷になることができた。僕は本当に大事にしなくてはいけないはずの相手さえも、もっともらしい理由をつけて、とりかえしがつかないくらい決定的に傷つけてしまうことのできる人間だった。（〈国〉p.66）

僕はこの一節になにやら私小説的なトーンを感じずにはいられないのだが（イズミとの一件が村上の実体験にちがいないという意味ではなく、それにあたっての心のありように著者本人がとりわけ色濃く投影されているように思えてならないという意味で）、見ようによってはまさにここが核心なのではないかとも思う。

ハジメが「悪をなし得る」人間であるとは、僕は思わない。彼はただ、窮極的に「自分しかない」人間なのだ。最終的に優先されるのは常に自分自身であり、そのとき、他者へのまなざしは消失する。そのふるまいの結果として、他者に及ぼされる作用が「悪」に似て見えることもあるというだけの話なのである。

「自分しかない」のも、傷つくのを恐れ、自分を守るのに汲々としているせいで結果的に他者への関心が薄くなっているのか、それとももともと他人に興味がなかったからなのかは判然《はんぜん》としないものの（両方の側面があるように僕には見える）、いずれにしても彼らは、ときに他者の心の痛みに対して恐ろしいほど鈍感になるようだ。自分を守るためなら、いざとなれば平気でほかのものを犠牲にするように見える。

実生活においては、あまり近づきたくないタイプかもしれない。

3　保護された純真としての〈世界の終り〉

「セカイノオワリ」と聞いて人がまっさきに思い浮かべるのは、最近では四人組のバンドの名前としての“SEKAI NO OWARI”が一般的なのかもしれないが、僕にとってはどこまでも村上春樹の作品名の一部であり、その作品世界の片側である。

『世界の終りとハードボイルド・ワンダーランド』＝〈世〉を読まれた方なら先刻ご承知のことと思うが、一九八五年に単行本が刊行されたこの小説は、〈世界の終り〉および〈ハードボイルド・ワンダーランド〉というそれぞれ別個の物語が並行して進んでいくような構成で書かれている（巻末資料「村上春樹全長編小説概観」の〈あらすじ〉参照）。「セカイノオワリ」が「作品名の一部」であり「作品世界の片側」であるというのは、その意味でのことだ。

「序にかえて」にも書いたとおり、高校二年でこの作品に初めて触れた僕はその傑出《けっしゅつ》した発想や独特の情緒、流麗な文体などすべてに魅了され、自分にもいつかこんな小説が書けたらと強く願った。その後も長くこの作品は僕にとって「特別な」小説でありつづけ、人に村上春樹の本を勧めるときにはまっさきにこれを挙げていた。『ノルウェイの森』なんかよりこっちのほうがずっといい。これを読まずして村上春樹を判断しないでほしい」と。

実を言うと、その点は今もって変わっていないかもしれない。すっかり「アンチ」に転じてしまった今ではそもそも他人にこの人の小説を勧めること自体ありうべからざることなのだが、「それでも読みたいというのなら」というただし書きつきで、この書名を挙げることは今でもある。

もちろん、これが四十年近くにも及ぶ村上の作家としての経歴の中ではほとんど初期と言っていい時期に書かれたものであり、近作に比べれば生硬《せいこう》な要素などがまま見られることは承知している。しかし村上作品は、後年に至るほど、特に『ねじまき鳥クロニクル』＝〈ね〉以降は、同じモチーフの再利用、必然性に疑問が持たれるむやみに複雑な物語構造、「仮説」やら「メタファー」やらの体《てい》のいい語を振りかざす強引な展開など、僕にとって「鼻につく」要素もまた着々と存在感を増していくことになる。そうした瑕疵《かし》が、その間にあったかもしれない作家としての思想の深化やスキルの向上を結果として打ち消してしまっているように僕の目には見えるのだ。

〈世〉は、村上作品がそういう意味での劣化を被《こうむ》る前の凜《りん》としたたたずまいをまだぎりぎり保っている。その上で、作品としての完成度それ自体にも文句のつけようがないわけだから、僕としてはこれを「村上春樹の最高傑作」と呼ばざるをえないのである。

それでも長年の間には、僕の中でこの作品に対する評価は揺らいできた。ここではその評価の変遷を辿りつつ、一節を費やしてこの「特別な」作品について論じさせていただきたい。

さてあらためて、「世界の終り」と聞いて頭に思い浮かぶのはどんなイメージかというと、それは大きく見て二つの方向性に分かれるのではないかと思う。ひとつは、たとえば全面核戦争なり小惑星の衝突、氷河期への突入なりが原因で、地球上のあらゆる生命が死滅していくような状況、われわれの属するこの世界全体が終末に向かっていく様相だ。もうひとつは、周囲がどうなっているかにかかわらず、「そこで世界が終わっていて、そこから先には何もない」というその地点。「世界の果て」あるいは「地の果て」と言い換えてもいい。村上春樹は、どちらかというと後者の意味合いでこの言葉を使っているように思える。

いくつかの例を挙げよう。


スペイン語の講師が車を停めたのは道路を五百メートルばかりはずれた空地のまん中だった。空地は平らで、くるぶしまでの柔かい草が浅瀬のように広がっていた。（中略）見渡す限り灯りはない。道路の灯が僅《わず》かに辺りの風景をぼんやりと浮かびあがらせている。無数の虫の声が僕たちを取り囲んでいた。まるで足もとからどこかに引きずり込まれそうな気がした。

僕たちはしばらくの間黙って目を闇に慣れさせた。

「ここはまだ東京ですか?」僕はそう訊ねてみた。

「もちろん。そうじゃないように見えますか?」

「世界の果てみたいだ。」(〈ピ〉p.146)

『1973年のピンボール』=〈ピ〉で、「3フリッパーのスペースシップ」と名づけられたピンボールマシンの行方を追っていた主人公の〈僕〉が、事情に通じたスペイン語講師の案内で、くだんのマシンが格納されているという倉庫の手前まで辿りついた場面である。このあと〈僕〉は単身その倉庫に向かい、だだっ広い無人の空間で蛍光灯の光を浴びて無数のピンボールマシンが整然と並んでいるさまを目にする。それらは無機物でありながら、死の匂いを濃厚に漂わせている。そこはピンボールマシンの、そしてそれが吸収したおびただしい記憶の墓場なのだ。

底知れぬ不条理さを醸《かも》す一方で非常に美しくもあるこの一節が気に入っていた僕は、後年、『国境の南、太陽の西』=〈国〉を読んだ際に、これととてもよく似た感触を持つ別の場面にめぐりあうことになる。

僕はそのまましばらく車を走らせてから、目についた適当な場所に入ってとめた。そこは閉鎖されたボウリング場の駐車場だった。がらんとした飛行機の格納庫のような建物の屋根には巨大なボウリングのピンの看板が立っていた。まるで世界の果てまで来てしまったような荒涼とした情景だった。広大な駐車場には僕らの車しかとまっていなかった。（〈国〉p.165）

主人公ハジメが、三十六歳になって再会したかつてのクラスメート島本さんを連れて石川県の川を訪れた帰り、車中で突然呼吸が不自然になり、意識をなくしたように見える彼女を介抱《かいほう》するために車を停める場面である。

〈ピ〉で描かれた無人の倉庫と、この閉鎖されたボウリング場——ともに荒涼としてはいるものの、かつて太宰治をして「ここは、本州の極地である。この部落を過ぎて路《みち》は無い」（『津軽』）と言わしめた竜《たっ》飛《ぴ》岬ほど、文字どおり地が尽きる情景というわけでもない。しかしのちにハジメが、そこで死にかぎりなく接近していた島本さんの姿を思い出して、「それは僕が生まれて初めて目にした死の光景だった」と述べていることからもわかるとおり、死と結びつけて描かれるこれらの情景は、「そこから先はない」という行き止まりを暗示してもいるのであり、そういう意味でそれは「世界の果て」＝「世界の終り」なのだ。

〈世〉における〈世界の終り〉は、主人公〈僕〉が暮らす、壁に囲まれた小さな街を指し示す言葉でもあるが、この小世界は、上記に挙げたような荒涼とした情景を「世界の果て」と感じる感性と同じ培地《ばいち》から発生したものだと僕は考えている。そしてその街は、それ自体が死のひとつの表徴《ひょうちょう》であるかのような幾多の不吉な影を背負いながらも、実に魅力的なものとして描かれている。

おとなしい一角獣がそこかしこで草を食《は》み、誰もが争ったり罵りあったりすることもなく淡々と自分の勤めを果たす、なにもかもが静謐《せいひつ》な世界。主人公〈僕〉がここにやってきて〈門番〉に影を奪われて以降、季節は着々と冬に近づいていくが、その迫りくる厳しい寒さすらなにか慕わしいものに思えてくる。中でも〈僕〉が日々、「夢読み」としての（書庫に保管されている一角獣の頭骨に吸収されている「古い夢」を「読む」という）仕事を果たすために通う図書館で彼を補佐する立場にある女性司書（固有名は与えられず、ただ〈彼女〉とだけ呼ばれている）が、高校生の僕には非常に心惹かれる存在に思えたことを覚えている。

〈ハードボイルド・ワンダーランド〉のセクションにも胸を踊らされはしたものの、そちらで僕の心を惹き寄せるのはどちらかというと単純に物語としてのおもしろさだった。次はどうなるのか、〈私〉はこれからどんな事態に出くわし、それをどう切り抜けていくのかという展開の妙だ。一方〈世界の終り〉のほうは、描かれている世界そのものが僕の心をかき乱してやまなかった。この世界に行きたい、許されるものならこの世界で暮らしたいと焦がれる思いさえ沸《わ》き起こっていた。

そうはいっても、そこはあくまでも〈世界の終り〉だ。〈彼女〉も〈僕〉に向かってこうたしなめている。

「あなたにはわからないの？　ここは正真正銘の世界の終りなのよ。私たちは永遠にここにとどまるしかないのよ」（〈世〉上巻　p.243）

それとは別の可能性を信じていた〈僕〉も、最後にはその摂理《せつり》を悟り、「僕はもうどこにも行けず、どこにも戻れなかった。そこは世界の終りで、世界の終りはどこにも通じてはいないのだ。そこで世界は終息し、静かにとどまっているのだ」（下巻 p.410）と認めることになる。

それでも、作中の〈僕〉がそうであるように、〈彼女〉とともにいられるのならば、この小さな世界に永遠に留まることになってもかまわないのではないか——当時の僕はそう思っていた。そう思うほど、〈彼女〉に魅力を感じて骨抜きになっていたのだろう。

大学在学中に、僕は少なくとも一度はこの小説を読みかえしているはずだが、そのときどういう感想を抱いたものか確たる記憶はない。覚えていないということは、初読のときと受けとめ方にたいした差がなかったということだろう。

「序にかえて」で、二〇〇四年に「文学フリマ」に出品する村上春樹のファンブックのためにあらかたの村上作品を再読したと書いたが、実はそのときも、〈世〉はその対象には含めなかった。というのも、当時の僕のこの作品に対する信頼は絶大で、あえて読みなおすまでもない（あれだけは紛《まご》うかたなき傑作だ）と思っていたからだ。

実際に意識してこの作品を再読したのは、それから六年も経過した二〇一〇年のことだ。当時僕は、『1Q84』を読んで怒り狂っていた。最近初めて村上春樹の名を知り、「なんだか売れてるっぽいから買ってみよう」とばかりに飛びついた連中ならいざ知らず、ほとんどデビュー当時から作品を追っている読者まで、こんなもので納得させられるとでも思っているのかと。

かつて傑作として心酔《しんすい》した作品を読みかえせば、このいまいましい思いも少しは拭えるのではないか。

そうだ、村上春樹もかつてはこんなにすばらしい小説を書いていたのだと認識を改め、それによって今回の失態――〈Q〉のような欠点だらけの作品をいけしゃあしゃあと鳴り物入りで売り出したという恥ずべき愚行《ぐこう》（としか僕には思えなかった）をわずかなりとも許す気持ちになれるのではないかというはかない期待があったのだ。それで僕は、あらためて文庫版を購入した。かつて読んだ新潮社の「純文学書き下ろし特別作品」としての箱入り装幀のバージョンは実家にあり、それをわざわざ取り寄せるのも億劫だったからだ。

しかし、僕の期待はみごとに裏切られた。そしてそのことに衝撃を受けた。

こんな小説だっただろうか。高校生の僕が夢中になって読み、憧れたのは、こんなにご都合主義が横溢する、読んでいて苛立たしい物語だったのか。あれこれと鼻につくという点では、〈Q〉といくらも違わないではないか。どうして当時の僕は、そうした神経に障《さわ》る要素の多くを問題視もせずに素通りしていたのだろう――。

そうした要素としては、本章の「1　定型句『やれやれ』の興亡」で指摘した「やれやれ」の不適切な用法が目立つことも含まれる。しかしこの作品における「やれやれ」は、ほとんどが〈ハードボイルド・ワンダーランド〉側で使われているものだ（全十八件中十六件）。僕がショックだったのは、かつてあれほど魅力的に思えた〈世界の終り〉という小世界、とりわけ図書館の〈彼女〉のあり方それ自体が、今や苛立ちを覚える主要な対象のひとつとなってしまっていることだった。

〈彼女〉の容貌についての描写は乏しいが、「うしろで束ねられた黒い髪」といった記述や、話し方、物腰などから、控えめだが楚々《そそ》として美しい女性の姿がおのずと浮かびあがってくる。そんな彼女が、「夢読み」である〈僕〉を手伝うという名目で、なぜか毎晩夕食まで用意してくれる。しかも「一人の司書は一人の夢読みの手伝いしかできない」という規則があるから、彼女は図書館で二人きり、〈僕〉のためだけにあれこれと奉仕してくれることになる。最初から「〈僕〉専用」ということだ。そして彼女はなぜか彼に対して初対面から好意的であり、「夢読み」の補佐としての職務を逸脱したことまで彼のために率先してやってくれるのだ。

もちろん、この〈世界の終り〉という世界が現実ではないことはわかっている。それは〈ハードボイルド・ワンダーランド〉側の〈私〉の「無意識の核」を、博士が人為的にデータとして固定した上であらためて〈私〉の脳内に埋めこんだものにすぎない（それが脳を使ったデータの暗号化に活用されているという設定）。しかしそれにしても、〈彼女〉はあまりにも〈僕〉にとって都合のいい存在として描かれてはいまいか。あるいは「都合がいい」というより、一種の「萌え」要素が満載の存在と言うべきかもしれない（村上作品における「萌え」要素については、切り口を改めて第3章で詳述する）。

冬が迫る中、街の中の探索を強行したせいで高熱を出してしまった〈僕〉が、どうにかして辿りついた図書館で〈彼女〉の介抱を受ける場面がある。ストーブの前で彼女に毛布でくるまれながら、彼女を失いたくないと〈僕〉は思う。

彼女はそのあいだずっと僕の手を握りしめていた。

「お眠りなさい」と彼女が言うのが聞こえた。それはまるで遠い闇の奥から長い時間をかけてやってきた言葉のように思えた。（〈世〉上巻 p.305）

この「お眠りなさい」というフレーズは、全体の中でも浮いていてどこか不自然に響く。〈彼女〉のふだんの話しぶりからすれば、「眠った方がいいわ」あるいは「いいからもう眠って」程度が妥当なのではないかと思う。しかし村上は、物語の終盤近くでももう一度彼女に（しかもやや唐突に）この同じ台詞を言わせている（下巻 p.368）。よほど〈彼女〉にこれを言わせたかったんだな、と思わずにはいられないのだが、その背後に村上自身の「萌え」心（そうであればグッとくるという、村上自身の個人的な好み）があるように思えるのは僕の錯覚なのだろうか。

さて、官舎で静養して熱がようやく引いた〈僕〉は十日ぶりに図書館に赴《おもむ》くのだが、〈彼女〉の姿はない。どうしていいかわからずにストーブの前でじっとしていると、やがて青いコートを来た彼女が目の前に現れる。「もう来ないのかと思ったよ」と〈僕〉が言うと、〈彼女〉はこう答える。「あなたが求めている限り私はここに来るわ。あなたは私を求めているんでしょう?」（上巻 p.348）。まるで彼女本人の意思など問題とされていないかのようである。

また、〈僕〉がある用件で森の入口にある発電所に行きたいと言うと、森の恐ろしさを知っている〈彼女〉は、「あなたを一人でやるわけにはいかない」と言ってそれに同行してくる。暖かい朝だが、厳しい冬はまだ去っていない。

太陽の光は淡く、やさしかった。僕は何度か顔を上に向けて、その静かなあたたかみを味わった。彼女は右手を自分のコートのポケットに入れ、左手を僕のコートのポケットに入れていた。僕は左手で小型のトランクを持ち、右手でポケットの中の彼女の手を握っていた。（〈世〉下巻 p.133）

二人の関係は、「夢読み」と司書という職務に基づくものではなかったのか、いつ恋人同士になったのか、と言わずにはいられない場面である。〈僕〉の身の安全を慮《おもんぱか》ってついてくるのはともかくとして、その道中になぜ彼女がこんなことまでしなければならないのか、その理由が僕にはまったくわからない。

なおこのくだりは、『ねじまき鳥クロニクル』＝〈ね〉の終盤にある以下の場面を否応なく思い出させる。妻クミコを文字どおり取り戻すことこそできなかったものの、悪の化身である綿谷ノボルを破滅に追いやることには成功し、事態にひととおりの決着がついた段階で、主人公岡田亨は、いっとき関わりを持った十六歳の少女・笠原《かさはら》メイを訪ねていく。メイは高校を辞め、寮生活をしながら山の中のかつら工場で働いている。

林の中を並んで歩いているときに、笠原メイは右手の手袋を取り、僕のコートのポケットにつっこんだ。僕はクミコの仕種《しぐさ》を思いだした。彼女は冬に一緒に歩いているときによくそうしたものだった。寒い日にはひとつのポケットを共有するのだ。僕はポケットの中で笠原メイの手を握った。彼女の手は小さく、奥まった魂のように温かかった。（〈ね〉第3部 p.507）

一九七〇年代の高校生カップルのようにほほえましい図ではあるが（それもあくまで、メイの相手が三十歳の既婚者であるという点を度外視すればの話だが）、こうした描写が繰りかえされることによって、村上自身がこの構図になにか特別なノスタルジーを感じて（あるいはそれに「萌え」て）いるらしいことがはからずも浮き彫りにされているように僕には思える。そしてそれは、控えめな美人にちがいない〈世〉の〈彼女〉に恐ろしく似つかわしいふるまいでもあるのだ。

きわめつきはこれだろう。「夢読み」の仕事の合間、疲れているように見える〈僕〉に向かって、なにか自分にしてあげられることはないかと〈彼女〉が訊ねてくる。

「君はとてもよくしてくれているよ」と僕は言った。

彼女は頭骨を拭いていた手を休めて椅子に戻り、正面から僕の顔を見た。「私が言っているのはそういうことじゃないの。もっととくべつなこと。たとえばあなたのベッドに入るとか、そんなことね」

僕は首を振った。「いや、君と寝たいわけじゃないんだ。そう言ってくれるのは嬉しいけどね」

「どうして？　あなたは私を求めているんでしょう？」（〈世〉下巻 p.18）

それも司書としての「職務」の範囲内だとでもいうのだろうか。結局〈僕〉は「そういうのとはまた別の問題」だとしてこの話を終えてしまうのだが〈それは〈僕〉が、〈ハードボイルド・ワンダーランド〉

側の〈私〉とは違って純真でナイーブなキャラクターとして設定されている以上自然なことでもある）、ここで〈僕〉が「だったらお願いするよ」とひとこと言いさえすれば、〈彼女〉はおそらくなんのためらいも見せずに彼とベッドをともにしただろう。

要するに、言いたいのはこういうことだ。この〈彼女〉の人物造型は、あまりにも「童貞男子の妄想」めいてはいまいか――。

主人公に対する好意がはっきりそれとわかる理由もなくいわばプリセットされていて、主人公側からその歓心を得ようと特段の努力をする必要もないこと。職務なのかなんなのかはともかく、なにやかやと世話を焼いてくれること。最初から「自分専用」になっていること。やさしくて親切で、何を求めても拒まなそうに見えること。かといって過度に煽情《せんじょう》的であったり、「肉食女子」的な態度をむき出しにして自分からぐいぐいと迫ってきたりは決してしないこと――童貞男子にとって、すべてがちょうどいい按配《あんばい》に設定されているように見えるではないか。

村上春樹はライトノベルである、などと評されることもあるらしいが、たしかにたとえばこの〈彼女〉のあり方などにだけ着目するかぎり、それはラノベやアニメも含めた広義でのコミック文化との親和性が高いように思われる。〈彼女〉の姿には、どこか『新世紀エヴァンゲリオン』（庵野秀明監督）に登場する少女「綾波《あやなみ》レイ」を思わせるところがある。レイは寡黙《かもく》で何を考えているのかわからない謎めいた少女だが、主人公碇《いかり》シンジを守るためなら命を擲つことも厭《いと》わない。そして、人格らしい人格が備わっていないように見える。

〈世〉の〈彼女〉もまた、本当の意味での人格を持っているようには見えない。一見人格らしく見えるものは、〈老大佐〉が指摘する「独立した機能としての親切さ」（前節参照）と同じく、形式的に機能しているだけのヴァーチャルなものにすぎないのだ。それは、〈世界の終り〉の住人としての〈彼女〉には「心がない」（この街の住民は壁の内側に入るに際して門番に自らの影をはがされ、やがてその影が衰弱して死ぬことによって「心」を失うとされている）という設定によって説明が可能ではあるが、同時にそのことが彼女の存在をコミック文化的な文脈に合致するよう整形することに寄与《きよ》しているとも言える。

もしも彼女に真正な人格があれば、司書として以外にはなんの義理もないはずの〈僕〉に対して、ここまで都合のいい存在であることはできないはずだ。コミック文化的な文脈の中では、ヒロイン的な位置づけにあるキャラクターの真正な人格はときに夾雑物《きょうざつぶつ》として排除され、主人公にとってより好都合な単純化されたものにすげ替えられることがある（そうでないと、しばしば引っ込み思案で弱気なキャラクターに設定されている主人公との間で話が進まなくなってしまうから）。

「エヴァンゲリオン」の綾波レイはまさにその好例のひとつであると言っていいが、彼女に人格らしい人格がないこともまた、あるたくみな設定によって説明されている。綾波レイというのは実は一人ではなく、同一のDNAから複製されたクローンのスペアが常時何体も培養《ばいよう》液の中を漂っていて、「綾波レイ」として行動している一体が仮に死んでもすぐに補充できる仕組みになっているのである。人格らしい人格がないのも当然のことなのだ。

しかしそれをいうなら、〈世〉の〈彼女〉よりももっと綾波レイに似ているキャラクターが村上作品には存在する。『1Q84』=〈Q〉のふかえりである。

新興宗教団体教祖の娘でもあるふかえりは、口を開けばなにか神がかり的なことを言う上に、言語の運用能力にも問題があって、まともなコミュニケーションを取ることが困難な少女として描かれている。しかしどういうわけか主人公の天吾には最初から好意的で、天吾との間ではそこそこ意思疎通が図れているし、天吾のためにはなぜかあれこれと（青豆との性交を自らの肉体をもって仲介するなど）無償で骨を折ってくれる。

そこには通常の意味での人格が欠落しているように見えるし、天吾が接している彼女が本当のふかえり本人なのかどうかは最後までわからない。というのは、彼女は超自然的存在リトル・ピープルが作る「空気さなぎ」から生まれたドウタ（オリジナルである「マザ」に対置させられるものとしての本人の複製）であり、オリジナルのふかえりはいまだに教団内にいるかもしれないという推定が作中で成立しているからである。「人格のない複製」（しかも基本的に寡黙な美少女）といえば、それはもう綾波レイ以外のなにものでもないではないか。

〈Q〉に心底うんざりしていた僕は、それに続けて〈世〉を再読する中で、おそらく、〈彼女〉のありようにふかえりの影を見てしまい、「なんだ、当時からこうだったんじゃないか」という形で深い幻滅を覚えたものと思われるのだ。〈彼女〉がそういう意味でどこかアニメ的な=童貞男子の妄想めいた存在であったにもかかわらず、初読の際にはそれに気づかないどころか彼女の魅力にメロメロになってしまっていたのは、なんのことはない、当時は僕自身がうぶな童貞男子にほかならなかったからなのだ。大学時代の再読時にも感想が変わらなかったとおぼしいのは、物理的には童貞を脱していてもまだその頃の心性《しんせい》を多分に引きずっていたからだろう。

つまり僕は、そんないかにも童貞男子が好みそうな〈彼女〉の人物造型にかつての自分がまんまと踊らされていたことに遅ればせながら思いいたり、何よりもそのことが腹立たしかったのかもしれない。そんなことにも気づけなかった過去の自分に対する怒りでもあったわけだ。そういう意味では、村上春樹にしてみればとばっちりもいいところだろう。

どのみちこの二〇一〇年時点の僕の感想は、必ずしも公平なものとは言えないところがある。結果として〈彼女〉のキャラクター設定が童貞男子受けのするコミック文化的なものに近づいていたとしても、彼女がそうでなければならない必然性も一方では明示されているわけで、僕の感想はそれに対する視点をほぼ欠落させたものになっているからだ。必然性というのは、かんたんにいえば、〈彼女〉にはもともと「心がない」という設定になっていることと、〈彼女〉の属するこの世界そのものが〈ハードボイルド・ワンダーランド〉側の〈私〉の「無意識の核」にすぎないという点である。

その反省も踏まえて今回、本書執筆に際しては、特にその点に留意しながら通算四度目の通読に当たってみた。すると、これまではあまり注意を向けていなかったある事実がにわかに重要なポイントとして浮上してきた。そしてそれこそが、この作品をあえてこの章（「当事者であることを回避する人々」）の中で取りあげることにした所以《ゆえん》ともなっているのである。

〈世界の終り〉と呼ばれる小世界は〈私〉の「無意識の核」だというが、壁に囲まれたその街において〈私〉自身に相当するはずの人物すなわち〈僕〉は、一見して〈私〉とはだいぶ異なるパーソナリティーの持ち主だ。〈私〉は、決して社交的ではないながらそれなりに世慣れた三十五歳の男であり、図書館のリファレンス係をたくみにベッドに連れこむこともできれば、やたらと自分に興味を示して性的なモーションをかけてくる博士の孫娘をそつなくいなしてもいる。シニカルで、冗語を操って韜晦《とうかい》したりもする。一方〈世界の終り〉側の〈僕〉は、どちらかといえばナイーブで純真なタイプに見えるし、年齢は明示されていないが、どうも〈私〉よりはだいぶ若い印象がある。

考えてみれば、これは不思議なことだ。基本的には同一人物のはずなのに、なぜこうまでキャラクター設定が異なるのか。

ヒントはおそらく、以下のような箇所に示されている。

「あなたには何か特別なものがあるような気がするの。あなたの場合は感情的な殻がとても固いから、その中でいろんなものが無傷のまま残っているのよ」(〈世〉上巻 p.389)

「一流の人間になれるかどうか」ということについて話しているときに博士の孫娘が〈私〉を評して言う言葉だが、物語の終局、公園で一人になって、現在の人格が消滅する瞬間に備えて待機する態勢になった〈私〉は、これに呼応するようにこうひとりごちている。

私はたしかにある時点から私自身の人生や生き方をねじまげるようにして生きてきた。そうするにはそうするなりの理由があったのだ。他《ほか》の誰にも理解してもらえないにせよ、私はそうしないわけにはいかなかったのだ。（〈世〉下巻 p.392）

またこれに先立って、〈私〉の脳内で何が起きているのかについて博士が施した説明の中にも、非常に示唆《しさ》的な部分がある。〈私〉と同じ脳手術を受けた被験者《ひけんしゃ》は、〈私〉以外全員が早々に死亡している。死因はおそらく、その者本来の思考システムと、脳内に人為的に組みこまれたもうひとつの思考システムとの切り換えがうまくいかなくなり、脳の機能がその負荷《ふか》に耐えられなくなったからと考えられるのだが、〈私〉だけはそれを免れて生き延びた。それはなぜかといえば、「もともと複数の思考システムを使いわけて」いたからではないかという仮説を博士が述べるのだ。

「もちろん無意識にですな。無意識に、自分でもわからんうちに、自己のアイデンティティーをふたとおり使いわけておったんです。（中略）もともと自前のジャンクションができておって、それであんたは精神的な免疫が既にできとったということになります」（〈世〉下巻 p.117）

〈私〉は無意識の中で、自身の通常の意識とは無関係な、しかも筋も通った完璧な世界を作りあげていた。それこそが〈世界の終り〉である。そういうことが起きる要因としては、「幼児体験・家庭環境・エゴの過剰な客体化」などいろいろなものが考えられるが、「とくにあんたには極端に自己の殻を守ろうとする性向がある。違いますかな?」と博士は指摘している。孫娘が言っていたことと同じである。

おそらく〈私〉は、人生のある時点で、非常に深い傷心を経験したのだろう。それがどんなものであったかはいっさい語られていないのでわからないが、肝腎なのは、そのとき彼が、それ以上傷つかずに済むようにするために何をしたかである。

彼はその時点での「ナイーブで純真な自分」を凍結《とうけつ》し、周囲を壁で覆《おお》うようにして自己の無意識の中に囲いこんでしまったのだ。そうすれば、それは外部からの干渉《かんしょう》を受けずに無傷のままで保護され、保存されるからだ。一方で彼は、外部とのインターフェースとして、本来の自分とはまったく異なる別人格を築きあげなければならなかった。——世慣れていて、傷ついたり取り乱したりする前に「やれやれ」と呟くことで外部からの影響をもろにかぶらずに済ませるスキルを駆使する、現在の〈私〉という人格を。彼が「そうしないわけにはいかなかった」というのはそれを指しているのだ。

〈世界の終り〉と名づけられた小世界は、傷つきやすかったかつての〈私〉による大がかりな当事者回避的行動それ自体が形象化《けいしょうか》されたものにほかならないのである。

そのような不自然な形で自己の純真さを保存したことの代償は、肝腎の〈世界の終り〉という小世界の成り立ちそのものにいびつな要素を持ち込むことで支払われている。それは住民たちから解き放たれた心を一角獣に負わせて死に追いやるという残酷さであり、その結果として住民に「心がない」ことであり

（心がなければ傷つくこともなく、それ以上当事者であることを回避する必要もない）、したがってだれかを愛したとしても、その愛が真の意味で成就することは決してないということである。〈老大佐〉がある箇所で指摘しているとおり、〈僕〉は〈彼女〉を「手に入れることはできる」（上巻 p.343）。しかしそこに、心はないのだ。

> 僕は長いあいだ言葉もなくじっと彼女の顔を見つめていた。彼女の顔は僕に何かを思いださせようとしているように感じられた。彼女の何かが僕の意識の底に沈んでしまったやわらかなおりのようなものを静かに揺さぶっているのだ。しかし僕にはそれがいったい何を意味するのかはわからなかったし、言葉は遠い闇の中に葬られていた。（〈世〉上巻 p.82）

図書館で初めて〈彼女〉と顔を合わせたときに〈僕〉が抱いた印象である。〈僕〉は〈彼女〉のことをかつてどこかで知っていたという感覚を拭えず、彼女のことを思えば思うほど喪失感を深めている。ここには、〈彼女〉がかつての〈僕〉、というより〈私〉が現実世界で恋い焦がれていただれかであった可能性が示唆されている。

この街の住民は影をはがされ、その影が死ぬことで心を失うが、〈彼女〉の影は彼女が四歳のときにはがされて壁の外側に追いやられ、外の世界で生きていたという設定になっている。その間、〈彼女〉は心を持ったままこの街で暮らしていたが、十七歳のとき、彼女の影は街に戻ってきてそこで死んだ（そして

〈彼女〉は、その時点で心を失った)。

「影」とはいうが、それはどうやら人の形をしていて、独自の意志を持ち、自分で歩きまわる存在として描かれている。〈私〉が知っていたのは〈彼女〉の影であり、十七歳のときに別れがあったのだとも考えられる。そしてその別れによる傷心こそが、〈私〉に〈世界の終り〉という内的世界を作らせた原因だったのかもしれない。つまり〈私〉は、ある意味で、かつて失った〈彼女〉(正確にはその分身)と、〈僕〉としてこの街で再会したともいえるのである。〈彼女〉が〈僕〉に対して最初から好意的であることはそれで説明がつくし、〈僕〉が〈彼女〉を目前にしていながら喪失感ばかり募らせていくのは、それが結局、〈彼女〉がすでに失われていることを認識しなおすことにしかならないからなのだ。

しかし最後の局面で〈僕〉は、重大な決断を下す。一角獣の頭骨から〈彼女〉の失われた心を読み出した上で、この街から一緒に抜け出す約束をしていた自分の影を「南のたまり」から一人で行かせるのである。〈僕〉の影は衰弱して死を待つばかりとなっているが、街から外に出れば生き延びられる可能性はある。〈僕〉はそれに賭けたのだ。

影がどこかで生きていれば、〈僕〉自身も心を失わずに済む。この世界で心を持ったまま生きることは容易なことではなく、住民たちとの接触を避けて森の中をさまようような暮らしをしていかなければならない。それでも〈僕〉は、自らも心を失わないまま、心を取り戻した〈彼女〉とここで生きていくことを選ぶのである。

傷つくことを回避するために設けられた心のないはずの静かな世界で、〈僕〉は結局、悲壮な決意のもとに、心のある（すなわち、傷つくリスクを避けられない）世界へと立ち帰っていくのだ。

非常に美しい結末である。「たとえ傷つくことがあるとしても、心がなければその人生は生きるに値しない」というメッセージが強い説得力をもって胸に迫ってくる。〈私〉がかつて当事者であることを回避したことの報いが、〈僕〉が結果として不自由な暮らしをしのばねばならなくなったという形で示されていることにも納得がいく。

四度目の通読に至るまで、僕はその都度ほかの要素に気を取られて、この物語構造の美しさを本当の意味では見極められていなかったのではないか、と今さらながら不明を恥じる思いでいっぱいである。しかし同時に、この作品を村上春樹の最高傑作だと長く主張してきた自分の感覚が決して見当違いなものではなかったということがあらためて証明されたようにも感じている。

――『世界の終りとハードボイルド・ワンダーランド』は、やはり傑作だ。

しかし勘違いしないでほしいのは、だからといって僕が村上春樹という作家に対する批判的な姿勢を手控えるつもりはさらさらないということだ。僕がここでこの小説をあえて礼賛《らいさん》するのは、それをもって反語的に声を大にしてこう叫びたいからにほかならない。――こんなに傑出した綻《ほころ》びのない小説を書ける才能や実力を持っていながら、どうしてほかの多くの作品はあのザマなのか、と。

たとえば、本節でも取りあげたコミック文化との親和性ひとつ取っても、〈Q〉のふかえりの描き方はもはや単なる安易な「萌え」に堕《だ》してはいまいか。ふかえりがあのような人格を欠いたある意味で都合のいい存在として設定されることに、物語のテーマそのものと不可分な形でそれを支える必然性があるとはたしていえるのか。村上自身が〈〈世〉の〈私〉が「純真だった自分自身」を〈世界の終り〉として囲いこんだように〉心のどこかにそっと秘匿《ひとく》していた「童貞男子」的な部分を、創作にかこつけて解き放ち、未成熟で妄想めいた欲望を思うさまぶちまけてしまっているだけなのではないか。

まあそれを言うなら、本作〈世〉にもその萌芽《ほうが》が見られないわけではない。そうでなければならない必然性などの作りこみに隙がない分目立たなくはなっているものの、〈彼女〉のふるまいの端々に、コミック文化的な「萌え」の気配を感じてしまうのは（事実僕は、二〇一〇年の再読時にはもっぱらそこに噛みついて怒り狂っていた）、その陰に村上自身の欲望が透けて見える気がするからなのだ。

しかしその点については第3章に持ち越すことにして、今一度、「当事者回避」をめぐる問題にフォーカスを戻そうと思う。

4　当事者たらんとした僕たちの失敗

前節で詳しく見た『世界の終りとハードボイルド・ワンダーランド』＝〈世〉は、ある意味で、当事者であることを回避していた主人公が、最後の瞬間にもう一度当事者であることを自ら引き受けようとする姿を描いた物語であるとも言うことができる。〈彼女〉を本当の意味で手に入れるためには、それが必要だったからだ。

村上の主人公のほとんどは当事者回避的行動に終始しているが、〈世〉の〈僕〉のように、なんらかの意味でそのアサイラムから抜け出して、生々しい感情の渦巻く、ときに酷薄な世界に立ち向かっていこうとする姿勢を見せる者もいないわけではない。ここでは、三つの例を見てみよう。

一人は、『ノルウェイの森』＝〈ノ〉のワタナベ・トオルである。

無理に友だちを作っても「がっかりするだけ」だから、それなら一人でいるほうがいいと言う男だ。年長の友人・永沢とその恋人ハツミとの三人の食事の際も、永沢に「俺とワタナベの似ているところ」は「自分のことを他人に理解してほしいと思っていないところ」だと指摘されたワタナベは、こう反論している。

「僕はそれほど強い人間じゃありませんよ。誰にも理解されなくていいと思っているわけじゃない。理解しあいたいと思う相手だっています。ただそれ以外の人々にはある程度理解されなくても、まあこれは仕方ないだろうと思っているだけです。あきらめてるんです」（〈ノ〉下巻 p.115）

そんなワタナベだったが、直子に対してだけは、こう淡々とやりすごすわけにはいかなくなってくる。直子との同棲生活を念頭に、学生寮を引き払って吉祥寺に一軒家を借り、あとは回復した直子が阿美寮から出てくるのを待ち受けるだけだと思っていた矢先、彼はレイコからの手紙によって冷や水を浴びせられることになる。直子の病状が悪化して幻聴まで始まり、もっと専門的な治療を施すことができる別の医院への転院を余儀なくされるかもしれないというのだ。

直子を引き受けるに際して、楽観的な見通しは許されそうにない。そういう「新しい状況に自分を適応させねばならない」のだと考えたワタナベは、自殺したかつての友人キズキに向かって内心でこう語りかける。

お前とちがって俺は生きると決めたし、それも俺なりにきちんと生きると決めたんだ。（中略）でも俺は彼女を絶対に見捨てないよ。何故なら俺は彼女が好きだし、彼女よりは俺の方が強いからだ。そして俺は今よりもっと強くなる。そして成熟する。大人になるんだよ。そうしなくてはならないからだ。俺はこれまでできることなら十七や十八のままでいたいと思っていた。でも今はそうは思わない。（中略）俺は責任というものを感じるんだ。（中略）そして俺は生きつづけるための代償をきちっと払わなきゃならないんだよ。（〈ノ〉下巻 p.182）

こうした決意にもかかわらず、直子はあっけなく自殺を遂げてしまうのだが、一方でワタナベは、その後阿美寮を出て吉祥寺の家を訪ねてきたレイコに、「あなた直子が死ぬ前からもうちゃんと決めてたじゃない、その緑さんという人とは離れるわけにはいかないんだって」と指摘されてもいる。ワタナベが阿美寮にいる直子ともどかしいやりとりをしている間に接近してきて、いつしか関係が深まっていた同じ大学の女子学生・小林緑のことである。

その指摘に応じるように、ワタナベはレイコを送り出してから（余談ながらそのひと晩で彼はレイコと四回も性交しているのだが）緑に電話をかけ、「世界中に君以外に求めるものは何もない。君と会って話したい。何もかもを君と二人で最初から始めたい」と伝える。

村上作品にはしばしば、「異界サイドの女と現実サイドの女」という対比構造が見られる。現実世界とは位相《いそう》の異なる「ここではないどこか」に移行してしまったか、少なくともそこに片足を突っこんでいるように見えるどこか謎めいた女と、地に足が着いていて現実世界の堅実な原則を決して踏み外さず、ともすれば異界サイドの女からの誘いかけに応じてそちら側に引き入れられてしまいそうになる主人公をこちら側に留まらせようとする女とが織りなすコントラストである。『ダンス・ダンス・ダンス』＝〈ダ〉においていて行方のわからなくなっているかつてのガールフレンド・キキ（異界サイド）と、ホテルの従業員ユミヨシ（現実サイド）が典型例だが、この対比は少しずつ装いを替えて多くの作品に導入されている。『国境の南、太陽の西』＝〈国〉の島本さん（異界サイド）と、主人公ハジメの妻・有紀子（現実サイド）もそうだろう。島本さんがなにか超自然的な存在であるというわけではないが、現在の身の上については謎が多く、常に死のイメージを濃厚に漂わせている。同じように〈ノ〉においては、阿美寮という俗世から隔絶《かくぜつ》された空間に囲いこまれ、結局そこから戻ることなくあの世へと旅立ってしまう直子が、比喩的な意味での〈異界〉性を明瞭に帯びている一方、緑のあり方は実に現実的である。彼女は多弁で人懐っこく、いい意味で俗世に即した生き方をしている。

「責任」を自覚し、「生きつづけるための代償」をきちんと払おうというワタナベの決意は、あきらかに「当事者であることを回避しつづけるのはもうやめよう」という意思の現れだが、それが結局、直子に対しての有効打とならなかったのは、ある意味で必然である。ワタナベの思いがどうあれ、直子はどのみちこちら側に留めておくことがかなわない相手だったからだ。

結果として彼の決意は、緑に向けられることになる。彼は緑に対して、これからは当事者として対峙しようと心に決めたのである。「世界中に君以外に求めるものは何もない」というのは、村上の主人公にしては異例なほど決然とした意思表明だ。そして「現実サイドの女」である緑に対してそれを果たそうとするからには、もはや逃げ道はない。

しかしワタナベは、本当にその決意を貫徹できるのだろうか。〈ノ〉の最後の数行を読むと、それに対して僕は懐疑的にならざるをえない。電話口で緑から「あなた、今どこにいるの？」と訊かれたワタナベは、心中でこう呟くのだ。

> 僕は今どこにいるのだ？
>
> 僕は受話器を持ったまま顔を上げ、電話ボックスのまわりをぐるりと見まわしてみた。僕は今どこにいるのだ？　でもそこがどこなのか僕にはわからなかった。見当もつかなかった。いったいここはどこなんだ？　僕の目にうつるのはいずこへともなく歩きすぎていく無数の人々の姿だけだった。僕はどこでもない場所のまん中から緑を呼びつづけていた。（〈ノ〉下巻 p.262）

どこでもない場所の中心で愛を叫ぶ男——実におぼつかないありさまではないか。こんな男の言うことを信用できるだろうか。「世界中に君以外に求めるものは何もない」という言葉も、そのきっぱりとした調子がかえってうさんくさく思えるほど空々《そらぞら》しく響いてしまう。

　僕はこの一節を読むたびに、夏目漱石の『それから』の最後の数行を思い出す。主人公の置かれている状況や描かれている情景が似ているわけではないのだが、どことなく似通った手触りが感じられるのだ。友人・平岡《ひらおか》の妻である三千代《みちよ》と通じていたことが発覚し、父からも兄からも絶縁を言いわたされた代助《だいすけ》が、書生の門野《かどの》に「一寸《ちょっと》職業を探して来る」とひとことだけ言い置いて、日盛りの中家を飛び出してくる場面である。飯田橋から電車に乗った代助は、「ああ動く。世の中が動く」と周囲の人に聞こえる声で言いながら、車窓からの風景に目をやる。

　忽《たちま》ち赤い郵便筒《づつ》が眼に付いた。するとその赤い色が忽ち代助の頭の中に飛び込んで、くるくると回転し始めた。傘屋の看板に、赤い蝙蝠傘《こうもりがさ》を四つ重ねて高く釣るしてあった。傘の色が、又代助の頭に飛び込んで、くるくると渦を捲《ま》いた。（中略）烟草《たばこ》屋の暖簾《のれん》が赤かった。売出しの旗も赤かった。電柱が赤かった。赤ペンキの看板がそれから、それへと続いた。仕舞《しまい》には世の中が真っ赤になった。そうして、代助の頭を中心としてくるりくるりと燄《ほのお》の息を吹いて回転した。代助は自分の頭が焼け尽けるまで電車に乗って行《い》こうと決心した。（夏目漱石『それから』新潮文庫、p.289）

かたや電話中の突然の失見当識《しっけんとうしき》、かたや電車の窓から見える赤の乱舞だが、いずれも当人がたしかな手応えのある現実から突如として切り離され、「どこだかわからない場所」に放りこまれてしまったような切迫感を読む者に及ぼす描写となっている。しかし『それから』のほうは、破滅の淵《ふち》に立たされた男の心情を象徴的に描いた叙述だ。そんなものと、新しい恋の相手と一からやりなおそうとしているワタナベのありようが似通って見えるというのは、いったいどうしたわけなのか。

実をいうと、僕は〈ノ〉のこのラストシーンが決して嫌いではない。もしかしたら、（肯定的な評価をまったく与えることができなかった）この作品の中で、ほとんど唯一好きな箇所とすら言えるかもしれない。しかしそれは、予想された軟着陸を土壇場《どたんば》で覆《くつがえ》すような不穏さが顔を覗かせているという意味で好ましいのであって、この作品を（世間で一般にそう受け取られているように）「感動の純愛小説」と考えるなら、このエンディングはいかがなものなのか。

ひょっとして村上は、いかにも一般受けしそうな「純愛」路線を貫いておきながら、最後の最後になってそれに嫌気《いやけ》が差し、「ことはそううまくは運ばないんじゃないか」という自らの猜疑心《さいぎしん》をちらつかせずにはいられなかったのではないか、とさえ思ってしまう。そうとでも仮定しなければ、なぜ物語をあえてこのような形で結んだのか、真意を理解しがたく感じるからである。この小説を「感動の純愛もの」として読み、文字どおりいたって素直に感動している人々は、この場面をいったいどう解釈しているのか。そこもぜひ知ってみたいところである。

次の例は、『ねじまき鳥クロニクル』＝〈ね〉の岡田亨である。

本作では、村上春樹にしてはめずらしく、主人公が憎悪や怒りといったネガティブな激しい感情を抱き、ときにそれを噴出させているさまが直接的に表現されている。

亨もまた基本的には、他の主人公たちと同じく、自分に振りかかるさまざまなできごとを人ごとのように受け流す人物として描かれているし、なぜそうなのかを自ら説明してすらいる。それは、「僕自身の存在と他人の存在とを、まったく別の領域に属するものとして区別しておける能力」に基づく「感情処理システム」によるものである。なにかが原因で不愉快になったりしても、「その対象をひとまず僕個人とは関係のないどこか別の区域に移動させ」ることで一時的に自分の感情を凍結し、時間をかけて検証するというものだ。たいていのことは、そうして時間が経過することで無害なものになっていると彼は語る。

これまでの人生の過程において、そのような感情処理システムを適用することによって、僕は数多くの無用なトラブルを回避し、僕自身の世界を比較的安定した状態に保っておくことを可能にしてきた。そして自分がそのような有効なシステムを保持していることを、少なからず誇りに思ってきた。

（〈ね〉第1部 p.148）

「しかし」と彼は続ける。「しかし綿谷ノボルに対しては、そのシステムはまったくといっていいほど機能しなかった」。

綿谷ノボルは亨の妻クミコの兄で、執筆した分厚い経済学の本が話題になってもてはやされ、一躍マスコミの寵児《ちょうじ》となった気鋭《きえい》の学者という設定である。一九八〇年代に世間を席捲《せっけん》したいわゆるニューアカデミズムが念頭にあるのか、肝腎の著書は難解すぎて（あるいは悪文すぎて）さっぱり理解できないのに、トーク番組などではいかにもテレビ受けのする簡潔で要を得た（しかし一貫性のない）コメントを効果的に駆使する人物として描かれている。

傲慢で鼻持ちならないところがあり、こういう人物が身近にいれば僕でもいけ好かなく思うのはまちがいのないところだが、それにしても亨の綿谷評は悪意的かつ不自然なまでに執拗で、いささか決めつけめいてすらいる。「本質的には下劣な人間であり、無内容なエゴイスト」と言うが、彼のどこがそう思わせるのか、具体的な説明は欠落している。実質的には、「うまく説明できないがとにかく気に入らない」と言っているのに等しい。亨がほかのことに対してはあしざまに罵ることがおよそない人間であるだけに、綿谷への否定的な言及はいっそう際立っている。

亨は綿谷という人間を「自分とは関係のない領域」に押しやることもできないまま、ただ苛立ちを募らせつづけている。そして自らこう言明するのだ。「オーケー、正直に認めよう、おそらく僕は綿谷ノボルを憎んでいるのだ」と（第1部　p.150）。

これは村上作品の主人公としては異例中の異例といっていい態度である。そうでなくても、「憎んでいる」というのは非常に激しい言葉だ。義兄とはいっても交流はほぼ皆無で、これまでに数えるほどしか顔を合わせたことがない相手との間に、「憎む」という窮極の悪感情に基づく行為に値するようないったい何がありえたというのか。

やがて綿谷は余勢《よせい》を駆って衆院選に出馬、伯父の地盤を引き継ぐ形で政治家デビューを果たす。彼が大衆を煽動《せんどう》して不穏な方向へと世界をなびかせかねない気配を示しはじめるに及んで、亨が彼に示した嫌悪感にもある意味でお墨つきが与えられていく。娼婦としての加納クレタを買った綿谷が、通常の性行為ではない異常な手段で彼女の中に「汚れ」を残したこともクレタ自身の口から明かされ、この男が正体不明の巨大な「悪」の力を帯びた危険な存在であることが次第にあきらかになっていくのだ。

〈ね〉は非常に構えの大きい複雑な物語であり（その構えの大きさも物語の複雑さも、僕には不必要に過剰なものに見える）、背景をいちいち説明しているときりがなくなるのでここでは大幅に割愛《かつあい》するが、ある日亨は、近所の空き家の裏手にある涸れ井戸の底で黙想に耽《ふけ》っている間に、夢を見る。ただしそれは「夢という形を取っている何か」であり、位相の異なるもうひとつの現実として位置づけられている（亨は井戸の底を経由して、その異世界にたびたびアクセスしている）。

とにかくその異世界にあるホテルのロビー風の空間では、巨大なテレビ画面から綿谷ノボルが聴衆に向かって滔々《とうとう》と演説をぶちあげている。百人近くの聴衆が微動だにせずそれに聴き入っている間に、亨の中にはだんだんと怒りが湧きあがってくる。

それは息苦しいほどの怒りだった。彼は世界に向かって語りかけている風を装って、実は僕ひとりに向かって語りかけているのだ。そこには間違いなく、何かひどくねじくれて歪《ゆが》んだ動機のようなものがあった。（中略）でも僕はその怒りをどこに持っていくこともできなかった。そしてまた自分の感じているこの怒りを、ここにいる誰とも共有できないという事実が、僕に深い孤立感のようなものをもたらした。（〈ね〉第2部 p.134）

この物語は、『1Q84』=〈Q〉と並んで、「セカイ系」的な要素の色濃いものとなっている。「セカイ系」とは、「主人公とヒロインを中心とした小さな関係性の問題が、具体的な中間項を挟むことなく、『世界の危機』『この世の終わり』などといった抽象的な大問題に直結する作品群のこと」と定義されることが多く、一般的にはコミックをはじめとするサブカルチャーの領域で使用される概念だが、村上春樹は「セカイ系の父」と呼ばれることもあるようだ。

本作〈ね〉においては、自らの性的欲望（それは通常の性的欲望とは異なるものなのだが）を満たすために妹クミコを必要とする綿谷と、その綿谷から妻であるクミコを取りもどそうとする亨との闘いという卑小な問題が、結果として「悪の化身」である綿谷を滅ぼし、世界を破滅の危機から救うという構図になっている点がそれに相当する。だから綿谷が、義弟への私的なメッセージをわざわざテレビスクリーンを使って伝えてくることもおおいにありうるわけだが、問題は、このとき亨が感じる「怒り」の正体がどうもはっきりしないことなのだ（綿谷が上記のような理由でクミコを手放すまいとしていることは物語の終盤でわかることであり、この時点での亨はまだそのことを知らない）。

「一見複雑に見えるものごとも実は単純だ」ということを訴えている綿谷の演説の内容は、特に亨に当てこすっているものとも思えない。亨はむしろ、綿谷を公明正大に「憎む」ためにことごとに理由をでっちあげているだけのように見える。結果として綿谷は「悪の化身」であることがわかるのだから、怒りを感じたり憎んだりする具体的な理由などあってもなくてもいいようなもので、ただ亨は綿谷の正体を直感的に嗅《か》ぎとってそれに反応しているのだと取れなくもないが、綿谷に対する憎悪が語られるくだりに常に一定の取ってつけたような不自然さが感じられるのはなぜなのだろうか。

さて、そうして異世界を訪れて戻ってくると、井戸の底への上り下りに使っていた縄梯子《なわばしご》がなくなっており、近所の少女・笠原メイが、「人はどうやって死んでいくか」ということに対する好奇心から持ち去ったのだということがわかる。井戸から出ようにも出られず、しかしさして動じもせずに引きつづき過去のことなどを思い出している間に、彼は不可解な経験をすることになる。

そのような記憶を辿るともなく辿っているうちに、三年か四年前に仕事場で起こったある出来事が頭によみがえってきた。意味のないつまらない事件だった。でも暇潰《ひまつぶ》しにその一部始終を頭の中に再現しているうちに、だんだん不快な気持ちが募ってきた。そしてやがて、その不快感は明らかな怒りに変わった。疲労も空腹感も不安も何もかもかすんでしまうくらいの怒りが僕を捉えた。それは僕の体を震わせ、息を荒くさせた。心臓が音を立て、怒りが血液にアドレナリンを供給した。(〈ね〉第2部 p.177)

問題となっているのはささいな誤解が原因の行き違いであり、とうに忘れていたことなのに、ひとたび思い出すや、亨は意識がじりじりと焼けるほどの怒りを抑えられなくなり、「どうしてあんな勝手なことを言われて、あの程度のことしか言い返さなかったんだろう」と悔やみさえするのである。

また亨は、現在の入り組んだ状況を打開するなんらかのヒントが見つかるかもしれないと思って、新宿駅西口付近の広場にただ座って通行人の顔を眺めて過ごすことを何日も続ける中で、かつてクミコが堕胎《だたい》した日に札幌のバーで見たことのある男がギターケースを抱えて歩いているのを目に留める。その男を追いながら亨は以前からクミコが抱えていたらしい秘密に思いを馳《は》せ、やがて「僕の目には見えない何かに対する怒り」を身中に覚えはじめるのだが、問題はそのあとである。

そのくだりは、ときに村上が作中で予告なく披露する不条理感に溢れた場面として描かれている。男は時代に取り残されたようなひっそりとした一画に足を踏み入れ、古い木造アパートに入っていく。あとについてドアの内側に入った亨が声をかけると、男は物陰から突然野球のバットで殴りかかってくる。反射的に反撃し、バットを奪って殴りかえしたのは単純に保身のためだったが、途中からそれは「はっきりした怒り」に変わっている。

> しばらく前、クミコのことを考えながら歩いているときに僕のからだの中にわき起こってきた静かな怒りは、まだそこに残っていた。そしてそれは今では解き放たれ、大きく膨らみ、炎のように燃え上がっていた。それは激しい憎しみに近い怒りだった。(〈ね〉第2部 p.328)

亨は怒りに駆り立てられるように男に対して暴力を振るいつづけ、「もうやめなくちゃいけないんだ」と思いながらも自分を止めることができず、バットも捨てて男の上に馬乗りになり、拳で顔を殴りつづける。男が殴られながら笑いつづけているのを見て亨は初めてわれに返り（その男の姿は、『海辺のカフカ』＝〈海〉で、ナカタ老人にナイフで刺し貫かれながらも高笑いしているジョニー・ウォーカーを髣髴《ほうふつ》させる）、その場を立ち去るのだが、その男が本当は誰だったのかも、なぜバットで殴りかかってきたのかも、そしてなぜ亨がそれほどまでの激しい怒りに身を任せて際限なく彼を殴らなければならなかったのかも、その後いっさい説明されることはない。ただ、そのときに無意識に持ち帰ったバットが亨の手元に残るだけである。

これらの場面を描くことで村上が何を表現したかったのかは、僕にはわからない。しかし僕の目にそれは、亨が（というより、亨のように当事者回避的態度で怒りを遠ざけてきたあらゆる主人公が）それまで人知れず溜めこんできた負のエネルギーを、歯止めをなくして噴出させている様子を描いたものに見える。折々に暴発しそうになっていた怒りや憎悪は彼一流の「感情処理システム」によって一見みごとに回避され、解消されていたかに見えていたとしても、その潜在エネルギーが消えてなくなることはなく、亨の中のどこかに蓄積されていたのだ。それが綿谷ノボルへの苛立ちを媒介《ばいかい》として心の闇から迫《せ》りあがり、制御がきかない状態で噴き出しはじめたのだ。

しかしそのエネルギーの蓄積は長年にわたることであるだけに、具体的な対象がなんであるかはもはやはっきりしなくなっている。そのときたまたま怒りを向けるべき対象が目の前にありさえすれば、そこに向けてこれまでの蓄積分が無差別にすべて奔騰《ほんとう》しそうになってしまうのである。

終盤近く、井戸の底を経由してアクセスした異世界のホテルで、闇の中、亨が何者かと対決する場面がある。

この場面の描き方も非常に複雑だ。これに先立って亨は、例のロビーに据えられたテレビで、「衆議院議員の綿谷ノボル氏」が赤坂で暴漢に襲われ、野球のバットで数回にわたって頭部を強打されて意識不明の重体とのニュースを目にする。しかも伝えられる暴漢の外見的特徴は亨自身と酷似している。覚えはないが、あるいは自分の中の憎しみが知らぬ間にそれをやらかしたのかもしれないと亨は考える（そのくだりは、『海辺のカフカ』＝〈海〉で父親が何者かに殺害されたことを田村カフカが知る場面と非常に似通っている）。

その後、まっ暗な客室でクミコ（と思われる女性）からバットを渡された亨は、部屋のドアをノックした相手が自分に害意を持っていると直感し、バットを手にその何者かを迎え撃つ。そして、まるで先《せん》だっての報道の内容を事実にするためでもあるかのように（それは、田村カフカが父親にかけられた「予言＝呪い」を成就する過程と似ている）、バットを振りかざして相手の頭を打ち砕くのだ。

このバットは、亨が新宿でギターケースの男から奪い取ったバットでもあり、また作中で挿入される戦時中の満州での残虐なできごと（若い日本兵が中国人をバットで殴って処刑したこと）とも共鳴しているようだ。つまりそこには、正体不明の怒りや憎悪、暴力、残虐などの影が何重にも折りこまれている。しかしそうした複数のモチーフが有機的に結びついているとは必ずしも僕には思えず（その点については第

4章で詳述する）、ただむやみに多義性をほのめかしているだけのように見える。

ここで重要なのは、このとき亨が倒したのが誰（あるいは何）であったのかという点だ。ことが終わって現実世界に戻ると、綿谷ノボルは赤坂で暴漢に襲われるかわりに、長崎で脳溢血《のういっけつ》を起こして病院に担《かつ》ぎこまれていたとわかる。結果として綿谷は倒れたわけだから、闇の客室で亨が対決した相手は（「仮説」あるいは「メタファー」としての）綿谷であり、その綿谷を象徴的に殺すことによって、亨は悪の根をひとつ、少なくとも一時的には押しとどめることに成功したのだと言えなくもない。

しかし今ひとつすっきりしないのは、亨がその対決を徹頭徹尾完全な暗闇の中で行ない、相手を倒したあともその姿を目にしてはいない点だ。亨自身はそれを確認したいと思うのだが、懐中電灯で照らそうとすると、「それを見ちゃいけない」とクミコの声に制止されるのである。「私を連れて帰りたいのなら、見ないで！」と（第3部 p.471）。

僕には、それは亨自身だったのではないかと思えてならない。闇の中で頭をつぶされて床に横たわっていたのは、亨自身のアルターエゴだったのではないか。亨は自らの暴力によって、自らの暴力それ自体を、あるいはそれを引き起こす怒りを殺してしまったのではあるまいか。怒りを発動し、暴力を振るうことで、よくできた「感情処理システム」を崩壊させて当事者回避のサイクルから一歩踏み出したかに見えた亨は、なんのことはない、出発地点よりもいっそう奥まったところに追いやられてしまっただけだったのだ。もしそうなら、それは人間としてきわめて不自然な状態ということになるのではないだろうか。

最後に、『色彩を持たない多崎つくると、彼の巡礼の年』＝〈色〉の主人公、多崎つくるについて見てみよう。

本章の「2　ネガティブな感情に対する障壁とエゴイズム」で述べたとおり、つくるが他人との間に距離を置く当事者回避的な態度を取るようになった原因は、大学生時代に無二《むに》の親友と思っていた四人の仲間から突然絶交されたできごとによるトラウマである（と少なくとも本人は考えている）。しかし彼は、三十六歳になった今、パーティーで知り合った二つ歳上の木元沙羅を手に入れるために、それまでの過剰に防御的なスタンスを放棄しようとしている。それこそが本作の主題と言ってもいい。

この十年ほどの間に三、四人の女性と、「どの場合もわりに長く真剣に」つきあったにもかかわらず、いずれも実を結ばずに終わったのは、女性たちの誰にも真剣には心を惹かれなかったからだと明かしながら、つくるは沙羅と以下のような問答を交わす。

「つまりあなたは十年間にわたって、それほど真剣には心を惹かれなかった女の人たちと、わりに長く真剣につきあっていたということ？」

（中略）

つくるは言った。「誰かを真剣に愛するようになり、必要とするようになり、そのあげくある日突然、何の前置きもなくその相手がどこかに姿を消して、一人であとに残されることを僕は怯えていたのかもしれない」

「だからあなたはいつも意識的にせよ無意識的にせよ、相手とのあいだに適当な距離を置くようにしていた。あるいは適当な距離を置くことのできる女性を選んでいた。自分が傷つかずに済むように。そういうこと?」(〈色〉p.124)

沙羅の問いかけあるいは指摘は、つくるの抱えている問題の核心を実に的確に指し示している。沙羅自身にそういう意図はないようだが、それはつくるのようなタイプの男に対する一級の皮肉になっているとすら言える。

ともあれ沙羅は、つくるのそうした回避的行動は自分との間にも起こりうることだと危惧《きぐ》し、二人がこれからも男女としてつきあっていくためには、つくるが「過去と正面から向き合」うことが必要だと説く。「自分が見たいものを見るのではなく、見なくてはならないものを見るのよ」と(p.122。なお、これと酷似した台詞が、『騎士団長殺し』=〈騎〉の騎士団長の口からも吐かれている)。こうしてつくるは、かつて自分を絶縁した四人(うち一人、シロはすでに他界していたため、実際には三人)を訪ねて回る「巡礼の旅」に乗り出していくわけだ。

その結果、つくるの抱えていたトラウマはおおむね解消されたように見える。しかしだからといって、彼が沙羅との関係をなんらの欠損もないものとしてまっとうできるかというと、その点にはおおいに疑問を抱かざるをえない。

本作の比較的最初のほうに、嫉妬という感情をめぐるつくる自身のある体験が語られている。四人に絶交を言いわたされてから約半年の間、つくるは衝撃と傷心のあまりまともな食事も摂《と》らずに激痩せし、生と死の狭間をさまようのだが、ある晩に見た夢がきっかけで、死への憧憬《しょうけい》を断ち切ることになるのだ。

その夢の中でつくるはある一人の女性を強く求めているのだが、彼女は自分の心か体のどちらかひとつしか差し出すことはできないと言う。どちらかひとつを選べば、もうひとつは別のだれかの手に渡ることになる。求めているのは彼女のすべてなのだ。つくるは「身体全体を誰かの大きな両手できりきりと絞《しぼ》り上げられるような激烈な痛み」を感じ、「彼女の半分を誰かに渡さなくてはならないことへの怒り」に身を震わせる（p.53）。

それまでのつくるは、嫉妬という感情を体験したことが一度もなかった。それがどういうものなのかはわかっていても、実際に「自分の持ち合わせていない才能や資質が欲しいと真剣に望んだことはなかったし、誰かに激しく恋した経験もなかった。誰かに憧れたこともなかったし、誰かをうらやましいと思ったこともなかった」（p.52。なお最後のひとつは、〈騎〉の主人公〈私〉も免色の指摘を受ける形で認めていることである）。

つくるはこの夢を通じて、「嫉妬」のなんたるかを生まれて初めて身をもって知ったのだということになっているのだが、それについても僕は疑問を付さずにはいられない。というのも、夢の中でつくるが求めていた女性は、誰とも特定されない相手なのだ。もちろん、ある特定の相手が、姿を変えたり別の人物になりかわったりして登場するのは、夢の中ではよくあることである。だがつくるはこの時点で、だれか現実に恋する対象を持っていたわけでもない。夢に出てくるこの女性はあくまで抽象的な存在でしかなく、したがって彼女をめぐって感じた「嫉妬」も、抽象的な感情でしかありえないのではないかと思う。実際つくるは、沙羅をめぐって普通なら当然嫉妬を感じていいはずの局面においても、その感情に身を焦がしたりはしていない。

巡礼の旅の仕上げとして、当地で陶芸家になっているかつての友人クロを訪ねるためにフィンランドに向かう準備をしている折、つくるは表参道《おもてさんどう》で偶然、がっしりした体格の中年男と親しげに手をつないで歩いている沙羅の姿を目に留めてしまう。そのさまを見てつくるは胸を痛めはするが、それは嫉妬とは別のものだと認識している。


彼が感じている心の痛みは嫉妬のもたらすものではなかった。嫉妬がどういうものか、つくるは知っていた。夢の中で一度だけそれを生々しく体験したことがある。そのときの感触は今でも身体に残っている。それがどれほど息苦しいものか、どれほど救いのないものかもわかっている。しかし今感じているのは、そのような苦しみではなかった。彼が感じるのはただの哀しみだった。

〈色〉p.277）

つくるが特に衝撃を受けるのは、沙羅が「心から嬉しそうな顔」をして「顔全体で大きく笑っていた」ことである。つくると一緒にいるときは、彼女はそこまで開けっぴろげな表情を浮かべることがないのだ。これは、嫉妬を感じて当然の場面ではないのだろうか。

つくるは「嫉妬がどういうものか」知っているというが、夢の中で感じた抽象的な感情と現実の心の揺らぎとを比較することがそもそもまちがっているし、夢で抱いた感情が本当に嫉妬と呼べるものであったかどうかすらわからない。むしろ今感じているものこそが本当の嫉妬なのかもしれず、しかしそれを認識できずに「哀しみ」と言いかえているだけなのかもしれないではないか。

そうでなければ、多崎つくるという男にはもともと嫉妬というものを感じる心の機能が欠落しているか、もしくはその機能はあってもなんらかの理由で不全を起こしているかのどちらかでしかないような気がする。嫉妬すべきときに嫉妬することもできない（あるいはそれを嫉妬であると認識することもできない）男が、現実の女性とまっとうな恋愛関係を築くことがはたして可能なのだろうか。

フィンランドから帰ったつくるは電話で沙羅にその報告をしている途中で、ほかにだれかつきあっている男性がいるのではないかとこらえきれずに訊いてしまう。こんな気持ちを抱えたままではやっていけないと訴えると、沙羅は三日だけ待ってほしいと言う。しかしその晩、不吉な夢を見て夜中に目を覚ましたつくるは、逸《はや》る気持ちを抑えられず、午前四時という時刻にもかかわらず再び沙羅に電話して、「君のことが本当に好きだし、心から君をほしいと思っている」と三度も繰りかえす（p.391）。

このくだりに僕は、『ノルウェイの森』＝〈ノ〉のエンディング、ワタナベが緑に電話をかけて、「世界中に君以外に求めるものは何もない」云々《うんぬん》と熱く語りかける場面と質的・感触的にきわめて近いものを感じてしまう。どこか空々しいのだ。外形的にはたいへん熱っぽいその言葉が変に浮いていて、口先だけで言っているように聞こえてしまってならない。「口先だけで」というのが不適当なら、こう言いかえてもいい。「言っている本人はその言葉に心情もシンクロすることを期待しているようだが、実際にはそうはならず、言葉だけが上滑《うわすべ》りしている」と。

どうやら村上作品の主人公たちには、こうしたストレートで熱を帯びた心情吐露《とろ》の言葉自体がしっくりとなじまないようだ。しかし読者にそう感じさせるということは、本人のパーソナリティーがその言葉を言うにふさわしいものに変化したということを、説得力を持った形で描き出すことができていないということなのではないか。

このどこか浮き足立った未明の電話を受けた沙羅は、冷静に応対しながらやはり返答は保留し、三日後を待ってほしいと繰りかえす。結果がどうなったのかは、作中では語られない。しかし、沙羅の返答がどういうものであったかは、この際本質的な問題ではない気がする。仮に沙羅が中年男性と別れてつくると一緒になることを選んだとしても、その関係が長続きすることになるとは僕にはどうしても思えないからだ。そしてその原因は、まちがいなくつくるの側にあるのだ。

以上、村上作品の三人の主人公に注目して、彼らがめずらしく当事者であることを引き受けようとした様子を見てきたわけだが、その試みはいずれも失敗しているか、中途半端な結果に終わっていると断じざるをえないようだ。唯一成功しているのは、前節で取り上げた『世界の終りとハードボイルド・ワンダーランド』の〈僕〉かもしれないが、彼がそれを成しとげたのはあくまで〈世界の終り〉という内的世界の中でのことであり、こちら側の世界における〈私〉が酷薄な現実に最後に直面しえたとは言えないだろう。

主人公が当事者回避のサイクルから抜け出す様子を描くのを、村上春樹はいっそきっぱり断念したほうがいいのではないだろうか。それはおそらく、彼がどうしてもうまく描くことのできないことがらのひとつなのだ。そして彼の主人公たちは、結局のところ、当事者であることを回避しつづけるよりほかにない（回避しつづけないわけにはいかない）のだ。

5　定型句「〜しないわけにはいかない」の本当の意味

この章を閉じるにあたって、一見些末《さまつ》に見えるある問題をひとつ取りあげておきたい。

本章「1　定型句『やれやれ』の興亡」で、「やれやれ」というフレーズが村上作品では非常にしばしば使われていること、それがときとしては鼻につくことを、具体的な例を挙げながら詳述した。実は、村上作品を読みながら同じような意味合いで僕がついいちいち苛立ちを覚えてしまうもうひとつの定型句がある。「〜しないわけにはいかない」という言いまわしである。

「やれやれ」と同じく、このフレーズも全村上作品でまんべんなく頻繁に使われている印象があったのだが、きちんと集計を取ってみると意外な事実が浮き彫りになる。トータルでは実に百三十件と「やれやれ」より多いくらいなのだが（「やれやれ」は総計百五件）、『風の歌を聴け』＝〈風〉からの最初の三作では一度も使われておらず、初出は四作目の『世界の終りとハードボイルド・ワンダーランド』＝〈世〉だ。ただしそこでの使用例はわずかであり、しばらくはその傾向が続く。

目立って増えてくるのは七作目の『ねじまき鳥クロニクル』＝〈ね〉からであり、ここで十二件、以降はかなり頻繁に使われるようになり、ピークに達するのが『1Q84』＝〈Q〉の三十六件である。これは「やれやれ」の使用頻度が最も高かった『ダンス・ダンス・ダンス』＝〈ダ〉の二十四件すらしのいでおり、三分冊とはいえその数を見るだにちょっと使いすぎであることがしのばれるだろう。以後もその傾向はあまり変わらず、最新作『騎士団長殺し』＝〈騎〉でも三十件を数えて現在に至っている。村上作品の登場人物たちは、いったいどういういきつでそんなにしょっちゅう「〜しないわけにはいかない」ような局面に立たされているのかと首を傾げたくなる。

二〇〇〇年代に入ったあたりからようやく「やれやれ」の濫用が一段落ついたと思ったのに、ほぼ入れ替わりに今度は「〜しないわけにはいかない」が激増しているのだ。これでは僕がどの村上作品を読んでもなにかしら鼻についてしまうのも無理からぬことと言っていいだろう。

そもそも、この言いまわしが癇《かん》に障るのはなぜなのか。もちろん、単純に使用頻度が高すぎるということもあるが、原因はほかにもある。「やれやれ」がそうであったように、用法が不適切なのではないかと思われる使用例にちょくちょく出くわすからなのだ。

「〜しないわけにはいかない」というのは、なんらかの理由で、ある行為をすることが避けられなくなったその状況に対して使われる言いまわしであり、似た慣用句としては「〜せざるをえない」「〜せずにはいられない」というものもある。しかしそれらは（少なくとも僕の言語感覚をもってすれば）単純に交換可能というわけではなく、それぞれに独特のニュアンスがある。想定される背景などに微妙な差異があるということだ。まずはその違いを、以下で明確にしておきたい。これはあくまで僕個人の感覚に基づく原則的な区分けにすぎず、例外もあるだろうが、世間一般の認識とそう大きな懸隔《けんかく》はないものと思っている。

この問題については、実は十年ほど前にブログ（「平山瑞穂の白いシミ通信」）でも指摘している。そのときの説明を、若干手直しした上でここに採録する。

（1）～しないわけにはいかない

なんらかの、多くは義理や社会的文脈等の外的圧力により、それを避けることが気まずさや体裁の悪さなどの支障をもたらすような状況に対して使用する。たとえば、食事を済ませてからだれかの家を訪ねたのに、そこの家の人が来客をもてなそうと腕によりをかけて手料理を用意してくれてしまっていたとき。

→「食べないわけにはいかない」。

（2）～せざるをえない

上記の「義理や社会的文脈等」にかぎらず、ほかに選択の余地がなくて、好むと好まざるとにかかわらず、そうすることを避けて通れないような状況に対して使用する。たとえば、山奥の合宿所での夕食に苦手な食材を使った料理が出てきたが、近くにはコンビニすらなく、それ以外に食べ物が手に入るあてがないとき。

→「食べざるをえない」。

(3)~せずにはいられない

外的環境や他者からの圧力というよりは、自らの内なる衝動《しょうどう》によって、何がなんでもそれをしたいと切望するような状況に対して使用する。たとえば、遭難して三日三晩ほぼ飲まず食わずで山の中をさまよい、ようやく人里に行き着いたところ、遠くで農作業をしている人が昼食に持ってきたものらしい弁当を田んぼ脇のベンチに見つけてしまったとき。

→「食べずにはいられない」。

このうち(1)は(2)に包含《ほうがん》されると言ってもよく、この二つにそれほど明確な違いはないので、単純に交換したとしてもさしたる支障や違和感は発生しない。しかし(3)だけは、意味論的にいって事実上別のグループに属する表現であることがわかるだろう。つまり、この場合のみ、行為主自身がそうしたいという強い欲求を抱いており、自身の欲求に駆り立てられるという形で、結果としてその行為が避けられなくなっているのである。

ところが村上春樹は、この三つを区別せず、ほとんどすべてを(1)で賄《まかな》っているように見える。ごく稀に「~せざるをえない」「~せずにはいられない」の使用例も見られるので、もちろんその言いまわし自体を知らないということは考えられないのだが、彼はどういうわけかそれらをあまり使いたがらない。

例を挙げよう。ひとつは〈Q〉、青豆がホテル・オークラで宗教団体さきがけのリーダーをアイスピック様の器具で死に至らしめ、手下たちにそれを悟られないようにしながら速やかに現場を離脱し、用意されていたセーフハウスに移動しようとしている場面である。

青豆は荷物を持って駅の構内にあるタクシー乗り場に向かった。そこにも長い列ができていた。地下鉄の運行はまだ復旧していないようだ。しかしとにかくそこに並んで、我慢強く順番を待たないわけにはいかない。選択の余地はないのだから。(〈Q〉「BOOK 2」p.329)

もうひとつは、『スプートニクの恋人』=〈ス〉からの抜粋である。主人公〈ぼく〉は友人であるすみれに恋しているが、その思いは一方通行であり、〈ぼく〉はそれを紛らすためにほかの女性と体を重ねているということは別項で述べたとおりだが、以下は〈ぼく〉とすみれの関係性について説いている一節だ。

彼女たちと身体を触れ合わせているあいだ、ぼくはよくすみれのことを考えた。というか、頭の片隅には多かれ少なかれいつもすみれの姿がちらついていた。ぼくが抱いているのはほんとうはすみれなのだと想像したりもした。もちろんそれはまともなことではなかっただろう。でも正しいとか正しくないとかいう以前に、そうしないわけにはいかなかったのだ。(〈ス〉p.12)

〈Q〉の例における「順番を待たないわけにはいかない」は、まあこのままでもいいのだが、「順番を待たざるをえない」としたほうが、置かれた状況がより正確に伝わる気がする（僕ならばここはいっそ「順番を待つしかない／順番を待つよりほかにない」とするだろうが）。「選択の余地がない」のはそのとおりだとしても、仮に青豆がその選択をあえて取らなかった場合に、青豆以外のだれかの心証《しんしょう》を害したり面子《めんつ》をつぶしたりするわけではないのだから。しかし既述のとおりもともと（1）と（2）にはそれほどの違いがないので、ここはよしとしよう。

より問題なのは〈ス〉のほうだ。「そうしないわけにはいかなかったのだ」に、僕はかなり強い違和感を覚える。僕ならここは、ほぼ迷いなく「そうせずにはいられなかったのだ」とするだろう。なぜならそれは、〈ぼく〉自身がすみれに対して抱いている強い思いを背景とした一種の衝動にほかならないからだ。いったい〈ぼく〉自身以外の誰が、そうすることを彼に強《し》いているのというのか。この「そうしないわけにはいかなかったのだ」には、なにやら言い訳がましいニュアンスが嗅ぎとれてしまう。まるで「ぼくがあえてそうしたことにはやむをえない事情がありまして、ぼくとしては決してそうしたくはなかったのですが、事情がそれを許さなかったのです」とでも言っているかのような――。

まあ第1章の「2　エクスキューズとしての性的放縦」で述べたとおり、〈ぼく〉がすみれ以外の女性との性的関係を求めるのは、すみれとの間に「性的な緊張を介在させない」ためであると〈ぼく〉自身が考えているので、本人は「そのためにはそうしないわけにはいかないのだ（＝そういう外因的圧力があってやむなくやっていることなのだ）」という認識なのかもしれないが、それが誰に対しても通用する理由づけになっているとは思えない。それは本質的には、あくまで彼自身の内的問題だろう。

それに、特にこの一節が問題というわけではなく、村上の駆使する「〜しないわけにはいかない」のうち、僕にとって引っかかる使用例のほとんどは、右記同様、「〜せずにはいられない」としたほうがどう見てもしっくりくるケースで占められているのだ。以下に挙げる四例のように、「〜したくはないが、〜しないわけにはいかない」という形で、それが自分の意思によるものではないということをわざわざ断っているものも少なくはない。

①『ねじまき鳥クロニクル』＝〈ね〉
〈主人公岡田亨が、夢の中で「意識の娼婦」としての加納クレタにペニスを口に含まれて〉

そしてまた彼女は舌の先を僕のペニスに這わせた。僕は射精したくなかった。でもしないわけにはいかなかった。それはどこかに呑み込まれていくような感覚だった。彼女の唇と舌はまるでぬるぬるとした生命体のように、僕をしっかりと捉えていた。僕は射精した。そして、目を覚ました。〈〈ね〉第1部 p.192〉

②『スプートニクの恋人』＝〈ス〉
〈主人公〈ぼく〉がすみれの引越しを手伝った晩、壁に凭《もた》れてすみれと体を密着させながら〉

すみれはなにも言わずにぼくの手をとって、そっと握った。やわらかい小さな手で、少しだけ汗ばんでいた。ぼくはその手がぼくの硬いペニスに触れて、愛撫するところを思い浮かべた。そんなことを想像するまいと思っても、だめだった。思い浮かべないわけにはいかないのだ。すみれが言うように、そこには選択肢というものがなかった。（〈ス〉 p.104）

③『海辺のカフカ』＝〈海〉

〈主人公田村カフカが夜行バスで高松に向かう道中、隣のシートに座った娘さくらが眠って肩に頭をもたせかけてきて〉

見おろすと、ボートネックの襟《えり》からブラジャーの紐《ひも》がのぞいている。クリーム色の細い紐だ。ぼくはその先にあるデリケートな生地の下着を想像する。その下にある柔らかい乳房を想像する。ぼくの指先で固くなるピンク色の乳首を想像する。想像したいわけじゃない。でも想像しないわけにはいかない。その結果、もちろん僕は勃起する。（〈海〉上巻 p.40）

④『騎士団長殺し』＝〈騎〉

〈主人公〈私〉が、六年ともに暮らした妻ユズから突然別れを切り出され、単身放浪の旅に出て〉

そして旅をしているあいだずっと、夜になると私はユズの身体を思い出した。その肉体のひとつひとつの細かい部分まで。そこに手を触れたときに彼女がどんな反応を見せ、どんな声をあげるか。思い出したくはなかったのだが、思い出さないわけにはいかなかった。そしてときおり、私はそのような

記憶を辿りながら一人で射精した。そんなこともしたくはなかったのだけれど。〈〈騎〉第1部 p.309〉

いずれも性的な内容がからんでいるのは、なにも僕がイメージ操作をしようとして悪意からことさらにそういう例ばかりをピックアップしたわけではない。このパターンに該当する「〜しないわけにはいかない」の使用例が、たまたまほとんどそうだっただけだ。いずれにせよ、それぞれ「でも（射精）せずにはいられなかった」「思い浮かべずにはいられないのだ」「想像せずにはいられない」「思い出さずにはいられなかった」としたほうが、ずっと置かれた状況や本来の文脈に沿ったものになるとは言えるのではないだろうか。彼らがそれを避けられないのは、そうすることを彼らに強いる外的な事情があるからではなく、単に自らの生理や欲望に抗《あらが》えないからにすぎないではないか。

要するに、「〜しないわけにはいかない」という慣用句には、どこか「それは自分の意思ではないし、自分が責任を負うべき問題でもない」と釈明しつつ、「だからこうしてしまうのもしかたがないのではないか」と暗《あん》に読者に了承を求めているような姿勢がつきまとっているのだ。

もちろん、ことは性的な問題ばかりではない。再び〈ス〉に戻るが、小学校の教師である〈ぼく〉が、「ガールフレンド」である人妻に電話で助けを求められて、その息子であり、〈ぼく〉が担任するクラスの児童でもある「にんじん」の起こした万引き騒動に対処するためにスーパーの保安室に赴いた場面だ。警備主任が自分の絶対的権力を笠に着た長広舌を振るっている間、〈ぼく〉は心ここにあらずになっている。

保安室の様子が、少し前まで滞在していたギリシャでのことを思い出させるからだ。その島ですみれが行方不明になり、〈ぼく〉はすみれの雇い主ミュウとともに地元の警察署を訪れていたのだ。

ぼくはそのとき実をいうと、頭の隅でほかのことを考えていた。スーパーマーケットのうらぶれた保安室の風景はぼくに否応なく、あのギリシャの島の警察のことを思い出させた。そしてぼくはすみれのことを考えないわけにはいかなかったのだ。彼女の不在のことを。

だからその男がぼくに向かってなにを言おうとしているのか、しばらくのあいだうまく理解できなかった。(〈ス〉p.284)

児童が万引きしたというときに、曲がりなりにもそのクラス担任として来ているのだから、この場にはいない自分の好きな女性のことなど考えている場合ではないのではないか。「しっかりしろよ、先生!」と言いたくなるが、「すみれのことを考えないわけにはいかなかったのだ」と言われると、なんだかそれはそれでやむをえないことででもあったかのような印象につながっていく。

ここも、僕ならばまちがいなく「すみれのことを考えずにはいられなかったのだ」とするだろう。その言いまわしを使えば、「よくないとわかってはいるのだがついうっかり」というニュアンスが出て、少なくともそれが自己の責任の範囲内にあることは認めている形になるし、ここは文脈上、あきらかにそうしたほうがふさわしいと思われるからだ。

〈Q〉に見られる以下の箇所も、僕には非常に引っかかる。物語の終盤近く、「柳屋敷の老婦人」の用心棒であるタマルが青豆からの伝言を天吾に伝え、公園の滑り台で二人が二十年越しでついに再会できると決まったくだりである。タマルとの通話を終えてから、天吾は迷いに襲われる。青豆に会うことを切望していながら、実際に会ったら失望してしまうのではないかという恐れもあり、ふたつの相反する気持ちに「身体が真ん中からきれいに二つにちぎれてしまいそう」な思いに捉われるのだ。

普通の人より柄が大きくて頑丈だが、自分がある方向から加えられる力には思いのほか脆いことを天吾は知っていた。しかし青豆に会いに行かないわけにはいかない。それは彼の心がこの二十年間、強く一貫して求め続けてきたことだった。たとえその結果どのような失望がもたらされようと、このまま背中を向けて逃げ出すわけにはいかない。（〈Q〉「BOOK 3」p.545）

「二十年間、強く一貫して求め続けて」きたのなら、それは紛うかたなく天吾自身の意思であり、その責任は百%彼自身に属しているものであるはずだ。それでいてどうして、「会いに行かないわけにはいかない」などといったどこか責任をよそに預けるような表現になるのか、僕には理解しがたい。ここは「会いに行かずにはいられない」として、「失望する恐れも押しのけてしまうほどの内的な強い衝動」があることをはっきりと示すべきではないのか。「会いに行かないわけにはいかない」では、「ここまでお膳立《ぜんだ》てしてもらった以上、その厚意を裏切るのは気が引けるから」と不承不承重い腰を上げようとしているかのように見えてしまうではないか。

どの例においても、問題は窮極的には同じだ。「〜せずにはいられない」とすべきところを「〜しないわけにはいかない」と言うことによって、主人公たちが（ここでもまた）当事者であることを回避しようとしているように僕には見えてしまうということなのだ。自分がそれをするのは、それ以外の選択肢がなくなるように仕向けたなんらかの外的要因に押されてのことなのだというポーズを取ることで、それが自分自身の真正な意思によるものであるという事実に一定の留保を加えている――「〜しないわけにはいかない」という言いまわしの陰に、僕はそういう態度を見ずにはいられない（見ないわけにはいかない）のだ。

もっとも、主人公たちのふるまいをそのようなものとして見せようという意図が村上自身にあるとは、僕も考えていない。ほとんどの場合、そのフレーズの選択は、おそらく無意識になされているものだろう。心のどこかに、彼らを当事者としてふるまわせること（それは、主人公を通じて著者本人がそのようにふるまうことでもある）に対する気おくれがあるのかもしれない。それに、（「やれやれ」がそうであったように）この表現に一度味をしめてからは、深い意味もなく、一種の口癖としてただむやみやたらに濫発《らんぱつ》しているだけという気配も感じられる。

たとえば〈Q〉の「BOOK 2」には、「ここまで激しい苦痛に黙して耐えていることに対して、青豆は職業的な敬意を抱かないわけにはいかなかった」（p.229）、「悲鳴に似たものを上げないわけにはいかなかった」（p.230）、「目の前に為すべき仕事があれば、それを達成するために全力を尽くさないわけにはいかない」（p.230）と、わずか二ページの間に三回、たてつづけにこの言いまわしを使っている箇所もある（『騎士団長殺し』＝〈騎〉の終盤近くのくだりでも、二十ページの間で四回、とかなりの頻度で使用している）。

勢い余ってか、文脈どころか統語法《とうごほう》的に見てすら問題があるのではないかと言いたくなるセンテンスまで出現している。

たとえば〈ね〉で笠原メイに井戸の底に閉じこめられたとき、主人公・亨は、暗闇の中でさっきから時間がどれだけ経過したかということばかり意識してしまうのだが、そこで「時間のことを忘れようとすればするほど、時間について考えないわけにはいかない」と述べている（第2部 p.174）。なんとも据《す》わりの悪い一文だ。僕なら、「時間のことを忘れようとすればするほど、時間について考えずにはいられなくなる」とするだろう。

〈Q〉にも、似たような意味でおかしい一文がある。青豆が首都高速の上で一度ピストル自殺を計り、すんでのところで思いとどまる場面だ。「天吾にもう一度会えるかもしれない、そういう想いがいったん頭に浮かぶと、彼女は生き続けないわけにはいかなった」とあるが（「BOOK 3」p.93）、ここは「生き続けざるをえなくなった」、あるいはせめて「生き続けないわけにはいかないと思った」などと、彼女の心境の変化を暗示するなんらかの補助的表現が必要なのではないだろうか（それがないと、「頭に浮かぶと」という条件節との接続が不自然でぎこちなくなる）。

僕がつまらない揚げ足取りをしていると思っている読者もいるだろうし、正直なところ、実際にそういう面もなくはないのだが、「〜しないわけにはいかない」という一見ただの言葉尻《じり》に思える要素が、思いのほか大きな問題と深い部分でつながっていたのだという要点だけは伝わったのではないだろうか。それは、村上春樹のほぼ全作品を横断するように浮き沈みする「当事者回避」という主人公の傾向が、「やれやれ」と並んで文章の表面に浮かび上がらせた抜け殻のようなものなのである。

それにしても、村上の主人公たちはどうしてこうも言い訳がましいのだろうか。

少し話は逸れるが、彼らが例外的に怒りなどの激しい感情を表出するとき、それについてのなんらかの申し開きが伴っていることがよくある。たとえば『羊をめぐる冒険』＝〈羊〉では、山上の別荘に「羊男」が二度目に訪ねてきた際、八方ふさがりの状況に業《ごう》を煮やしていた〈僕〉が、ギターを暖炉《だんろ》に叩きつける場面がある。村上の主人公にしてはかなり激しいふるまいだが、それをしておいた上で〈僕〉は、「僕にも腹を立てる権利はある」とわざわざ言い添えるのだ（下巻 p.184。これは「羊男」の中に隠れている友人・鼠を引っぱり出すのが目的のデモンストレーションだったとのちに〈僕〉自身が釈明しているが、僕には真の怒りに見える）。

『ダンス・ダンス・ダンス』＝〈ダ〉でも、俳優の友人五反田が、〈僕〉のせっかくの苦労を慮らない見当違いなことを言いだしたとき、きつく言いかえしてしまったことを悔やみながらも、内心で「でも僕にだって感情というものはある。僕にだって……」と言い訳している（下巻 p.31）。

また〈騎〉では、友人・雨田政彦が、主人公〈私〉の妻ユズと不倫相手との関係を前から知っていながら〈私〉には黙っていたことについて、「おれのことを怒ってないか？」と訊ねてくる。〈私〉はそれを否定するのだが、「でも、少しくらいは傷ついているだろう?」と重ねて問われ、「かもしれない」と認める。その上で、「少し傷つくくらいの権利は私にもあるはずだ」と内心で呟いている（第2部 p.184）。

いずれの場合も、僕から見ればむしろ怒って当然、傷ついてあたりまえな状況であり、わざわざ「権利」などとたいそうなものを持ち出すまでもないと思うのだが、彼らはまるで、そうしたネガティブな感情をあらわにすること自体をなにか不面目《ふめんぼく》なことと考え、どうしてもこらえきれずにそれをしてしまったときには、言い訳をせずにはいられないかのように見える（そこで言い訳をしたことについての釈明を求められれば、彼らはおそらく「言い訳しないわけにはいかなかった」とでも言うのだろうが）。

こうしたメンタリティと、「～しないわけにはいかない」という言いまわしは、もちろん無関係なものではないだろう。そして僕は彼らのそうした姿勢にこそ違和感や苛立ちを覚えつづけているのだが、僕が腹立たしいと思うのは、彼らが言い訳がましいからではない。本来言い訳など必要もない局面について、ひとこと言い訳せずには済ますことのできない取り澄ました気取り屋ぶりこそが反感の対象なのだ。

怒りや嫉妬、憎悪や抑えきれない内的衝動などをあけすけに示すのは、たしかにみっともないことかもしれない。しかしそのみっともなさや、それに伴う恥ずかしさをまさに当事者として引き受ける覚悟もなしに、人生を本当の意味で生きることなどができるのだろうか。村上の主人公たちは、常にその疑問を自らの身をもって提示しつづけている。

第3章　性と「萌え」をめぐって

1　反復される「遠隔性交」のモチーフ

村上春樹の最新作『騎士団長殺し』＝〈騎〉を、本年（二〇一七年）二月、発売とほぼ同時に購入して読んだことは、「序にかえて」で述べたとおりだ。『1Q84』＝〈Q〉で村上春樹という作家を一度は完全に見限った僕だが、本書の執筆が決まり、村上の長編作品について論評するとなった以上、最新作まで読まないわけにはいかなくなってしまったのだ（これはまったくもって適切な用法である。「〜しないわけにはいかない」は、こういう状況に対してこそ使うべき言いまわしなのだ）。

そうしてさっそく目を通した〈騎〉は、実に驚くべき作品であった。

いい意味で驚いたわけではない。「あきれはてた」と言ったほうが、僕の実感には近いだろう。扱われるモチーフのほとんどが、既存の作品ですでに使われているもので構成されているのだ。

異世界に通じるチャンネルとしての「雑木林の中の穴」（石室）はどう見ても『ねじまき鳥クロニクル』＝〈ね〉における「宮脇《みやわき》家の涸れ井戸」とほぼ同一の働きをするものだし、クライマックスで〈私〉が旅する地下世界は『世界の終りとハードボイルド・ワンダーランド』＝〈世〉で〈私〉が博士の孫娘とともに「やみくろ」たちの追跡を逃れながら経《へ》めぐる地下の領域と酷似している（おまけにそこに登場する正体不明の「二重メタファー」なるものは、やみくろそれ自体であるとしか思えない）。騎士団長が〈私〉

に自分を殺せと命じるくだりは、『海辺のカフカ』＝〈海〉でジョニー・ウォーカーが同じことをナカタ老人に求める場面とそっくりだし、十三歳の少女・秋川まりえは、主人公にだけはあっさりなつく点のみならず、疑問符をつけずに質問する特異なしゃべり方も含めて、〈Q〉のふかえりの再来としか言いようがない。それに——いや、きりがないのでこのへんにしておこう。

とにかく、あまりにも既視感《きしかん》を煽《あお》る要素・描写が目立つのだ。

精一杯善意に解釈すれば、一種のファンサービスという面もあるのかもしれない。「読者たちが求める村上春樹」にできるだけ近づけようとして、既出のモチーフをあえて積極的に援用しているということだ。しかし村上春樹の小説群は、お決まりのメンツがそれぞれのキャラを活かして活躍するエピソードが際限なく連ねられていくようなライトノベル等のシリーズものとは作りがまったく違う。いや、そうしたシリーズものでさえ、「同じネタ」を二度、三度と使いまわしたりはしないのに、村上のそれは単なる使いまわし、あるいは焼きなおしにしか見えないのである。

そこになんらかの意味でのグレードアップ、ライフワークとしての思想の集大成といった要素が認められるならまだしも、それすらない。ただの焼きなおしをつぎはぎしてもっともらしく編みあげているだけだ。音楽の世界でもたとえば桑田佳祐、松任谷由実、桜井和寿級になると、もはや手癖《てくせ》だけでそれなりに完成度の高い、しかもいかにもその人らしい（それぞれ似てはいるが毎回異なる）楽曲を無限に生み出しつづけることができるようになり、それはそれで（好き嫌いは別にして）すごい才能だと感嘆はするものの、文学の世界でもそれと同じ要領が通用するのかという話になってくる。

僕は作家デビューしてほどない頃、某社の編集長から、「作家は自己模倣《もほう》だけは絶対にやってはいけない」と厳しくたしなめられ、その後十数年、常にそのことを肝に銘《めい》じて作家活動を続けてきた。そんな僕から見ると、村上春樹の毎度変わらぬ（というより年々はなはだしくなる）自己模倣ぶりは、「え、これでいいわけ？」と唖然《あぜん》とさせられるようなありさまなのである。

「その人らしさ」はあっていい。しかしそれは、同じモチーフを際限なく使いまわすこととはおのずと異なるものなのではないだろうか。ファンサービスなのかもしれないとは言ったが、逆にそれで読者たちが「待ってました！」とばかり無邪気に喜んでいるのだとしたら、僕は彼らの見識やセンスをこそ疑わざるをえなくなる。

村上自身、ファンサービスという恰好の口実にかこつけて、あまりに手を抜いてはいまいか。そうでないのだとしたら、もはや実質的に彼の才能は枯渇《こかつ》していて、過去の蓄えから適当にめぼしいものをピックアップして見栄えよくパッチワークを施すことくらいしかできなくなっているのではあるまいか。長年書いてきただけあって文章はこなれているが、それは桑田佳祐が手癖だけで書いた曲がいつも実にこなれているることと同じ意味しか持たないように僕には思える。

いずれにしても、〈騎〉は僕にとってそういう意味で開いた口がふさがらなくなるような作品だったわけだが、中でも特に驚いた（あきれはてさせられた）のは、主人公〈私〉の別れた妻ユズが、〈私〉と離れて暮らしている間に、思い当たることもないのに妊娠していたというくだりである。しかもそれは、どうやら〈私〉との間にできた子どもらしい。二人はすでに久しく体を交えていないにもかかわらずである。

〈Q〉で青豆が天吾と二十年ぶりの再会を果たす前から天吾の子をみごもっていたという設定を、まるごと引き写したようなものではないか――。

もちろん、経緯に細かい違いはある。

〈Q〉では、霊媒でもあるふかえりという第三者がそれを仲介する。「オハライ」と称して自ら天吾と交わり、精液を子宮に受け入れたとき、実際には彼女はその精液を遠くにいる青豆の子宮に送り届けていたのである。妊娠に気づいた青豆は、当然最初は戸惑う。さかんに男漁りをしていた青豆だが、相棒だった警察官のあゆみが殺されてから数ヶ月は誰とも性交をしていなかったからだ。しかし、ホテル・オークラで宗教団体さきがけのリーダーを暗殺した嵐の晩に自分が受胎《じゅたい》したというたしかな感覚がある彼女は、やがて「胎内にいるのはあるいは天吾の子供かもしれない」と考えはじめる。


こう考えてみたらどうだろう。何もかもが立て続けに起こったあの混乱の夜、この世界に何らかの作用が働き、天吾は私の子宮の中に彼の精液を送り込むことができた。雷や大雨や、暗闇や殺人の隙間を縫うようにして、理屈はわからないが、特別な通路がそこに生じた。おそらくは一時的に。そして私たちはその通路を有効に利用した。（〈Q〉「BOOK 3」p.219）

青豆がなぜこのように考えるに至ったのか、どれだけ入念に前後を読んでもその理由が僕にはさっぱりわからないのだが、彼女の中でその考えはやがて確信に変わり、この子だけはなんとしても守り抜かなければと思うようになる。「柳屋敷の老婦人」の用心棒タマルに、その子はリーダーを殺害した晩になんらかの手段で青豆の中に植えつけられたリーダーの子である可能性はないかと水を向けられても、「そんなことはあり得ない。これは天吾くんの子供なの。私にはそれがわかる」と聞く耳を持たない（「ＢＯＯＫ３」p.524）。理屈も何もあったものではない。驚くべき確信である。もし違っていたらどうするつもりだったのだろうか。

一方〈騎〉の〈私〉のほうは、ふかえりのような仲介者が存在していたわけではないが、妻ユズが自分の子を孕《はら》んだことについて思い当たる節《ふし》がないでもない。

友人・雨田政彦経由でユズが妊娠していることを知った〈私〉は、当初はそれをユズが自分と別れて一緒になった男との間に作った子のはずだと考える。ユズは妊娠七ヶ月ほどだというが、受胎したとおぼしい時期にはすでに二人は別れており、〈私〉はそれまで一緒に住んでいた広尾《ひろお》のマンションにユズを残して東北と北海道をあてもなくさまよう放浪の旅に出ていたからだ。しかし当時の日記に太いアンダーラインつきで残されていた「昨夜・夢」という記述から、彼はその晩に見たある淫靡《いんび》な夢の内容を思い出す。広尾のマンションの一室で一人眠っているユズの姿を、幽体離脱《ゆうたいりだつ》でも起こしたかのように天井から見下ろしているという夢である。〈私〉はゆっくりとベッドの足元に下り立ち、眠ったままのユズの服を脱がせて犯すのだ。

射精は激しく、幾度も幾度も繰り返された。精液は彼女の内側で溢れ、ヴァギナの外にこぼれ落ち、シーツをべっとりと濡らせていった。止めようとしても、私にはなすすべがなかった。このまま射精を続けたら、自分はこのまま空っぽになってしまうのではないかと心配になるほどだった。〈『騎』第2部 p.191〉

村上の小説にはただでさえ「精液」についての言及が著しく多く（しかもそれは、具体的な相手が存在するときはほとんどの場合相手の膣《ちつ》内か口内に射出される）、この描写にも僕はうんざりさせられるのだが、こういう生々しい夢を見ていただけに、たとえ物理的には離れたところにいても、自分がユズを妊娠させた可能性は否定できないのではないかと〈私〉は考えはじめる。

こうした『生き霊《りょう》』的な存在自体、村上作品においては比較的おなじみのモチーフである。『海辺のカフカ』＝〈海〉には十五歳の少女の姿に留まっている五十代の甲村図書館館長・佐伯の生き霊が登場するし、〈Q〉で各戸のドアを執拗に叩きつづけるNHK集金人も、千倉の療養所で寝たきりになっている天吾の父親の「意識」が実体化したものだろう（余談ながら、その姿に僕は、楳図かずおが一九八〇年代の大作漫画『わたしは真悟』の中で描いた、「日本人の意識」と呼ばれる目の細い謎の三人組をどうしても重ねてしまう。彼らは暴走して自我を持ってしまった工業用ロボット「真悟」を回収しようと躍起《やっき》になるのである）。

ともあれ、最終局面になって〈私〉はユズと再会し、復縁を果たすことになる。

彼女はかつて不倫していた相手とはすでに関係を絶っており、しかもおなかにいるのがくだんの男の子どもであることに確信も持てていないとわかる。だからこそ彼女はその男と再婚するのを躊躇していたわけだが、おなかの子が〈私〉の子だということをユズ自身がうすうす察しているような気配もある。そして復縁を申し出た〈私〉とユズの間には、以下のようなやりとりが交わされるのだ。

「私は近いうちに父親のはっきりしない子供を産み、その子を育てていくことになる。それでもかまわないの？」

「ぼくはかまわない」と私は言った。「そして、こんなことを言うとあるいは頭がおかしくなったと思われるかもしれないけど、ひょっとしたらこのぼくが、君の産もうとしている子供の潜在的な父親であるかもしれない。そういう気がするんだ。ぼくの思いが遠く離れたところから君を妊娠させたのかもしれない。ひとつの観念として、とくべつの通路をつたって」

「ひとつの観念として？」

「つまりひとつの仮説として」（〈騎〉第2部 p.527）

ひとつの観念ないしは仮説として妊娠させる、というのはほとんど意味不明のフレーズだが（最近の村上は、「仮説」または「メタファー」という語を振りかざしさえすればどんなに理屈の通らないことも可能になるという立場を取っているように見える）、「とくべつの通路」という言葉をあえて使っていることからしても、それは青豆が「特別な通路」によって天吾の子を懐妊したのとほぼ同一の事象と措定《そてい》されているのだろう。

遠隔地にある者同士の間でなされる受胎、というこのモチーフに、村上がどうしてここまでこだわるのかその理由はわからない。しかし、受胎という事実をいったん度外視して、「遠隔地にいる者同士の性交」にまで範囲を広げると、このモチーフは上記二作どころではなく中期以降の村上作品で実に頻繁に使用されていることがわかる。村上作品で描かれるその行為（あるいは現象）を、ここでは「遠隔性交」と呼ぶことにしよう。

最初にそれが現れるのは、『ねじまき鳥クロニクル』＝〈ね〉だ。ただしそれは厳密には遠隔性交それ自体ではなく、いわばその原型と言っていいようなシチュエーションである。

第1章の「3　イノセント化される性的逸脱行為」でも触れたが、主人公の岡田亨は、夢の中で二度にわたって「意識の娼婦」たる加納クレタと性的交渉に及ぶ。夢の中のできごとではあるが、クレタも同じ場面に対する意識や記憶を共有しているので、それは象徴的なレベルで、ここは位相の異なるもうひとつの現実の中において実際になされた行為であると見ることもできる。クレタ自身はそれを「より多くを、より深くを知るため」に必要であると述べており（第2部 p.81）、亨を取り巻く問題解決へ向けての道程のひとつと位置づけているのだが、意識の中だけで完結しているものとはいえ、ここにはいないクレタと交わっているという意味では、それ自体が一種の遠隔性交であるとも言える。

ただ、クレタとのそれには、もうひとつ別の意味合いがオーバーラップしてくる。亨の妻クミコは突然失踪し、やがて本人からほかの男性との性的関係があったことを告白する長い手紙が亨のもとに届くことになるのだが、クレタと二度目に夢の中で性的な接触を持ったとき、彼女はなぜかクミコのワンピースを身につけているのだ（第2部 p.39）。そしてのちに亨は、娼婦としての自分を抱いてほしいとクレタに請《こ》われ、物理的にも彼女と交わることになる。

加納クレタと交わるのは、なんだか夢の延長のように感じられた。夢の中で加納クレタとやった行為を、そのまま現実でなぞっているみたいに思えた。それは本物の生身の肉体だった。でもそこには何かが欠けていた。それははっきりとこの女と交わっているという実感だった。僕は加納クレタと交わりながら、ときどきクミコと交わっているような錯覚にさえ襲われた。僕は射精するときに、これできっと目が覚めてしまうんだろうと思った。でも目は覚めなかった。僕は彼女の中に射精していた。

（〈ね〉第2部 p.261）

クレタがなぜ「中に射精」することを許すのかは謎だが（村上の主人公がだれかの「中に射精」するときには、ほとんどいつもこの同じ疑問がまといついている）、それはそれとして、このくだりにはまるで亨が実際に抱いているのはどこか遠くにいる妻のクミコであり、クレタはそれを仲介しているだけなのだとでもいったニュアンスが感じられる。「仲介」という点ではそれは〈Q〉における天吾と青豆の（ふかえりをなかだちとした）遠隔性交に通じるし、実質的な相手が「別れた妻」であるという点では、〈騎〉における〈私〉とユズのそれにも通じる。

そしてこれと似た状況設定や描写は、その後の村上作品でほとんど毎回のようにどこかしらに組みこまれることになる。
『スプートニクの恋人』＝〈ス〉には以下のようなくだりがある。ギリシャの小さな島ですみれが行方をくらまし、彼女とともにそこに滞在していた雇い主のミュウがアテネの日本総領事館に助力を乞いに行っている間、コテージで一人留守を預かっていた主人公〈ぼく〉が、すみれのことを思い出している場面である。

ぼくはすみれのことを考える。引っ越しのときに彼女のとなりで経験した、激しい勃起のことを考える。それまで経験したこともないような強烈で固い勃起だった。まるでぼく自身が張り裂けてしまいそうなくらいだった。そしてぼくはあのとき、想像の中で――おそらくはすみれの言う「夢の世界」の中で――彼女と交わっていたのだ。でもその感触は、ぼくの記憶の中では、別の女性との現実のセックスよりもはるかにリアルだった。（〈ス〉p.252）

ここで〈ぼく〉が思い出しているのは、第2章「5　定型句『～しないわけにはいかない』の本当の意味」で引きあいに出した、すみれの引越しを手伝った晩の一幕である。すみれの手が自分のペニスを愛撫するさまを「思い浮かべないわけにはいかな」くなった〈ぼく〉は、その想像をさらに嵩《こう》じさせ、彼女との性交の様子をありありと脳裏に思い描いている（「思い描かないわけにはいかなかった」のだろう）。

「すみれの言う『夢の世界』」というのは、自分の願望が満たされる想像の世界のことを指しているのだが、〈ぼく〉のこれはまさに単なる想像にすぎず、〈ね〉の亨や〈騎〉の〈私〉と違って、夢の中でだれかと交わったということですらない。しかしそれにもかかわらず〈ぼく〉は、その想像に現実以上に現実的な感触を見出だしている。まるで想像することそれ自体に、「もうひとつの現実」にアクセスする機能が備わっているのだとでも言わんばかりではないか。

これに続く作品『海辺のカフカ』＝〈海〉でも、手触りの似た場面が描かれている。カフカ少年が家出中に知りあって親しくなった若い美容師さくらと交わるさまを夢に見るくだりである。

カフカは高松のビジネスホテルにしばらく滞在してから、やむにやまれぬ事情でさくらを頼って彼女のアパートにひと晩だけ泊まったとき、実際に彼女に手で処理をしてもらっている。さくらは東京に決まった恋人がいるのでほかのだれかとセックスはできないが、カフカの勃起が鎮まらないのを見て同情に駆られたのである。だがそれ以上のことは起こらないまま、最後には彼らはベッドと寝袋に分かれて眠りに就く。後日、カフカはその晩のままの状況を夢に見る。さくらはベッドで、自分が寝袋で寝ている点も同じだ。しかしカフカは、それが「あまりにもクリアで、一貫している」ことから、「夢じゃないのかもしれない」と感じている。「時間が巻き戻っていて、僕は分岐点のようなところに立っている」と述べてもいる（下巻 p.247）。

分岐点という言葉は、「そこから先にありえたかもしれない別の現実」を暗示している。〈海〉という作品は、そうした現実の多層性、幾筋にも分岐する可能性のすべてを等価に扱い、それらを「仮説」あるいはは「メタファー」という語で強引にくるみこむことで全体が成り立っているような物語なので、カフカのこの夢もそうした現実のヴァリアント（異本、別バージョン）のひとつと位置づけられているのだろう。

ともあれ、その夢の中でも硬く勃起しているカフカは、ベッドのほうに入りこんで、眠っているさくらを犯すのである（この場面は、前述の〈騎〉で生き霊となった〈私〉が眠っている妻ユズを犯すくだりを否応なく思い出させる）。

ただし、ここにはひとつ注釈が必要だろう。

カフカは彫刻家である父・田村浩一《こういち》から、「おまえはいつかその手で父親を殺し、いつか母親と、さらには姉とも交わることになる」という（オイディプス神話めいた）予言を小学生の頃に突きつけられている。母親はカフカが四歳のときに、六歳上の姉（ただし養女だったため、カフカと血のつながりはない）を連れて家を出ていってしまい、その後は行方もわからなくなっているのだが、カフカが家出をしたのは、この父親の予言（あるいは呪い）から逃れたかったからにほかならない。

ところが、その家出中に父親が何者かに刺殺され、自覚はないが自分がそれを（仮説としてだかメタファーとしてだかなんだか知らないが）したのかもしれないという可能性が否定できなくなるに及んで、カフカはもはや自分はあらかじめ決められていたとおりに予言の項目をひとつずつ消化していくしかないのではないかと考えはじめるのだ。

カフカは自分が身を寄せることになった甲村記念図書館の館長である五十代の女性・佐伯をかつて生き別れた自分の母親ではないかと思っており、やがて彼女と体を交えることで「予言を成就」することになるのだが、それと同じように、カフカは姉と同年代のさくらのことも自分の姉かもしれないと考えつづけている（佐伯がカフカの母親であるかどうかはともかくとして、さくらが姉である可能性はほぼ考えられないのだが）。もしも彼女が自分の姉であれば、彼は予言どおり彼女とも「交わらないわけにはいかない」のである。

そういうカフカ自身の思いこみに近い思念が、この夢の背景にはあるものと考えるべきである。

それにしても、夢の中でさくらと交わる場面の描写はあまりにも生々しく、これはやはり位相の異なるもうひとつの現実で、さくら側も同じ夢を共有しているのではないかと思わされるのだが、終盤、高松を引き上げる直前にカフカが電話でさくらと話したときの様子からすると、どうもそうでもないらしい。さくらもカフカについての夢を見てはいるが、「私の夢はエッチな夢じゃなかったよ」とあっさりその可能性を否定しているのである（下巻 p.427）

だとすると、くだんの夢の描写はなんのために必要だったのだろうか。現実の多層性を暗示するための方便にすぎなかったのか。それとも、「単にそういう場面を描きたかった」からにすぎないのだろうか。

作品が書かれた順番からいうとこの次が〈Q〉で、すでに述べたとおりそれはふかえりを介した青豆の受胎という形を取るわけだが、その次の作品『色彩を持たない多崎つくると、彼の巡礼の年』＝〈色〉にも、遠隔性交を思わせる記述がある。

主人公つくるは、四人の仲間から追放されたのちも、仲間のうち女性であるシロとクロが出てくる性夢をたびたび見ている。二人はきまって十六歳か十七歳くらいの見かけであり、両側から裸でつくるの体を貪《むさぼ》るように愛撫してくる。「それはつくるが求めている状況ではなかったし、彼が想像したい情景でもなかった」とあいかわらずどこか言い訳がましいのだが（p.133）、彼がその都度性的に興奮しているのはまちがいのないところだ。そしてきまって、最後にはシロがつくるの上にまたがり、つくるが「シロの体内に精液を放出」することで夢は終わる（この体位についての描写にも非常に既視感を煽られるものがあるが、それについては次節で詳述する）。

これはあくまで夢なのだが、そこに以下のような叙述が添えられていることを見逃すわけにはいかない。

いや、正確にはそれを夢と呼ぶことはできないかもしれない。そこにあるのは、すべての夢の特質を備えた現実だった。それは特殊な時刻に、特殊な場所に解き放たれた想像力だけが立ち上げることのできる、異なった現実の相だった。（〈色〉p.132）

ここに見られる「異なった現実の相」という言葉は、少し形を変えて後段でもう一度繰りかえされることになる。

かつての仲間たち一人ひとりのもとを訪ね歩き、自分が突然絶交を言いわたされた理由をあきらかにしていく過程で、つくるは自分がシロをレイプしたとされていることを知る。五人のうちつくるだけが郷里の名古屋を離れ、東京の大学に進学するのだが、シロが東京でのコンサートを聴くためにつくるのマンションに泊めてもらった折、薬を盛られ、意思に反して犯されたと本人が主張していたのである。それこそが、絶交の理由だったのだ。
まったく身に覚えのないつくるは愕然《がくぜん》とするが、当のシロは六年前、浜松で一人暮らししている間に何者かに絞殺《こうさつ》されており、シロがなぜそんな主張をしたのか真相を探ることはすでにかなわなくなっている。かつての仲間たちは、人になにかを無理強いするようなタイプではないつくるが本当にそんなことをしたとは最初から信じていなかったが、シロの告白はあまりにも真に迫っており、そのときは異論を差し挟める雰囲気ではなかったのだと弁明する。しかしそれを聞いてつくる自身が、本当にそんなことを自分がしていないのかどうか、確信が持てなくなっている。

窓を打つ雨音を聞きながら、そんな考えを巡らせているうちに、部屋全体がいつもとは違う異質な空間になったように感じられてきた。（中略）その中にいると、いったい何が真実で何が真実でないのか、彼には次第に判断がつかなくなってきた。ひとつの真実の相にあっては、彼はシロに手を触れてもいない。しかしもうひとつの真実の相の中では、彼は卑劣に彼女を犯している。自分が今いったいどちらの相に入り込んでいるのか、考えれば考えるほど、つくるにはわからなくなってくる。
（〈色〉p.262）

最後にフィンランドにまで足を伸ばし、クロと語りあっているさなかにも、つくるはかつてしばしば見たシロとクロの登場する性夢を思い出しながら、似たような確信の揺らぎを感じている。くだんの性夢でつくるが射精する相手は必ずシロで、クロの中に射精したことは一度もない。それにもなにか意味があったのではないか、と考えながら、彼は以下のように思いを巡らせるのである。

なお、以下の抜粋中での「ユズ」は、シロのことである（シロのフルネームは「白根柚木《しらねゆずき》」であり、クロがそれを求めているという理由で、途中からは下の名前に基づいた「ユズ」という名で呼ばれるようになるのだが、〈騎〉における〈私〉の妻ユズと紛らわしいため、本論考では「シロ」で統一している）。

そんな夢について考えると、ユズが彼にレイプされたと主張しても（その結果彼の子供を受胎したと主張しても）、それはまったくの作り話だ、自分には思い当たるところはないと断言することはつくるにはできなかった。夢の中での行為に過ぎないとしても、自分にも何かしらの責任があるのではないかという気がしてならなかった。（〈色〉p.360）

あげくにつくるは、六年前に浜松のアパートでシロを絞殺したのもあるいは自分だったのではないか、そんな意思を抱いたことは一度もないが、「あくまで象徴的に」彼女を殺そうとしたことはありうる、と考えはじめる。しかしこのあたりはもはや、「仮説」やら「メタファー」やらを飛び交わせることで真相（客観的なレベルにおける、ひとつしかない事実）のありかを無限にぼやけさせてしまう最近の村上に特徴的な悪癖（と僕は考えている）の領域に入りこんでいるかもしれない。

いずれにしても、こうした遠隔性交的なモチーフに対する村上のこだわりぶりが少々常軌を逸《いっ》しているように見えることは、これでおわかりいただけるのではないかと思う。彼はいったい、何を求めてこ種の似たような描写をこれだけ頻々《ひんぴん》と飽きもせずに繰りかえすのだろうか。青豆が天吾の子を受胎するという事実が物語にとっての大きな駆動力のひとつになっている〈Q〉はまだいい。しかしほかの作品群に、このモチーフをあえて取りあげる必然性は本当にあるのだろうか。

やはりこれは、「単にそういう場面を描きたかった」という純然たる好みの問題にすぎないのではないかという疑いを、僕はどうしても振り払うことができないのである。

ついでながら、主人公がこれらの遠隔性交を行ない、射精にまで至った際、放出された精液はどこへ行ってしまうのかという問題がある。仲介者が存在する〈Q〉のケースでは、それはまず実際の性交の相手であるふかえりの膣内に射出され、それが青豆の子宮に移されるわけだが、それ以外の多くの場合、主人公は夢の中で射精することになる。――そのとおり、彼らは夢精《むせい》するのだ。

村上作品には、主人公が眠っている間に下着の中に射精してしまい、起きてから洗面台などで汚れた下着を洗うという場面が異様に多い。

夢の中で加納クレタに口で射精に導かれた〈ね〉の亨は、覚醒後「浴室に行って汚れた下着を洗」い（第1部 p.192）、その後やはりクレタと夢の中で性行為に及んで射精したときも「精液のついた下着を手で洗っ」ている（第2部 p.43）。そしていずれの場合も、「やれやれ」と心中で呟いている。〈海〉のカフカは、さくらを犯す先述の夢でさくらの中に射精して目覚めてから、下着を脱いで「そこについた精液を洗い落と」す（下巻 p.252）。〈色〉のつくるも、例の性夢を見てシロの中に射精するたびに、目が覚めてから「洗面台で精液に汚れた下着を洗」わなければならなかったようだ（p.299）。そして〈騎〉には、〈私〉が妻ユズを犯して彼女の中に射精する夢を見たあと、実際に「下着が多量の精液で濡れて」おり、「シーツを汚さないように急いで下着を脱ぎ、洗面所でそれを洗った」とある（第2部 p.191）。

自らの小説の中でこれほどまでにたびたび夢精という生理現象を、そしてその後始末《あとしまつ》の様子を描いた作家を、僕はほかに知らない。汚れた下着をいかに処理したかまでいちいち明記しているあたりはある意味で律儀とも言えるのかもしれないが、そんな描写をしょっちゅう読まされるほうの身にもなってほしいものである。それとも、こうした光景もまた、彼にとって描きたくてたまらないものなのだろうか。

2 セルフポルノ化する性描写

前節で触れた遠隔性交や夢精の場面のみならず、性をめぐって必然性の範囲を超えて多用されるモチーフが、村上作品にはいくつか見られる。うちひとつは、「膣内に射出される精液」である。

第1章「2 エクスキューズとしての性的放縦」で、『騎士団長殺し』＝〈騎〉に登場する「人妻のガールフレンド」が、「中で射精」することをなぜ〈私〉に許すのかという疑問を提示した。また前節では、『ねじまき鳥クロニクル』＝〈ね〉の加納クレタについても同じ疑問を重ねている。もしもそれに回答があるとすれば、彼女たちは避妊薬を常用しているのかもしれないということが挙げられるだろう。実際、『色彩を持たない多崎つくると、彼の巡礼の年』＝〈色〉のつくるが大学生時代に（ほぼ性欲処理目的で）交際していた歳上の女性は、「避妊薬を飲んでいたので、彼は心置きなく彼女の中に精液を放出することができた」とされている（p.152）。

一方、『1Q84』＝〈Q〉でふかえりと性交する場面では、天吾は「コンドームをつけなくていいのだろうか」と案じている（「BOOK 2」p.304）。「年上のガールフレンドは避妊についてもきわめて厳格」で、その厳格さに慣らされているから天吾もそれを気にするのだとされているが、このくだりには意外の感に打たれる。他の作品を見るかぎり、そのあたりはもっと都合のいい設定になっていそうなものだ。しかしここでは、ふかえりこそがそういう意味での都合のよさを担っている。天吾の精液を体内で受けとめたあと、「わたしはニンシンしない。わたしにはセイリがないから」と言って天吾を安心させているのである（それもまた、彼女が本人ではなく複製の「ドウタ」であるかもしれない可能性を示唆しているのだが、既述のとおり、真相は判明しないままで終わる）。

妊娠のリスクという観点から見て最も違和感を覚えるのは、『ノルウェイの森』＝〈ノ〉の終盤、阿美寮を出てきたレイコとワタナベが寝る場面だろう。ワタナベの体を受け入れる際、三十八歳のレイコは、この歳で妊娠すると恥ずかしいから「妊娠しないようにしてくれるわよね？」とわざわざ念を押す。ワタナベは「大丈夫ですよ」と請け負うのだが、実際には自制できず、「何の予兆もなく突然射精」してしまう。

> それは押しとどめようのない激しい射精だった。僕は彼女にしがみついたまま、そのあたたかみの中に何度も精液を注いだ。

「すみません。我慢できなかったんです」と僕は言った。

「馬鹿ねえ、そんなこと考えなくてもいいの」とレイコさんは僕のお尻を叩きながら言った。

「いつもそんなこと考えながら女の子とやってるの？」

「まあ、そうですね」

「私とやるときはそんなこと考えなくていいのよ。忘れなさい。好きなときに好きなだけ出しなさいね。どう、気持ち良かった？」

「すごく。だから我慢できなかったんです」

「我慢なんかすることないのよ。それでいいのよ。私もすごく良かったわよ」〈〈ノ〉下巻 p.258〉

「なんか言ってることがさっきと違ってないですか？」と半畳《はんじょう》を入れずにはいられない。「我慢なんかすることな」く、「好きなときに好きなだけ出し」ていいなら、なぜ彼女は事前に妊娠の心配をしてワタナベに釘を刺したのだろうか。「良かった」から結果として彼の過失を許したのだとしても、その勢いでなしくずしについさっき言ったばかりのことを全面的に撤回し、無制限の許可を与えるのは、妊娠を恐れている三十八歳の女性としてはあまりにも不自然ではないのか。

なお、このあとワタナベはさらに三回、レイコと交わっているようだ。いずれも「そのあたたかみの中に精液を注いだ」のだとすると、本当にレイコはその後妊娠せずに済んだのかと人ごとながら心配になる。

しかし言うまでもなく問題は、妊娠を回避できるなんらかの手立てが講《こう》じられているかどうかではなく、膣内に射精するという場面があまりにも多すぎる点、そしてほとんどの場合、その場面が描かれる必然性があるようには思えないという点なのだ。主人公がだれかと性交したという事実が描かれるのはいいとして、なぜ射精するのが膣内でなければいけないのか。

最終的に膣内に射精することになるのはもとより、その射精の様子が特定の体位や特定の状況を伴って描かれることも多い。いくつかの例を見てみよう。

ひとつは、〈ね〉において「意識の娼婦」である加納クレタと岡田亨が夢の中で交わる場面である。前節で述べたとおり、このときクレタは失踪中の亨の妻クミコのワンピースを着ており、そのクレタと交わることにはどこかクミコとの遠隔性交を思わせる面もあるのだが、ここで肝腎なのはその性交がどのように行なわれているかだ。

主導権を握っているのは徹頭徹尾クレタの側である。彼女は「何も考えなくていいんですよ、岡田様」と言いながら、まさに娼婦さながらに自ら亨のペニスを口に含み、それが硬くなると、ゆっくり亨の服を脱がせてベッドに仰向けに寝かせ、亨の手を取って自分の性器を触らせてから、やがて自ら亨の上に馬乗りになるのである。

彼女は僕の体の上にまたがるように乗り、硬くなったままの僕のペニスを手に取るとするりと彼女の中に導いた。そして奥の方まで入れてから、ゆっくりと腰を回転させ始めた。(〈ね〉第2部 p.41)

厳密には、性交の途中でクレタはいつのまにか顔の見えない別の女にすり替わっているのだが、いずれにしてもこの行為における主体性は、亨には存在しない。亨はただなされるがままに、「性欲や性的快感といったものを越えた何か」を感じ、最後はもう「何を考えることもできなくな」って女の中に射精するのだ。

『海辺のカフカ』＝〈海〉にも、これとよく似た場面がある。

田村カフカ少年が家出中に寝泊まりしているのは甲村記念図書館と呼ばれる施設の一室だが、この私設図書館はもともと、地元の造り酒屋であった甲村家の書庫を改造したもので、カフカにあてがわれた部屋はかつて甲村家の長男が使っていたものだった。現在の女性館長・佐伯は甲村家とは遠縁の関係にあり、長男とは幼い頃から特別な絆で結ばれた恋人同士だったが、彼は学生紛争華やかなりし頃、ストライキで封鎖中の大学構内で、人違いから惨殺されてしまう。

彼に対する思いを今なお捨てられずにいる佐伯は夜ごと十五歳の少女の姿をした生き霊となってこの部屋を訪れるのだが、ある晩、カフカが気配に気づいて目を覚ますと、生き霊ではなく、五十代である現在の生身の佐伯が部屋の中に立っている。佐伯がためらいもなく服を脱ぎ、ベッドに入ってくるのを見てカフカは、彼女が夢遊病状態にあり、自分をかつての恋人だと思いこんでいるのだと気づくが、混乱のあまりなすすべもなくなり、結果としてされるがままになっている。

そこから先は、カフカの空想上の話し相手である「カラスと呼ばれる少年」の主観で語られる。以下で「君」と呼ばれているのはカフカ自身のことである。

佐伯さんは君の着ているTシャツを脱がせ、ボクサーショーツをとる。君の首に何度も口づけし、それから手をのばしてペニスを手に取る。それは既に陶器のようにかたく勃起している。彼女は君の睾《こう》丸《がん》をそっと手に包む。そしてなにも言わず、君の指を淫毛《いんもう》の下に導く。

（中略）

やがて佐伯さんはあおむけになった君の身体の上に乗る。そして脚をひろげ、石のように硬直した君のペニスを自分の中に導いて入れる。君にはなにかを選ぶことができない。彼女がそれを選ぶ。図形を描くように深く、彼女は腰をくねらせる。（中略）ほどなく君は射精する。もちろん君にはそれを押しとどめることはできない。彼女の中に何度も強く射精する。彼女は収縮し、君の精液をやさしく収集する。（〈海〉下巻 p.91）

〈Q〉のふかえりも、やはり同じ体勢で天吾と交わる。このくだりは第1章の「3　イノセント化される性的逸脱行為」でも抜粋しているが、比較の便宜のために再度、もう少し長い部分を抜き出しておこう。

ふかえりは「オハライ」が必要だと言って天吾の蒲団に入ってくる。言われるままパジャマ姿でふかえりと抱きあっている間、天吾は「いささか居心地の悪い状況」に陥らずに済むように、「三桁のかけ算」で気を散らして勃起を避けようとするのだが、その努力もむなしく、やがて天吾のペニスは「留保のない完全な勃起」に至ってしまう。ふかえりは「かたくなるのはシゼンなこと」だから「きにしなくていい」

と言って、そのまま眠ることを天吾に勧める。こんな状態で眠れるだろうかと天吾は疑わしく思うが、いつのまにか眠りに落ちており、次に目覚めたときには二人とも一糸まとわぬ裸になっている。

彼はベッドの上に仰向けになり、天井に顔を向けていた。ふかえりはその上にまたがるように乗っていた。天吾の勃起はまだ持続していた。

（中略）

「身体がうまく動かせない」と天吾は言った。それは本当だった。起き上がろうと努力しているのだが、指一本持ち上げることはできない。身体の感覚はある。ふかえりの身体の重みを感じることができた。自分が硬く勃起しているという感覚もあった。しかし彼の身体は何かで固定されてしまったみたいに、重くこわばりついていた。

（中略）

「しんぱいしなくていい」とふかえりは言った。そして身体をゆっくり下にずらせていった。その動作が意味するところは明白だった。彼女の目にはこれまで見たこともない色あいの光が宿っていた。そんなできたての小さな性器に、彼の大人のペニスが入るとはとても思えなかった。大きすぎるし、硬すぎる。痛みは大きいはずだ。しかし気がついたとき、彼は既に隅から隅までふかえりの中に入っていた。

（中略）

次の瞬間、天吾は自分が射精していることを知った。激しい射精がひとしきり続いた。多くの精液が強く放出された。（中略）気がついたとき、天吾はふかえりの中にいて、彼女の子宮に向けて射精をしていた。そんなことはしたくなかった。しかしそれを止めることはできなかった。すべては彼の手の届かないところでおこなわれていた。（〈Q〉「BOOK 2」p.302）

さらに、〈色〉においてつくるがたびたび見る性夢も、構図はほぼこれらと同じである。特に、大学時代にプールで知りあい、ちょくちょくマンションに泊めるようになる二学年下の男子学生・灰田《はいだ》文紹《ふみあき》が不可解な形でこのあいかわらずの夢に関わってくるときの描写は、〈海〉や〈Q〉のそれと酷似している。いつもどおり灰田を泊めたある晩、暗闇の中で目を覚ましたつくるは、なぜか体の自由がきかなくなっている。

枕元の電気時計で時刻を見ようとしたが、首が曲がらなかった。首だけではなく、身体全体が動かなくなっている。痺《しび》れているというのではない。ただ身体に力を入れようと思っても、それができない。意識と筋肉とがひとつに繋がらないのだ。（〈色〉p.128）

やがてつくるは、暗い部屋の片隅に立った灰田がベッドに横たわる自分をじっと凝視していることに気づく。その理由もわからないまま再び眠りに落ち、次に意識したのは、自分がシロとクロの出てくるいつもの淫らな夢の中にいることだった（ただしつくる自身はそれを、前節で述べたとおり、「異なった現実の相」であると認識している）。

シロとクロから指先と舌で全身に愛撫を受けながら、なおつくるは体の自由を奪われており、「指一本動かすことができ」ずにいる。

長い執拗な愛撫のあとで、彼女たちのうちの一人のヴァギナの中に彼は入っていた。相手はシロだった。彼女はつくるの上にまたがり、彼の硬く直立した性器を手にとって、手際よく自分の中に導いた。それはまるで真空に吸い込まれるように、何の抵抗もなく彼女の中に入った。それを少し落ち着かせ、息を整えてから、彼女は複雑な図形を宙に描くようにゆっくり上半身を回転させ、腰をくねらせた。

（中略）

その先を考えるだけの余裕はなかった。彼女の動きはだんだん速く、大きくなっていった。そして気がついた時には、彼はシロの中に激しく射精していた。（〈色〉p.134）

このときつくるは、シロの中に射精したと最初は考えるが、実際に、つまり夢の中ではなく現実にその精液を受けたのは、どういうわけか灰田の口だった。ただしそれも、現実と夢との境界線上に存在するできごとであったかのように描かれているし、灰田がなぜそんなことをしたのかその理由が作中で明かされることもない。その点だけが他の作品と異なる部分だが、つくるの性夢としては、あくまで「シロの中に激しく射精」したところで完結しているといっていい。

それぞれまったく異なる物語の一部であり、こうした場面が描かれる文脈も相違しているにもかかわらず、描写そのものはたがいに驚くほど似通っていることがこれで一目瞭然だろう。〈海〉と〈色〉とでは、腰のくねらせ方を表す「図形を描くように」という比喩表現まで一致している。

すべての描写に共通しているのは、男性側が主体性を失っているか、なんらかの理由で体を随意《ずいい》に動かせない状態に陥っているかしている点、女性側がその仰向けになった体の上にまたがり、自分の性器に自らペニスを導いて挿入を果たしている点、そして最終的に男性が選択の余地もなく女性の中に射精している点である。

〈海〉に見られる「君にはなにかを選ぶことができない」という一文は、この佐伯との性交が、父親から与えられていた(カフカがいつか母親と交わることになるという)「予言」の成就という側面を帯びていることも暗示しているようだが、そうした個別の理由づけはどうあれ、これだけ構図の酷似した描写が複数の異なる作品にまたがるように繰りかえし反復されているという事実は、とうてい見過ごしにはできない。

これらを村上春樹自身の個人的な嗜好《しこう》とは無関係とみなすのは難しいだろう。村上自身がこういう構図の「プレイ」を愉《たの》しんでいるにちがいないとまで言うつもりはないにしても、少なくとも性描写をする際にこういう形の中に落としこみがちであるという傾向を彼が持っているのはまちがいのないところであり、その背後にはなんらかの意味での個人的な「好み」があると見るのが妥当なのではないかということだ。そうでなければ、これだけたびたび似通った性描写が選び取られている理由について説明がつかない。

いずれのケースでも、「これは自分の意思ではない」という点がさりげなく強調されている点が特に引っかかるのだ。当初それは、第1章で触れた「エクスキューズとしての性的放縦」をイノセント化するための「エクスキューズに対するエクスキューズ」なのかと考えたのだが、その相手と性交すること自体が本人の意思ですらないのだとすると、その性交はそもそも第一のエクスキューズ（主人公がセックスに縁遠い立場にあるわけではないということを証明する要素）たりえていないということになりはしないか。

それでも僕は、「これは自分の意思ではない」という彼らの態度にある種の言い訳がましさを感じており、それはいったい何に対する（そして誰の）エクスキューズなのかと考えずにはいられないのだ。

そこには、著者自身が顔を出しているように僕には思える。性交を「好み」の形で描かずにはいられない（描かないわけにはいかない）村上春樹自身がいて、その体裁の悪さをどうにか取り繕《つくろ》おうとする意思が、「これは避けられないことだったのだ」という態度を主人公に取らせているのではあるまいか。つまりそれは、著者自身が読者に向けたエクスキューズなのだ。あるいは、そのように（体の自由を奪われて）なかば強制されるような形で女性に馬乗りされる形態自体が（その強制性も含めて）「好み」ということもありうると僕は考えている。

いずれにしてもそれは、乱暴な言い方をするなら、「著者自身が読みたいポルノ」に近い描写になっているということだ。それを僕は「セルフポルノ」と呼んでいる。「著者自身が読みたい」という表現には、「読者が求めているどうかを考慮していない」という含みがある。「自分が読みたい（書きたい）かどうかということが最優先されていて、不特定多数の読者にとって納得できるクオリティを保っているとは言えない」と言い換えてもいい。

ここで引きあいに出すのもどうかとは思うが、晩年の渡辺淳一の小説などは、まさに「セルフポルノ化」が進んだ作品として好例だろう。映画化もされた『愛の流刑地』などは日経新聞に連載中から「ツッコミ専門サイト」のようなものまでネット上に現れ、展開の強引さや性表現の（いろいろな意味での）微妙さなどについて盛んに意見交換がなされていたようだが、本人があれだけ大御所《おおごしょ》化してしまうと、外野はともかく関係者はあれこれと表立っては指摘しづらくなるものだろう。身内に指摘されないと本人は問題にますます気づきづらくなり、しまいにはもはや誰にも暴走を止められないありさまとなるわけである。

村上春樹も、今やそれと無関係なところには立っていない。すでに「大御所」の仲間入りをしていると見ていいだろう。なにしろ、ここのところ常にノーベル文学賞受賞前夜という扱いになっているばかりか、新作を出せば必ず飛ぶように売れる。出版不況の中、救世主の役割を一人で担っているようなそんなありがたい人物が描いた作品の細部に、いったい誰が公然とダメ出しできるというのか。

そういう意味での「大御所」化を僕が初めて彼にはっきりと感じたのは、〈Q〉を読んだときだった。ふかえりと天吾の性交シーンは、僕の目にはもはや「暴走」の範疇《はんちゅう》に入っていた。しかし今からあらためて振りかえれば、セルフポルノ化自体の端緒《たんしょ》はずいぶん以前まで遡《さかのぼ》れるように思う。

最初にその気配が感じられるようになるのは、『世界の終りとハードボイルド・ワンダーランド』＝〈世〉だ。この作品の中で実際になされる性行為は〈ハードボイルド・ワンダーランド〉側の主人公〈私〉と、彼が親しくなった図書館のリファレンス係（同じ「図書館」の人間なので紛らわしいが、この女性は〈世界の終り〉側の図書館の司書である〈彼女〉とはまったくの別人である）との間のそれだけだし、その描写も、「我々は三回性交したあとでシャワーを浴び」などとわざわざ回数を明示したりする部分（下巻 p.331）が若干うっとうしいだけで、そこにセルフポルノ的要素があるとは言えない。問題はむしろ、博士の孫娘のほうである。

彼女は当初、計算士（自分の脳を使ってデータを暗号化する特殊技能者）としての〈私〉を博士のもとに案内する役目を帯びた、「若くて美しいが太った女」として〈私〉の前に現れる。どう見ても二十歳は過ぎているようにしか見えないが、実際には十七歳であり、養育者でもある博士の方針もあって学校には通っていない。身につけているのはピンクのスーツにピンクのハイヒール、とその歳ごろの娘には似つかわしくないアイテムだが、太っているのもその出で立ちも、どうやら彼女を助手として使っている博士の趣味に迎合《げいごう》したものらしい、といったことがしだいにわかってくる。

問題は、彼女が三十五歳の成熟した男性としての〈私〉に最初から興味津々《しんしん》であることだ。初対面の段階から、「ねえ、計算士の人って仕事がひとつ終わるとすごく性欲がたかまるって話を聞いたけど、本当？」と自ら話題を微妙な方向にずらしたり、そういうときは「私とでも寝る？」などとまるで誘惑するようなことを口にしたりする（上巻 p.113）。

のちにその孫娘にマンションの部屋から引っぱり出され、博士に会うために、正体不明の生物「やみくろ」たちが支配する危険極まりない地下世界の奥地をともに目指すことになったとき、「彼女のピンクのスーツはどう見ても地底探索には不向き」だとわかっていながら、彼女の体型に合うサイズの服が〈私〉のワードローブにはなかったからという理由で、結局〈私〉は、彼女には米軍から流れてきた兵士用のジャケットだけ貸し与えてスーツ姿のまま同行してもらうことになる。

そんな格好で地下世界に入っていったらどうなるか。ときには狭苦しい横穴を懐中電灯で照らしながら四つん這いになって進むよりほかにないような道程である。

> 私は他にとくに見るべきものがなかったので彼女のスカートの裾を観察しながら前進した。スカートはときどき太腿《ふともも》のずっと上までめくれあがり、泥のついていない白いふわりとした肌が見えた。昔でいえばガードルのとめ金具がついているあたりだ。昔はストッキングのトップとガードルのあいだに肌の露出するすきまができたのだ。パンティー・ストッキングが出現する以前の話である。(〈世〉下巻 p.202)

このシーンが書きたくて、村上は孫娘をスーツ姿のままにしておいたのではないか、と疑いたくなってしまう。

この地下の探索行の過程で、孫娘が暗闇の中、突然〈私〉に抱きついてキスしてくる場面もある。周囲にありとあらゆる危険がはびこっている中、そのキスはあまりに唐突で違和感を覚えさせられるのだが、〈私〉はなぜか戸惑うでもなく自らも彼女を抱き寄せる。〈私〉はそれを、「我々は抱きあうことによって互いの恐怖をわかちあっているのだ」と解説する一方で、「まっ暗闇の中で抱きあうというのは奇妙なものだった。たしかスタンダールが暗闇の中で抱きあうことについて何かを書いていたはずだ、と私は思った」と状況におよそそぐわない能天気な物思いに耽ってもいる（上巻 p.436）。

少しあとのくだりで、この突然のキスの意味が明かされる。地下世界の奥に聳《そび》え立つ山を登るに際して、恐怖や失意に打ち勝てるように、「楽しい思い出や、人を愛したこと」など、なにか思い浮かべるべき喜ばしい記憶を彼女は必要としていたのである。


彼女は暗闇の中で楽しそうにくすくす笑った。「あなたって素敵ね。あなたのことすごく好きよ」

「年が違いすぎる」と私は言った。「それに楽器ひとつできない」

「ここを出られたら、あなたに乗馬を教えてあげるわ」

「ありがとう」と私は言った。「ところで君は何について考える?」

「あなたとのキスのこと」と彼女は言った。「そのためにあなたとさっきキスしたのよ。知らなかった?」（〈世〉上巻 p.442）

なんともおめでたいと言おうか、都合がいいにもほどがあると言おうか、読んでいると「やみくろ」だか「二重メタファー」だか、とにかくそういうなにか得体の知れないものに首筋を撫《な》でられでもしたかのような据わりの悪さを覚える。ほぼ出会ったばかりといっていい〈私〉に対して、この十七歳の娘はいったいなぜこうまであけすけな好意を大盤振る舞いするのか。

そうして博士との対面を果たしたあと、〈私〉とともに地上世界に戻った孫娘は、一緒に立ち寄ったコーヒースタンドで目にしたスポーツ新聞の記事にかこつけて、こんな話を持ちかけてくる。


「ねえ、精液を飲まれるのって好き?」と娘が私に訊ねた。

「べつにどっちでも」と私は答えた。

「でもここにはこう書いてあるわよ。『一般的に男はフェラチオの際に女が精液を飲みこんでくれることを好む。それによって男は自分が女に受け入れられたことを確認することができる。それはひとつの儀式であり認承である』って」

「よくわからない」と私は言った。(〈世〉下巻 p.234)

またしても「精液」である。それでもこの話はこれで終わるのだが、その後、〈私〉が彼女を連れて自分のマンションの部屋にいったん戻った際、彼女は「精液のことだけど、本当に飲んでほしくない?」としつこく訊ねてくる。〈私〉は結局、「今すごく君と寝たいと思っている」が、心の中でなにかが「今はその時期じゃない」と自分を押しとどめているからという理由で、彼女からの誘惑を押しのけるのだが、

「あなたが私と寝たがっているということについて、何か私が納得できるようなこと」を示してほしいと言われ、勃起しているペニスを見せることを余儀なくされている（下巻 p.248）。

こういったくだりに、僕は心底うんざりさせられる。

具体的な性交渉の描写それ自体ではないにしても、どれも（それこそ「メタファー」として）そこに直結するようなやりとりばかりだし、場面の運びがあまりに虫のいいものになっていることから、僕としては、「こうであったらいいのに」という村上自身の欲望をそこに重ねて見てしまわずにはいられないのである。そういう意味での「セルフポルノ化」は、この時点ですでに始まっていたどころか、早くも「大御所」並みの融通無碍《ゆうずうむげ》さを発揮していたとすら言えるのかもしれない。

そしてその傾向は以後の作品でもちょくちょく披露されるようになるのだが、そこには「萌え」という問題も密接にからんでくるため、具体的に論証するには節を改めたほうがよさそうだ。その前に、セルフポルノというテーマに関連させてもうひとつだけ指摘しておきたいことがある。

最新作〈騎〉に登場する「人妻のガールフレンド」は、三十六歳の〈私〉から見て六つ歳上の熟女だが、この作品には〈私〉と彼女との性交渉やその前後を描いた場面が非常に頻繁に挿入される。しかもそれらの場面を、村上が実に意気揚々《いきようよう》と（というのは一種の婉曲表現で、別の言い方をするなら「ノリノリで」）描いているのが、読んでいる側にはありありと伝わってくるのだ。

他の作品の主人公たちにとっての「人妻（歳上）のガールフレンド」たちと同様、彼女もまた〈私〉にとってほぼ性欲処理だけが目的の交際相手であることはすでに述べたとおりだが、彼女の場合はその位置づけが特に徹底しており、物語そのものにはほとんどまったく関与していない。せいぜい、〈私〉にとって谷をひとつ挟んだ隣人となる謎の男・免色渉《わたる》について、彼女自身が比喩的に「ジャングル通信」と呼ぶママ友同士の情報網を駆使してあれこれと探り、〈私〉に注進《ちゅうしん》する程度である。この人物が最初からまったく存在しなかったとしても、物語の大勢《たいせい》には一ミリたりとも影響しない。

それだけに、彼女の存在は「お色気担当」という意味合いを非常に強めたものとなっている。

その分、物語の制約を受けず自由に描けるのが楽しかったのか、村上は彼女と〈私〉の間でテレフォンセックスまで演じさせている。

ある日、めずらしく夜遅い時間に彼女から電話がかかってくる。〈私〉が不審に思ってなにかあったのかと訊ねると、彼女は今は一人で車の中にいて、携帯電話からかけているのだと明かす。

「車の中でひとりで何をしているの?」

「車の中でひとりになりたかったから。ただ車の中でひとりになっているだけよ。主婦にはね、そういう時期がたまにあるの。いけない?」

「いけなくはない。まったく」

彼女はため息をついた。あちこちのため息をひとつにまとめ、圧縮したようなため息だった。そして言った。「あなたが今ここにいるといいと思う。そして後ろから入れてくれるといいなと思う。前戯とかそういうのはとくにいらない。しっかり湿っているからぜんぜん大丈夫よ。そして思い切り大胆にかき回してほしい」（〈騎〉第1部 p.269）

〈私〉もこの誘いにあっさり乗り、二人はそれぞれに興奮を高めてオーガズムにまで達することになるのだが、僕が少々啞然とさせられたのは、彼女が衣服を脱いでいくさまを電話口で挑発的に描写するのに応じて〈私〉が十分に勃起した時点での以下のくだりである。


「どう、十分に硬くなったかしら？」と彼女は尋ねた。

「金槌《かなづち》みたいに」と私は言った。

「釘だって打てる？」

「もちろん」

世の中には釘を打つべき金槌があり、金槌に打たれるべき釘がある、と言ったのは誰だったろう？ニーチェだったか、ショーペンハウエルだったか。あるいはそんなことは誰も言っていないかもしれない。（〈騎〉第1部 p.270）

この箇所は、初期の村上春樹を思い出させる。たとえば『1973年のピンボール』＝〈ピ〉において、主人公〈僕〉が勤める翻訳事務所で事務の女の子と交わす以下のようなやりとりだ。

「何処に行くの？」

「ピンボールをやりに行く。行き先はわからない。」

「ピンボール？」

「そう、フリッパーでボールを弾いて……、」

「知ってるわよ。でも、何故ピンボールなんて……、」

「さあね？　この世の中には我々の哲学では推し測れぬものがいっぱいある」（〈ピ〉p.140）

あるいは、時期は少し下るが、〈ノ〉における以下の箇所を挙げてもいい。主人公ワタナベと緑との会話である。


「あなたのこと話してよ」と緑が言った。

「僕のどんなこと？」

「そうねえ……どんなものが嫌い？」

「鳥肉と性病としゃべりすぎる床屋が嫌いだ」

「他には？」

「四月の孤独な夜とレースのついた電話機のカバーが嫌いだ」（〈ノ〉下巻 p.210）

村上がこうした過剰に気取ったトーンを（いくぶん得意げに）駆使していたのはほぼ初期に限定されたことであり、中期以降はほとんど目に触れることがなくなっていた。まさか六十代も終盤にさしかかった年齢で発表する最新作でお目にかかれるとは思ってもいなかったが、人妻のガールフレンドと〈私〉との「自由な」性交渉を興《きょう》に乗って描いているうちに、筆が滑って先祖返りでも起こしてしまったのだろうか。同じように強烈な違和感を覚えるやりとりとして、以下のような例もある。〈私〉がいつものように人妻のガールフレンドを家に迎え入れ、激しい性交のせいで古いベッドが軋《きし》んだときのくだりである。

「我々はもう少し穏やかにそっと、ことをおこなうべきなのかもしれない」

「エイハブ船長は鰯《いわし》を追いかけるべきだったのかもしれない」と彼女は言った。

私はそれについて考えた。「世の中には簡単に変更のきかないこともある——君の言いたいのはそういうこと？」

「だいたい」

少し間を置いてから我々は再び、広い海原に白い鯨《くじら》を追い求めた。世の中には簡単に変更のきかないこともある。〈〈騎〉第2部 p.165〉

一応、蛇足《だそく》を承知の上で言わずもがなの注釈を入れておくが、「エイハブ船長」とは、ハーマン・メルヴィルによる十九世紀アメリカの大作小説『白鯨《はくげい》』で、捕鯨船ピークォド号を率いる船長のことである。

彼はかつて自分の片脚をもぎ取った、怪物のように巨大な白い鯨モビー・ディックへの復讐を果たすために、幾多の危険をも顧《かえり》みず大海を駆けつづけるのだ。

人妻のガールフレンドはそれを踏まえた上で、エイハブ船長がもし最初から鰯を追っていたのなら、そんな妄執《もうしゅう》に取り憑《つ》かれることもなかったはずだと言っている。しかしひとたび今の生き方を選んでしまった以上、彼が今さらそれを変更することはできない。そういうニュアンスで、自分たちの性交の激しさをユーモラスに表現しているわけだ。

しかし彼女は、『白鯨』やエイハブ船長について、こういう局面で自在に会話の中に織りこめるほどの知識を、いったいいつどこで身につけたのだろうか。

『白鯨』といえば、アメリカ文学史を語るに際して避けては通れない名作の扱いにはなっているものの、長大にして重厚、果てしなく続く鯨論議も遠慮会釈なく差し挟まれるたいへんとっつきにくい作品である（かく言う僕自身、二十数年前に義務感のみからどうにか一度読破したきりであることをここに告白しておく）。画家ながら読書や音楽などにも親しんでいてそれなりの教養があるらしい〈私〉はともかくとして、二人の娘を持つ普通の主婦であり、しかも（第1章で述べたとおり）「私と彼女とのあいだには共通する話題はあまり存在しなかった」と〈私〉自身が明言するような立場にあるはずのこの女性が『白鯨』を読んでいたとは、失礼ながらちょっと考えづらい。

この小説は何度か映像化もされており、グレゴリー・ペックがエイハブ船長を演じた一九五六年の映画は日本でも当時としては有名だったが、〈騎〉は現代の日本を舞台にした小説である（終盤で申し訳程度に言及される東日本大震災との関係から考えると、物語の舞台になっているのはおおむね二〇〇八年前後と推定される)。その時代の四十代の普通の主婦が、そんな古い映画を普通に観賞しているだろうかと考えても、やはり不自然さは否めない。

もちろん、作中で明示されていないだけで、彼女はもしかしたら大学時代に英米文学を専攻していたのかもしれないし、なんならメルヴィルで卒論を書くくらいのことをしていたかもしれない。しかしもしそうなら、彼女にそういう素養があることを、著者としてはいずれかのタイミングで読者に対して示しておくべきではないのか。それまでも、そしてそれ以降もなんの申し開きもないまま、このやりとりにおいてのみ彼女は、英米文学についての並々ならぬ教養を突如として当然のようにちらつかせ、対する〈私〉もそれを当然のように受けとめているのである。

この手の不自然さは、実は村上作品にはしばしば見られるものであり、それについては第4章であらためて詳述することになるが、ここで言いたいのは、そういった意味でのリアリティに対する配慮も見失ってしまうほど、このくだりを書いていた村上が乗りに乗ってしまっていたらしいということなのだ。

それ自体、僕には「暴走」のひとつの表れに見える。

まあ本人はこの場面をこのような形で書きたかった(彼女にこの局面でこの台詞を言わせたかった)のだろうし、それに対して本の形になるまでどうやら誰も口出しをしていない(少なくとも、その意見を本人に聞き入れさせることには成功していない)ようなのだから、外野である僕がどうこう言う問題でもないのだろうが、僕自身フィクションの書き手であるだけに、こうした設定上の不自然さというものにはどうしても目くじらを立ててしまうのだということはご理解いただきたいところだ。

3　先取りされていた「萌え」

さて、ひきつづき村上春樹作品におけるセルフポルノ的要素についての考察を進めるが、ここでは少し射程を伸ばして、いわゆる「萌え」の範疇に組み入れられるべき要素も視野に入れながら論を展開していくことにする。その際、それが直接的な性描写と関連しているかどうかは、必ずしも問わない。性描写がからんでいてもいなくても、突きつめればそれはセルフポルノ的な土壌《どじょう》をめぐる問題だと言うことができるからだ。平たくいうなら、「こうであればグッとくる」という村上自身の好みが反映されていると思われるかどうか、それが問題の焦点なのである。

本来はオタクと呼ばれる人々の狭い社会で使用されているスラングにすぎなかった「萌え」という語も、ここ十五年ほどの間にすっかり一般社会に浸透し、認知度を高めた感がある。しかし中には、こうした語彙に疎《うと》い読者もいるだろう。その便宜も考えてここであらためてこの語を定義するとしたら、「もっぱらフィクションの登場人物などの持つ特殊な属性に対して心をときめかせるその様態」とでもなろうか。

「〜に萌える」として活用する動詞としての用法もある。たとえば、『1Q84』＝〈Q〉のふかえりについて言及する際に比較対象として取りあげたアニメ『新世紀エヴァンゲリオン』を例に取るなら、「俺は綾波レイの無口な感じとあの声に萌える」（＝綾波レイというキャラクターの寡黙なたたずまいと、担当声優・林原めぐみによる囁《ささや》くような調子の声に触れるたびに、グッときて胸がときめく）といった使い方をする。

言うまでもなく、この「萌え」という概念は、広義でのコミック文化周辺（漫画のみならず、アニメ、ライトノベル、ギャルゲーなどをはじめとするゲーム等を含む）でこそ頻繁に用いられているものである。本書はサブカルチャー論ではないので深入りは避けたいところだが、村上作品に見られる「萌え」要素を論じるにあたって、この問題についての共通理解は必要不可欠であると考える。この概念を援用して村上春樹を語るということは、とりもなおさず、コミック文化と村上春樹作品の親和性を語ることでもあるのだ。したがって、「萌え」の一般的な意味合いについての論議に、今しばらくおつきあい願いたい。

「萌え」の対象となる登場人物の「特殊な属性」というのはさまざまだが、その多くは類型化されている。おおざっぱにいってそれは、外観と性格（あるいは行動様式）の二つに分かれると見ていいだろう。ここでは主として女性キャラクターについて例を挙げるが、外観とは、背が高いか小柄か、ぽっちゃりしているかほっそりしているか、髪はショートかロングか、その髪をツインテール（髪を左右で対《つい》になるように束ねた髪型のこと。現実の社会ではほとんど見かけないが、なぜかアニメなどでは非常に好まれる）にしているかどうかといったことで、性格あるいは行動様式とは、優等生タイプか、はすっぱな口をきく不良少女タイプか、物静かな文学少女タイプか、ときどき突拍子もないことを口走る天然タイプか、といった違いに現れる。

またそれと連動して、特に異性に対する態度の取り方に焦点が当てられる場合もある。「ツンデレ」と呼ばれる様式がその代表例だが、これは「普段はそっけなかったりけんもほろろな物腰だったりする（＝ツンツン）が、ふとした拍子に一転して過度に好意的（＝デレデレ）な面を見せたりする」ことを指しており、多くの場合、そのギャップに魅力があるとされている。

しゃべり方に見られる特徴が「萌え」の対象となることもしばしばある。「〜じゃねえよ」などと男のように乱暴な言葉づかいをする少女（むしろ現実社会でこそ、一定年齢以下の女性の多くが実質的にすでにそうなっているように見受けられるが、サブカルチャーの世界でそういうしゃべり方をする少女の存在は稀である）もいれば、同級生に対してすら「～はおやりになったのでしょうか」などと常にていねいな敬語を交えて話す少女もいる、といった具合である。

サブカルチャー作品の享受者たちの多くは、お気に入りのキャラクターたちの持つそうしたこまごまとした属性やそのコンビネーション（小柄でツンデレ、ショートヘアで天然、等）に心惹かれ、その姿に触れていたいがために続きを読んだりシリーズを追ったりしているのである。

ここまで読んですでにお気づきの読者もおられるかとは思うが、村上作品には、実はそういう意味での「萌え」要素に近いものが随所に見られるのだ。村上作品におけるセルフポルノ化の端緒として前節で取りあげた、『世界の終りとハードボイルド・ワンダーランド』＝〈世〉に登場する博士の孫娘の外観からして、「太っているが美少女、年齢に似合わぬピンクのスーツ姿」とかなりエッジの利いた描写になっており、すでにしてかなり「萌え」的である。

以下にいくつか例を挙げよう。

最初は、『ダンス・ダンス・ダンス』＝〈ダ〉に登場するホテル従業員の女性ユミヨシである。「ユミヨシ」というのは苗字であり、下の名前もあるはずだが、作中では一度も明かされず、主人公〈僕〉も彼女のことは最後まで「ユミヨシさん」としか呼ばない（〈Q〉の青豆にせよ、『国境の南、太陽の西』の島本さんにせよ、村上作品にはそういう例が目立つが、この問題については第4章で詳述する）。

ユミヨシと主人公〈僕〉の出会いは、札幌の「ドルフィン・ホテル」である。物語上の前作である『羊をめぐる冒険』＝〈羊〉で〈僕〉がガールフレンドとともに逗留《とうりゅう》し、「羊博士」に出会って山上の別荘を目指すきっかけになるホテル（通称「いるかホテル」）と同じ場所にあって名前も変えていないが、前回訪れてから五年の間に経営者が交代し、二十六階建ての近代的な高層ホテルに様変わりしている。ユミヨシはライト・ブルーのブレザーコートに紺のタイトスカートという制服を身につけてフロントで接客するスタッフの一人で、メガネをかけた若くきれいな女性として登場する。

かつてのこぢんまりとした「いるかホテル」やその支配人の消息《しょうそく》について訊ねても彼女は詳しいことは何も知らないのだが、職務中にこのホテル内で怪現象に遭遇したことがあり、〈僕〉が知りたがっていることとそれにはなにか関係があるのではないかと彼女は考えている。しかしここでは従業員が客と個人的に言葉を交わすことが規則で厳しく禁じられているため、彼女は別の機会を捉え、レンタカーの相談を受けている風を装って〈僕〉に声をかけてくるのだ。

「いいよ」と僕は言った。「僕がレンタカーの値段を君に訊いて、君がそれに答えてる。個人的な話じゃない」

彼女は少し赤くなった。「ごめんなさい。ここのホテル、すごく規則がうるさいんです」

僕はにっこりした。「でも眼鏡がすごくよく似合ってる」

「失礼？」

「その眼鏡が君によく似合っている。とても可愛い」と僕は言った。

彼女は指で眼鏡の縁をちょっと触った。それから咳払いをした。たぶん緊張しやすいタイプなのだろう。「実はちょっとうかがいたいことがあったんです」と彼女は気をとりなおして言った。〈ダ〉上巻 p.80）

特に緊張しやすいタイプではなくても、この状況でほぼ初対面の相手から藪《やぶ》から棒に「眼鏡が似合っている」などと言われれば、誰しも当惑するだろう。「規則がうるさい」ということに対して「でも」として続ける話でもなく、あまりにも唐突で、文脈的にも意味不明である。僕がユミヨシならこの時点で軽くキレているかもしれない。なにしろ、規則を犯してまで伝えたいことがあるという真剣な局面なのだ。

しかし村上作品に登場する女たちは、多くの場合、主人公のこうした歯の浮くような、そしてぶしつけと言ってもいい言動に対して非常に寛容であるばかりか、好意的ですらある。あまり寄り道している余裕はないので手短にひとつだけ例を挙げるなら、〈Q〉の終盤に描かれている以下のシーンはどうだろうか。

二十年ぶりの再会なった青豆と天吾の二人が、三軒茶《さんげんぢゃ》屋《や》から非常階段を伝って徒歩で首都高速に入ろうとしているくだりだ。かつて青豆がその非常階段で高速道路から地上に降りたときに、世界は月が二つある「1Q84年」に切り替わってしまったわけだが、おかげで天吾との再会も果たすことができた。ルートを逆に辿って首都高速に戻れば、世界ももとの正常な「1984年」に戻るはずだと青豆は信じている。ともにそれを成し遂げる伴侶《はんりょ》として、青豆は天吾を伴っているのである。

非常階段に至るまで、まずは梯子段を上らなければならない。しかし青豆は、高速から降りたときと条件を極力揃えるために、わざわざスーツにハイヒールという出で立ちを選んでいる。スカートは短くタイトである。そんな恰好で傾斜の急な非常階段を上れば、当然「スカートの短い裾は太腿のあたりまでずりあがって」しまう（この描写は前節で取りあげた地下世界における博士の孫娘の姿を思い出させ、これ自体にもセルフポルノ的要素がまといついていることがわかる）。そのすぐあとから、天吾がついていく。彼は青豆のスカートから覗くあらわな太ももを下から見上げていたはずである。

二人はようやく、高速道路の退避スペースに直接つながっているはずの階段の下まで行きつく。

「最初からこの階段を上るつもりでいたんだね」と天吾は尋ねる。

「そう。もし階段を見つけられたら、ということだけど」

「なのに君はわざわざそんな格好をしてきた。つまりタイトなスカートに、ハイヒールを履いて。こんな急な階段を登るのに向いた服装には見えないんだけど」

青豆はまた微笑む。「この服装をすることが私には必要だったの。いつかそのわけを説明してあげる」

「君はすごくきれいな脚をしている」と天吾は言う。

「気に入った?」

「とても」

「ありがとう」と青豆は言う。狭い通路の上で身を乗り出し、天吾の耳にそっと唇をつける。〈『BOOK 3』p.587〉

青豆の脚についての天吾の発言は、「たった今、下からその脚をたっぷり観賞させていただいたよ」と自ら明かしているようなもので、いくらこの二人の間柄とはいえ、少々微妙なのではないかと僕は思う(天吾が日ごろから露悪的なざれごとを言うタイプならまだしも、どちらかというとクソがつくほどまじめな男だということを考慮に入れるとなおのこと)。だいたい二人は、成人してからはついさっき初めて顔を合わせたところなのであって、そういう意味では初対面のようなものではないか。

第三者ながら僕はこの天吾の発言にかなり引く思いをしているのだが、それは逆に僕が第三者だからこそなのだろう。なにしろ青豆は、知らぬ間におなかに宿っていた新しい命を、なんの根拠もないどころかそう思うべき脈絡すらなく天吾の子だと最初から堅く信じてしまうような女なのだから、僕と同じ感じ方などするはずもないのだ。だから彼女はその言葉に引くどころか、単純に賛辞として喜び、返礼までしているわけだ。

何が言いたいのかというと、青豆のこの反応を思えば、〈ダ〉のユミヨシの反応はずいぶんそっけなく見えるのではないかということなのだ。もちろん、相手との関係性もその場の文脈も異なるわけだから単純な比較はできないにしても、村上作品に登場する女性なら、にやりとして「お客様、私の眼鏡をお褒めくださったところで宿泊料金に変化はありませんが」などとざれごとのひとつでも返しそうなところだ。ところが彼女は事実上、〈僕〉の発言を無視している。しかし、この態度にも意味がないわけではない。

ユミヨシは非常にきまじめで、さまざまな不測の事態にとっさに対応できない不器用な性格の持ち主として描かれているのだ。実際その後、〈僕〉がある程度ユミヨシと親しくなってから、無聊《ぶりょう》にかこつけてフロントで働く彼女の姿をしばらく目で追ってしまったあとで、彼女はわざわざ〈僕〉の客室に電話をかけてきて、「仕事中にあんな風に見られると緊張するのよ」と抗議したりしている。

また、〈僕〉がなんでもいいからユミヨシと話がしたくなって、フロントに立つ彼女につまらないジョークでちょっかいを出す場面でも、彼女は冷淡な対応をしている。


「何か御用でございましょうか？」彼女は電話を終えると僕に向かって丁寧に尋ねた。

僕は咳払いした。「実は昨日の夜、この近所のスイミング・スクールで女の子がふたり鰐《わに》に食べられて死んだっていう話を聞いたんだけれど、本当でしょうか？」と僕はなるべく真剣な顔をして口からでまかせを言った。

「さあ、いかがでしょう？」と精巧な造花のような営業用の微笑みを浮かべたまま彼女は答えた。でも目を見ると彼女が怒ってるのがわかった。頬が少し赤らみ、鼻腔が固くなったように見えた。「そういう話はわたくしどもはちょっと耳にしておりませんが、失礼ですが何かお客様のお間違えではございませんでしょうか？」（〈ダ〉上巻 p.185）

〈僕〉はなおもしつこくありもしないワニの襲撃の様子を即興で話して聞かせるのだが、彼女はまともに取りあわず、少ししてから「仕事中に変なことはしないでってこの前言ったでしょう」という怒りの電話が客室にかかってくる。

僕の目には、彼女の怒りはしごく当然のものに見える。〈僕〉は彼女の注意を無視したばかりか、彼のジョークは本当にくだらなくて、おもしろくもなんともないものだからだ（村上の主人公はときどきそのような、真底くだらないざれごとを口にする）。しかしこうした場面で怒りをあらわにするのは、村上の描く女性としてはむしろめずらしいケースなのである。

ところが一方で彼女は、ホテルで経験した怪現象について〈僕〉に明かす際、ホテルの近くでは話しづらいからといって少し離れたバーにわざわざ〈僕〉を呼び出し、ふたりで話しはじめるやいきなりうちとけた態度を取り（三言めくらいには、彼女はすでにタメ口《ぐち》になっている）、途中からはただの雑談にも積極的に応じて、あげく彼を一人暮らししているアパートに上げる寸前のところまで急接近してくる（ユミヨシのようなきまじめで堅いタイプの女性が初対面の男性に対してそこまで一気に警戒を解くのは、ほぼありえないことのように僕には思われるのだが）。

またその数日後には、休憩時間に制服姿のままふらりと〈僕〉の客室に一人でやってきて、「こんなところみつかったら、私クビになっちゃうのよ。ここのホテルってそういうことにすごく厳しいんだから」と（自分の意思で来ておいてなにやら非難がましく）言いながらも、自ら上着を脱ぎ、ベッドに座る〈僕〉の隣に腰かけて、〈僕〉の肩に頭を預けたりしている。〈僕〉はそれを、「彼女は疲れていて、何処かで休みたかったのだろう、と僕は思った。僕はとまり木みたいなものなのだ」とあっさり受けとめている（上巻 p.132）が、ユミヨシのようなタイプの女性が自らそんなことをするというのは、本来そうとう不自然な事態であるはずだ。

要するに、ユミヨシはかなり典型的な「ツンデレ」なのである。しかもメガネをかけている。サブカルチャーの領域では、「メガネをかけた若い女性」（ただし、容貌は優れていることが大前提）というのはそれ自体強力な磁場を形成し、一部の享受者の「萌え」心をがっちり摑《つか》んでいると言っていい。そういうキャラクターを指す「メガネっ娘《こ》」という語すらあるほどだ。

そんなユミヨシと、物語の終盤も迫る中、〈僕〉はついに結ばれることになる。いろいろな問題がどうにか片づき、これでようやくユミヨシとの関係を深めることができると思っている〈僕〉は気が急《せ》いている。夜中に例の制服姿で〈僕〉の客室を訪ねてきたユミヨシに、「なんて言えばいいんだろうな？　それは決まっていることなんだよ。僕は一度もそれを疑ったことはない。君は僕と寝るんだ、最初からそう思っていた」などとわけのわからない口説き文句を叩きつける〈僕〉（下巻 p.339）。ユミヨシはその説明に必ずしも納得はしないが拒みもせず、「見ないで」と言いながら服を脱ぎはじめる。肝腎なのはここだ。

彼女はゆっくりと服を脱いでいった。小さなきぬずれの音が続いていた。彼女はひとつ服を脱ぐと、それを畳《たた》んできちんとどこかに置いていているようだった。眼鏡をテーブルの上に置くかたんという音も聞こえた。とてもセクシーな音だった。（〈ダ〉下巻 p.340）

ここから結末までのわずか二十六ページの間に、ユミヨシが服を脱いでいちいちきちんと畳むというシーンが三回も描かれている。これから男と交わろうというときに示されるその几帳面《きちょうめん》さは少々滑稽《こっけい》でもあるが、彼女のきまじめな性格を効果的に表す（コミック文化的な文脈で捉えたところの）記号としては秀逸である。まさに「萌え」要素のかたまりではないか。

しかも彼女が脱いで畳む衣服は、常にホテルの制服である。なぜなら彼女は、「私はこの場所が好きなの。ここはあなたの場所であると同時に私の場所でもあるの。私はここであなたに抱かれたいの」と言って（下巻 p.344）、〈僕〉が滞在している間は事実上彼の客室から出勤し、仕事を終えればそこに戻ってくることになるからだ。都合がいいにもほどがある話だが、おかげで「ホテル内でホテルの制服を着た従業員と秘めごとを交わす」という（ポルノ的見地からいって）たいへん心踊るシチュエーションが実現している。

なお、〈僕〉はあるくだりでユミヨシについて「僕は彼女のいささか神経症的な喋り方やぴりぴりとした身のこなしが懐かしかった」と述べているが（下巻 p.185）、当世風にいえば彼女は神経症というよりむしろアスペルガー症候群などの発達障害を思わせるところがある。さまざまなルールで自分を律《りっ》していて、ものごとにしかるべき秩序を望み、予測不能な事態に機敏に応じるのが苦手である点などがそれに当たる（もちろん、たとえ性交渉をするときでも脱いだ服はいちいちきれいに畳む点も）。

しかしそれも結局、「きまじめでガードが堅い」という彼女の「キャラクター」をラノベ的に強調するための記号にすぎないのだ。本当に文字どおり「きまじめでガードが堅い」女性だったとすれば、ゆきずりの関係に近い〈僕〉との間でこれほど容易に性的関係に陥ることが、まして恐れている就業規則を犯してまで客室から出勤することを自ら選ぶなどということがありうるだろうか。

あくまで、「きまじめでガードの堅い彼女が自分のためにそこまでしてくれたのだ」という点を際立たせるために、そうした属性表示が必要とされているだけなのだ。そういう局面で生起する強力な意外性や反作用こそが「ツンデレ」の醍醐味《だいごみ》でもあるからだ（もっとも終盤のユミヨシは、少々「デレデレ」の相に傾きすぎているきらいがあるが）。

こうした要素に注目するかぎり、村上春樹の作法《さくほう》の一部は驚くほどサブカルチャー的である。両者がこれだけ近接しているということは、村上自身が意図的に、というのは一種の読者サービスとしてあえてそうした要素を取り入れているという可能性についても検討してみる必要がありそうだが、僕はそれに対して否定的だ。というのは、それをする動機が彼にあるとは思えないからだ。

たとえばライトノベルの作品はどのようにして成り立っているかを考えてみよう。「ライトノベル」をジャンル名称だと思っている人もいるようだが、それは違う。ジャンルとしては、恋愛、ミステリー、サスペンス、ホラー、ファンタジー、SFから不条理ものまで、ありとあらゆるものを含んでいると見ていい（実際、これは純文学かと見紛《みまが》うものも中にはある）。それが「ライトノベル」と呼ばれることを満たす要件は、多少乱暴な言い方をすれば二つだけだ――「電撃文庫」「角川スニーカー文庫」「集英社スーパーダッシュ文庫」といった特定のライトノベル専門レーベルから刊行されているかどうか、そして、なんらかの「萌え」要素があるかどうか。

実際、某ライトノベルレーベルの編集者から聞いた話では、彼は「何人か魅力的な萌えキャラを登場させてさえもらえれば、それ以外はいっさい問わない」という基本姿勢で編集に臨んでいるという（「萌えキャラ」というのは、なんらかのわかりやすい「萌え」属性を備えた登場人物のこと）。この発言にはもちろん誇張もあるだろうが、ラノベの世界ではそれだけ「萌え」が重視されていて、それ抜きには商品として成り立たないという認識が一般化しているということだろう。

ライトノベル作家がその要望に応《こた》えるのは当然だ。それはいわば商業的な「お約束」なのだから。しかし、純文学の雄《ゆう》たる（まして近年は毎年ノーベル文学賞受賞が期待されている）村上春樹に、いったい誰がそんなことを求めているというのか。第一、〈ダ〉が刊行された一九八八年はまだライトノベルの黎明《れいめい》期に当たり、コミック等も含めて現在のような「萌え」要素の記号化、類型化も確立していない（その原型に当たるものはすでにあったとしても）。

ユミヨシが今でいう「ツンデレ」や「メガネっ娘」に相当するのは単なる偶然であり、やはりそれは村上自身が個人的な「好み」に応じて「描きたくて描いた」ものだと見るのが妥当だろう。のちに様式的に整備されていく「萌え」要素を先取りしていたとは言えるかもしれないが、それは彼がサブカルチャーの領域でもてはやされるような「萌え」要素に反応する潜在的な素地《そじ》を当時から自身のうちに持っていた（そしてそれを自らの作品の中で表現した）ということしか意味していない気がする。そういう意味で、これはセルフポルノ的な文脈で捉えるべきことだと僕は考えるのである。

「萌え」要素という観点から見るなら、『ねじまき鳥クロニクル』＝〈ね〉に登場する加納クレタもまた、かなり際立った存在である。この女性キャラクターについてはすでに本書の随所で触れてきているので、ここではもっぱら「萌え」という概念に関連した部分についてのみ言及したい。

二十代前半のクレタは、「一九六〇年代初期的な外見を保持」する美しい女性として描かれている。髪型は「大統領夫人時代のジャクリーン・ケネディに酷似」しており、「黒い眉はペンシルでくっきりときれいに引かれ、マスカラが目元にミステリアスな影を作りだし」という具合だ（第1部 p.156）。作品の舞台となっている一九八四年（意味があるのかどうかは不明だが、〈ね〉の舞台も〈Q〉と同じこの年である）から見れば突飛《とっぴ》すぎてどこか現実離れしている（そしてどこか人形めいた）この外観からして、すでに「萌え」を帯びたアイコンとしての資格が十分にある。

そんなクレタだが、主人公・岡田亨に対しては初対面のときからなぜか信頼するそぶりを見せ、だしぬけに請われもせずに自らの苦難に満ちた半生記を語りはじめる（その長い話を披露することは、彼女の職務に微妙な形で関係しなくもないが、ほとんどはそれとは無関係なただの赤裸々な告白である）。そして亨と何度目かに会ったときには、第1章「3　イノセント化される性的逸脱行為」で詳述したとおり、綿谷ノボルが体の中に残した汚れを落としたいという理由で、亨に「肉体の娼婦として抱く」ことを懇願するばかりか、クレタ島でともに暮らす話まで持ちかけるに至るのである。

なんの変哲《へんてつ》もない平凡な少年である主人公に、魅力的な女の子がなぜか（というのは、客観的に納得できるいかなる理由も脈絡もなく）自分から接近してきたり好意を示したりするという流れは、サブカルチャーの世界では定番中の定番と言っていい。クレタの亨に対する行動様式はまさにそれに則ったものであり、そういう意味でも彼女はコミック文化に近しい存在なのだ。

しかし彼女の持つ「萌え」要素の最たるものは、なんといってもそのしゃべり方だろう。常時から「ひょっとして岡田様はクレタ島に行かれたことはありますか？」などと非常にていねいな言葉づかいをする女性だが、「意識の娼婦」として亨と性行為に及んでいるさなかでも、それは変わらない。

「何も考えなくていいんですよ、岡田様」と加納クレタは言った。「心配することなんて何もありません。大丈夫、みんなちゃんとうまくいきますから」

そして彼女は前と同じように僕のズボンのジッパーを外し、僕のペニスを取り出し、それを口の中に含んだ。〈〈ね〉第2部　p.39〉

亨が彼女を「肉体の娼婦として」現実に抱いたあとですら、彼女は（亨の背中に両手を巻きつけながら）「二人でクレタ島に行きましょう。私にとっても、岡田様にとっても、ここはもういるべき場所ではないのですよ」と同じ調子で話している（〈ね〉第2部 p.262)。「岡田様」というのは彼を「顧客」として意識している呼び方であり、こういう関係になってまでなおそれを改めないのは滑稽にも思えるのだが、彼女のこの口調は「萌え」属性のひとつなのだから、いかなる理由があっても変更はきかないのである（〈ダ〉のユミヨシが毎回律儀に服を畳んでから〈僕〉との性行為に及ぶのと同じように）。

この〈ね〉が刊行されたのは、一九九四年から一九九五年にかけてのことである。ライトノベルの隆盛をおおむね二〇〇〇年代以降のことと考えるなら、村上春樹はかなり早い段階から「萌え」のルールを知《ち》悉《しっ》し、自ら使いこなしていたと言うべきではないだろうか。

4 「萌え」要素満載のエキセントリックな少女たち

ところでライトノベルというのは、本来的には中高生を主要なターゲットとしたコンテンツである（実際には、当初の想定よりはるかに高いところまで年齢層は広がっているようだが）。したがって、作品はなんらかの形で学園ものの体裁を取ることが多く、その中で描かれる主要な登場人物たちもおのずとティーン層に限定されるのが一般的だ。「萌え」の対象となるのは、（男子向けのライトノベルであれば）まずもって十代の少女たちである。

そして村上春樹もまた、かなりの頻度で十代の少女たちを作中に登場させている。

前節でも取りあげた『世界の終りとハードボイルド・ワンダーランド』＝〈世〉における博士の孫娘（十七歳）、『ダンス・ダンス・ダンス』＝〈ダ〉に登場する女性写真家の娘ユキ（十三歳）、『ねじまき鳥クロニクル』＝〈ね〉で岡田亨を井戸に閉じこめる笠原メイ（十六歳）、『1Q84』＝〈Q〉のふかえり（十七歳）、そして最新作『騎士団長殺し』＝〈騎〉で主人公〈私〉の隣人・免色渉が自分の娘ではないかと思っている秋川まりえ（十三歳）の五人だ。

彼女たちを描いた部分がすべてセルフポルノだと言うつもりはない。主人公が少女と実際に性交に及ぶのは〈Q〉のふかえりのケースのみだし、主人公が少女に明瞭な性的関心を示すのも〈世〉における博士の孫娘のケースだけだ。しかし、長編小説全十四篇中の三分の一強を占める五篇もの作品でそうした少女たちを重要人物として描いている点、三十歳から三十六歳に及ぶ男性主人公たちと少女たちとの関係のあり方に端倪《たんげい》すべからざる共通点が認められる点（これについてはのちに詳述する）などから、ここにも村上自身の（性的なものかどうかはともかくとして）「好み」が顔を覗かせているということは疑いのないところだろう。

一人ひとりを追っているときりがないため、ここではできるだけ総覧《そうらん》的に見ていくことにするが、彼女たち自身にも共通点がある。それは、なんらかの意味で問題を抱えた、ひと癖もふた癖もあるエキセントリックな少女たちであるという点だ。

博士の孫娘は人懐こい性格だが、両親を事故で亡くしており、変人の祖父のもと一般社会から隔絶された環境で生きている。ユキは両親が離婚していて、奔放な母親との間にいささか歪んだ関係を結んでいることなどを背景に、非常に気難しく扱いにくい性格の少女（しかもいわゆる霊感が強いタイプ）として描かれている。笠原メイは、「人はいかに死ぬか」ということに妙な関心を持っており、それが原因でボーイフレンドをバイク事故で死なせてしまったという過去を持っているばかりか、学校生活にもなじめず、やがて高校を中退してしまう。ふかえりはすでに何度も言及しているように新興宗教団体教組の娘で、神がかりなところがあり、言語運用能力にも難《なん》がある。秋川まりえはその中では比較的穏健《おんけん》に育ったほうだが、幼くして母を亡くし、やや複雑な家庭環境の中で暮らしている。

この年ごろの少女は一般にただでさえ成人男性、それも中年をうっとうしがるところがあり（彼女たちから見れば三十歳以上の成人は十分に「中年」である）、その上本人が風変わりともなれば、普通は仲よくなるのがかなり困難であることが容易に想像されるのだが、村上の主人公たちには、彼女たちはなぜか実にすんなりと打ちとけ、なついていく。

もちろん、少々手こずるケースもなくはない。〈ね〉の〈僕〉は、いったんドルフィン・ホテルから引き上げる際、ユミヨシからの頼みで、行きがかり上、見ず知らずの少女であるユキを札幌から同じ飛行機で東京に連れ帰るはめになる。同行していた母親であるカメラマンのアメがあとさきのことを考えずに衝動的に行動するタイプで、ユキをホテルに残したまま自分は海外に渡航してしまい、娘を適当に家に帰してほしいとカトマンズからホテルに電話してきたというのだ（そもそもその理由づけにもかなりの強引さを感じるのだが）。

待ち時間や道中に〈僕〉はしきりと話しかけるが、ユキは取りつく島もない態度で、ろくに返事も返ってこない。しかし〈僕〉がめげずにコミュニケーションの努力を続けていると次第に口数が多くなり、羽田に着いて彼女を送りがてらイタリアンの店で夕食をふるまう頃には、彼女は〈僕〉のちょっとしたガールフレンドさながらにふるまうようにまでなっている（いやむしろ、〈僕〉が彼女をガールフレンドのように扱っていると言うべきか）。そして彼が車で彼女の家を目指そうとすると、「まだ帰りたくない」とごねて、さらに一時間、彼をドライブにつきあわせるなりゆきとなるのだ。

そういう意味では、ユキも立派な「ツンデレ」である。

そのドライブの間、自分のことをどう思うかとユキに問われた〈僕〉は、こう答える。

「君は僕がこれまでにデートした女の子の中ではたぶんいちばん綺麗《きれい》な女の子だよ」と僕は前の路面を見ながら言った。「いや、たぶんじゃない。間違いなくいちばん綺麗だよ。僕が十五だったら確実に君に恋をしていただろうね。でも僕はもう三十四だから、そんなに簡単に恋はしない。これ以上不幸になりたくない。（後略）」（〈ダ〉上巻 p.223）

〈僕〉に対してまず何よりも先に指摘したいのは、これは「デート」などではまったくないということだ。単に行きがかり上、ユキを家まで送る役目を仰《おお》せつかっただけではないか。もちろん〈僕〉は一種のざれごととしてそう言っているのだろうが、これに対してユキがただ「変な人」とそっけなく返しただけであることが、僕には不思議でならない。この年ごろの子どもたちは、異性関係にまつわる語彙の運用に対してきわめて厳格で神経質なのが普通だ。デートでもないものをデートなどと称されたら、多くの子は全力で否定しにかかるはずだ。せめてユキに「デートじゃないし。馬鹿じゃないの?」くらい言わせてしかるべきなのではないだろうか。

それはともかく、〈僕〉とユキの関係はこれで終わりにはならず、〈僕〉はその後もなにかと彼女のめんどうを見ざるをえない立場になっていく。注目すべきは、ユキの父親でアメの離婚した夫でもある作家の牧村拓《まきむらひらく》と面会したときに〈僕〉が言われる次のひとことだ。

「娘が君になついてる」と牧村拓は言った。「あれは誰にでもなつくわけじゃない。というか殆《ほと》ど誰にもなつかない。俺となんかろくに口もきいてくれない。(中略)家に籠って一人でやかましい音楽ばっかり聴いてる。問題児と言ってもいいくらいだし、実際担任の教師からはそう言われた。他人とうまくやっていけない。でも君にはなついてる。どうしてかな?」(〈ダ〉上巻 p.362)

あげくに〈僕〉は、ときどきユキの相手をしてまともな食事を与えてほしいと牧村に頼まれるばかりか、ハワイにいる母親にユキが会いに行くのに両親公認のもとで同行するなりゆきにすらなる。

牧村は経費の負担まで申し出て快《こころよ》く〈僕〉とユキをハワイに送り出すのだが、二人はアメのところに直行してそこに泊まるわけではなく、ホノルルのホテルに部屋こそ別だが一緒に逗留するのである。そういう条件で、中学生の娘をどこの馬の骨ともわからない三十四歳の男に預けることを了承する父親がいったいどの世界にいるのかと僕は心底疑わしく思うが、牧村に言わせれば、〈僕〉が「少女強姦するタイプでもない」ことは見ればわかるし、勘の鋭いところのあるユキがなついているなら信用できるというのだ。そうして〈僕〉は、「小さなビキニに身を包ん」だユキと二人、フォート・デラシーのビーチに寝転んで音楽を聴いたり、おたがいの背中にオイルを塗りあったりしてハワイでの一日目を優雅に過ごすのである（下巻 p.62）。

ちなみに〈ね〉にも、やはり「おそろしく小さなチョコレート色のビキニの水着」をつけた十六歳の笠原メイの姿が描かれている。近所に住むメイに電話で呼ばれて家を訪れると、彼女は庭に出したデッキチェアの上でそんな恰好をしているのである。「水着は小さな布を簡単な紐で結んだだけのもので、そんなものを着けて本当に人が水の中を泳ぐことができるものなのか、僕には疑問だった」（第2部 p.288）と亨は言うのだが、彼女たちのような歳ごろの女の子が、赤の他人である三十代の男に抵抗もなくそんなあらわな肌を見せることができるものなのか、それが僕には疑問だ。

まして背中にオイルを塗りあうなど、ユキの歳では恋人同士でさえハードルが高いのではないか。〈僕〉のユキに対する「ガールフレンド扱い」は、このあたりから少々度が過ぎてくる（のちのくだりで彼は、十三歳のユキにアルコール入りのピナコラーダを飲ませてすらいる）。書いている本人はノリノリだったのかもしれないが、このあまりの都合のよさには鼻白むばかりだ。

このハワイでの夢のようなバカンスは、ユキの父親である牧村の承認と援助があってこそ成立するものであるわけだが、少女と関わる村上の主人公たちは多くの場合、どういうわけかその少女の保護者に当たる人物からの信任をも容易に得ることになる。

〈世〉の孫娘の養育者である博士は、彼女が作ったサンドイッチのうまさは「純粋な才能のようなもん」だと褒めた主人公〈私〉に向かってこんなことを言いだす。

「そのとおり」と老人は言った。「実にそのとおり。どうやら私は思うに、あなたはあの娘のことを十全に理解しておられるようだ。あなたにならあの子は安心しておあずけできそうですな」

「私にですか?」と私はちょっとびっくりして言った。「サンドウィッチのことを賞《ほ》めたというだけでですか?」（〈世〉上巻 p.100）

〈Q〉では、ふかえりは教団を抜け出して、父親の旧友である元文化人類学者・戎野《えびすの》が奥多摩《おくたま》に構える古い日本家屋に身を寄せ、戎野の娘アザミとともに暮らしている。ふかえりの書いた『空気さなぎ』をリライトして発表する件について承諾を得るために、ふかえりに伴われて面会に赴いた天吾に対して、戎野はこう語る。

「君が書き直した『空気さなぎ』を私も読んでみたい。エリも君のことをずいぶん信用しているようだ。そんな相手は君のほかにはいない。もちろんアザミと私を別にすればということだが。だから

やってみるといい。作品は君に一任しよう。つまり答えはイエスだ」（〈Q〉「BOOK 1」p.268）

一方、〈騎〉の秋川まりえは、母親を亡くしてからは、父の妹である叔母・笙子《しょうこ》を母親代わりにしている。父親は妻の死後、まりえに興味をなくしてしまったので、事実上の保護者は笙子だと言っていい。まりえはもともと主人公〈私〉が講師を務める絵画教室の生徒だったが、彼女を自分の娘ではないかと考えている隣人・免色からの頼みでその肖像画を描くことになったのをきっかけに、〈私〉は叔母の笙子とも浅からぬ関わりを持つようになっていく。そして物語の終盤、まりえは突然失踪し、四日後に無事戻ってくるのだが、その間に何があったのかをかたくなに語ろうとしない。〈私〉に電話をかけてきた笙子は、こう言う。

「もしよろしければ、まりえと会って話をしてみてくれませんか？　二人だけで。あの子は先生にだけは、心を許している部分があるように私には思えます。だから先生が相手なら、何か事情を打ち明けるかもしれません」（〈騎〉第2部　p.432）

主人公たちと少女たちとの関係のあり方に見られる共通点というのは、このことである。つまり、「人にはめったに気を許さない少女が、主人公のことだけは容易に信用し、彼女の保護者もその事実を認めざるをえなくなる」という構図が、十代の少女が重要人物として登場する村上作品のほとんどすべてに共通しているのである。

それは彼らの一人ひとりに、少女たちの警戒心を解かせるようななんらかの共通の資質なり傾向なりがあるということなのかもしれない。しかし、その点をあえて掘り下げて考えてみる気にはなれない。「要するにそういうのが村上自身の〝好み〟なのだ」というシンプルな説明のほうが、よほど説得力があるように僕には思えるからだ。自分自身を投影した主人公たちにそういった少女たちをなつかせ、特別に親密なそぶりを示させたりすることで「萌え」ているのは、ほかならぬ村上自身なのではないかということだ。

村上作品で描かれるそういった少女たちの中で、「萌え」対象として最も突出しているのは、なんといっても〈Q〉のふかえりだろう。彼女とアニメ『新世紀エヴァンゲリオン』の綾波レイに多くの共通点があることはすでに第2章の「3　保護された純真としての〈世界の終り〉」でも述べたとおりだが、彼女には「萌えキャラ」としてさらに強力なフックがある。その特異なしゃべり方だ。

以下は、無頼《ぶらい》派の編集者である小松から小説『空気さなぎ』のリライトを一方的に命じられ、著者であるふかえり本人と会うためにしかたなく新宿の中村屋に赴いた天吾が、この風変わりな少女と初めて顔を合わせる場面である。ふかえりは二十分以上遅刻して現れるが、詫《わ》びもなく、挨拶すらないまままた向かいの席に座って天吾の顔を見つめる。彼女は「小柄で全体的に造りが小さ」く、奥行きのある目が印象的な、「写真で見るより更に美しい顔立ち」の少女として描かれている。

そしてようやく始まった会話の中で天吾は、自分が予備校で数学を教えているのを彼女がすでに把握していることを知る。

「スウガクがすき」

天吾は彼女の発言の末尾に疑問符をつけ加えてから、あらためてその質問に返事をした。「好きだよ。昔から好きだったし、今でも好きだ」

「どんなところ」

「数学のどんなところが好きなのか？」と天吾は言葉を補った。（〈Q〉「BOOK 1」p.86）

ふかえりのしゃべり方の特徴は、「修飾をそぎ落としたセンテンス、アクセントの慢性的な不足、限定された（少なくとも限定されているような印象を相手に与える）ボキャブラリー」と天吾自身がまとめている（「BOOK 1」p.84）が、いちばん特異な点は、「疑問符をつけずに疑問文を発すること」である。つまり、質問をするときに語尾を上げたりしない。それが疑問文なのかどうかは、文脈から判断するしかない。

天吾はじきに彼女のこの話法《わほう》に慣れるが、ときどきつられて彼自身が同じように疑問符をつけない疑問文を発するようになってしまう。たとえば、ふかえりが神がかり的な能力を使って、天吾が二十年間思いつづけてきた青豆は「すぐちかくにいるかもしれない」が「かくれている」と指摘したとき、二人の会話はこのように運ばれている。

「たとえば誰かに追われているとか」と天吾は言った。

　ふかえりは首をわずかに傾けた。わからないということだ。「でもいつまでもこのあたりにいるわけではない」

「時間は限られている」

「かぎられている」

「でも彼女は怪我《けが》をした猫のようにどこかにじっと身を潜めていて、だからそのへんをぶらぶら散歩したりするようなことはない」

「そんなことはしない」とその美しい少女はきっぱり言った。

「つまり僕は、どこか特別なところを捜さなくてはならない」

　ふかえりは肯《うなず》いた。(〈Q〉「BOOK 2」p.380)

　右の抜粋部分における天吾の台詞（漢字を含む部分すべて）は、本来疑問符をつけるべきセンテンスである。

　彼女のしゃべり方がこうなったのは、新興宗教団体さきがけ内部で起きたなんらかのできごとが原因とされている。ふかえりはもともと教祖である父親・深田保《たもつ》とともに、山梨の山中で運営されている閉鎖的なコミューンで生活していたが、七年前、なにかが起きて単身教団を抜け出し、戎野のもとに身を寄せたときには、無感動で誰とも口をきけない状態になっていた。この家で戎野の娘アザミとともに暮らす間に会話能力は格段に向上したものの、今なお言葉の運用に難がある状態を脱してはいない。

なお、ふかえりは先天的にディスレクシア（識字障害、難読症）という障害も抱えている。彼女が書いたとされる小説『空気さなぎ』も、実際には同居するアザミが聞き書きしたものだった。本人とのやりとりを通じて彼女の持つ障害に気づいた天吾は、「君が言ってるのはつまり、いわゆるディスレクシアみたいなことなのかな？」とすぐさま見当をつけており（「BOOK 1」p.177）、大学で教職課程を取ったときにその講義を受けたとも言っているが、この物語の舞台となったのは一九八四年である。天吾が大学生だった一九七〇年代の日本で、「ディスレクシア」という語が（仮に教職課程においてであれ）普通に流通していたかどうかはかなり疑問である。二〇〇三年にトム・クルーズがカミングアウトしたことでようやく世間一般での認知度が高まった障害ではないか。

単行本の〈Q〉の巻末には、「本作品には、一九八四年当時にはなかった語句も使用されています」との断りがあるが、それは「BOOK 2」に限定された話であり、そのただし書きが対象としているのは、おそらく天吾の父親に対して使われている「認知症」という語のことだと思われる（当時、実際にはそれは「痴呆症」「老人呆け」などと呼ばれていた）。「ディスレクシア」が使用されているのは「BOOK 1」だけだ。「BOOK 1」にも同じただし書きが必要だったのではないだろうか。

それはともかくとして、ふかえりの言葉づかいがたどたどしいことはディスレクシアとは無関係なようだが（そもそもディスレクシアはあくまで文字を識別する能力に不全がある状態を指しており、それは話し言葉も含む言語運用能力とイコールではない）、読み書きにも困難を覚える彼女は、天吾に手紙を書く必要が生じたときにも、カセットテープに肉声を吹きこみ、それを封入した封筒にただ「天吾」とだけ書いて郵便受けに投函《とうかん》していく。録音されている音声は以下のような調子である。

　このあいだへやにとめてくれてありがとう。そうするヒツヨウがあった。あなたのことをしるヒツヨウもあった。ホンをよんでくれてありがとう。ギリヤークじんにはこころをひかれる。ギリヤークじんはなぜひろいドウロをあるかないでもりのぬかるみをあるくのか。〈Q〉「BOOK 1」p.535)

「ヒツヨウ」や「ホン」などの漢語あるいは通常なら漢字で表記すべき部分をわざわざカタカナ表記にしているのは、ふかえりの片言《かたこと》めいた平板なしゃべり方の雰囲気を再現しようとしたものだろうが、どこか過度に幼児性を強調しているような印象も受ける。

　ひとこと断っておくが、彼女は十七歳の高校三年生であり、肉体的には十分に成熟している。しかも、天吾がその「美しい胸のふくらみに目をやらないようにするのに努力が必要」と言うほど胸の形もいい(「BOOK 1」p.372)。だから天吾は、その胸の形がくっきりと出ている薄い夏物のセーターを、『空気さなぎ』の新人賞受賞に伴って開催される記者会見の場にも着ていくよう本人に助言してすらいる(そうすれば記者たちも彼女の胸の形につい気を取られて、彼女の言葉づかいがおかしいことや、そういう彼女が『空気さなぎ』を書いたという事実に見られる不審さなどに注意を向けずに済ませられるだろうと見越して)。

そういう「胸の形のいい」十七歳の小柄な美少女が、どことなく幼く聞こえる不思議なしゃべり方で語りかけてくるのだ。ある種の嗜好を持った人にはそれこそ「萌え萌え」とでも言うべきたまらない魅力があるのではないだろうか（僕にはさっぱりわからないが）。

ふかえりの幼児性が過度に強調されている印象を受けるというのは、このしゃべり方やその表記のしかただけを指しているわけではない。しゃべり方がこうであることにはなんらかの病理学的原因があるようなのだからそれでいいとして、彼女は知能そのものに問題があるわけではない（むしろ標準より高い知能を持っている気配さえある）。精神的な発育が遅れているわけでもないはずだ。にもかかわらず、彼女はときにひどく幼女めいたふるまいをするのである。

天吾のアパートに初めて泊まった晩、寝つけずに午前二時過ぎになって寝床から出てきたふかえりは、「なにかホンをよんで」と天吾に要求する（「BOOK 1」p.454）。これはもちろん、ディスレクシアのある彼女には眠くなるまで自力で本を読むことが難しいからでもあるのだが（しかもこの時代にはDVDどころかビデオすら一般には普及していない）、そのさまは、寝る段になって父親に「なにかご本読んで」とせがむ幼い女の子の姿を連想させずにはおかない。

のちにふかえりがしばらく天吾のもとで寝泊りすることになってからは、著者はまるで居直ったかのようにいっそう幼児めいた色合いを彼女のふるまいにかぶせている。彼女は夜、天吾が貸したパジャマに洗面所で着替えて戻ってくるなり、「ベッドにはいったらホンをよむかおはなしをしてくれる」（これは例の疑問符のつかない疑問文であり、「おはなしをしてくれる?」と天吾に甘えているのである）と当然のような調子で言うのだ（「ＢＯＯＫ ２」p.265）。そしてその晩に、ふかえりは天吾の上に馬乗りになる。寝る前に「おはなし」をせがむような少女が、だ。

「萌え」対象としてのふかえりを描くことにおいて、村上が暴走していく様子が見えてくるようだ。

なお、最初の晩、天吾は迷ったあげく本棚からチェーホフの見聞記《けんぶんき》『サハリン島』を取り出し、ところどころを拾い読みしてやることに決めるのだが、ふかえりは黙ってそれに耳を傾けながら、折々にごく短い質問や感想を差し挟む。彼女が特に気に入ったのはサハリンの先住民族であるギリヤーク人についての叙述だったらしく、天吾が一節読み上げるたびに、以下のように感想を挿入するのだ。

「きのどくなギリヤークじん」とふかえりは言った。（〈Q〉「ＢＯＯＫ １」p.466）

「すてきなギリヤークじん」とふかえりは言った。（〈Q〉「ＢＯＯＫ １」p.467）

カセットテープに吹きこんだ肉声による私信の中にある「ホンをよんでくれてありがとう。ギリヤークじんにはこころをひかれる」というのはこのことを指している。これが愛らしいというのはわからなくもないのだが、こうしたふかえりのありように誰よりも「萌え」ているのは村上自身であるにちがいないという思いがおのずと湧きあがってくるせいで、このくだりは僕にとってほとんど正視に堪《た》えないものになっている。『サハリン島』からの引用が不必要に冗長に思われることも含めて、なんとも苛立たしい一節である。

ところが村上自身はふかえりというキャラクターがよほど気に入ったらしく、最新作〈騎〉に出てくる十三歳の少女秋川まりえにも、ふかえりと同じ「萌え」属性をいくつか持たせている。


黒い髪は流れるようにまっすぐ艶《つや》やかで、目鼻立ちは人形のそれのように端正だった。ただあまりにも端正過ぎるために、顔全体として眺めると、どことなく現実から乖離したような雰囲気が感じられた。客観的に見れば顔立ちは本来美形であるはずなのに、ただ素直に「美しい」と言い切ってしまうことに、人はなんとなく戸惑いを抱くのだ。（〈騎〉第1部 p.414）

これがまりえの外観だが、この描写は〈Q〉でふかえりを「美しい十代の少女の多くがそうであるように、表情には生活のにおいが欠けていた。またそこには何かしらバランスの悪さも感じられた」（「BOOK 1」p.83）、「きれいな形の胸だった。あまりにも端整で美しいので、そこからは性的な意味すらほとんど失われてしまっている」（「BOOK 1」p.375）と表現しているのと相通じるものがある。

しかしそれより何より、まりえについては、しゃべり方さえときどきふかえりと似通っていることに注目させられる。まりえは〈私〉の肖像画のモデルになる際は、叔母の笙子に付き添われて〈私〉の家を訪れ、〈私〉がスタジオでカンバスを前にまりえと向きあっている間、笙子は別室で本を読みながら待機していることになっているのだが、そうしたあるときのことである。

「あとでここに遊びに来てもかまわない」とまりえは最後に近くなって、小さな声で私にこっそり言った。語尾は断定的に響いたが、それは明らかに質問だった。あとでここに遊びに来てもかまわないかと、彼女は私に尋ねているのだ。（〈騎〉第2部 p.201）

どう見ても「ふかえり話法」である。そして実際にその後、夕方になってから、まりえは一人で〈私〉のもとにやって来る。彼女は、叔母である笙子と〈私〉の隣人である免色（まりえはそのことを知らないが、免色はおそらくまりえの生物学上の父親である）が親密な間柄になっている気配を感じ取り、そのことについてだれかに相談したかったのである。


「誰もいない」

「誰もいないよ」と私は言った。

「きのうは誰かがきていた」

それは質問だった。「ああ、友だちが泊まりにきていたんだ」と私は言った。

「男の友だち」

「そうだよ。男の友だちだ。でも誰かが来たことをどうして知っているの？」（〈騎〉第2部 p.205）

ここまでくるともはや、村上自身、これが秋川まりえであることを一時的に忘れ、ふかえりと錯覚したまま書きすすめているのではないかと本気で疑いたくなる。さらにこの会話のさなか、〈私〉はまりえにつられたように疑問符をつけない疑問文を連発している。


「君の叔母さんは免色さんの家に行って、彼と二人きりで時間を過ごしている」

　まりえは肯いた。

「そして二人は……どう言えばいいのか、とても親密な関係になっている」

　まりえはもう一度肯いた。そしてほんの僅かに頬を赤くした。「そう、とてもシンミツな関係になっているのだと思う」（〈騎〉第2部　p.210）

　このやりとりは、先に抜粋した（特異な話法に慣れてきた頃の）天吾とふかえりの会話と酷似してはいないだろうか。なお、このくだりでの「シンミツ」もそうだが、ほかにもまりえの台詞は、「ねえ、メンシキさんは叔母さんをユウワクしているんだと思う?」「もちろんセイシン的に」など、漢語的な部分がときどき意図的にカタカナ表記にされている。それもふかえりを思わせる。

　その後、まりえが行き帰りに使っている「秘密の通路」（彼らの住んでいるエリアは小田原の山中である）の手前まで〈私〉が彼女を送っている間、彼女は当然のように〈私〉の手を握ってくる。実はこれもふかえりと同じで、彼女は天吾と二度目に会ったとき、というのは、一緒に電車で奥多摩の戎野のところに向かう折なのだが、電車の中や乗り換えの際などになんの前置きもなく天吾の手を握っているのだ。一般常識の埒外《らちがい》で行動している神がかりなふかえりはまだしも、普通の中学生であるまりえが、三十六歳の他人の男の手を自分から握るというのはどうひいき目に考えても不自然でしかない。ふかえりへの「萌え」心を制御しきれず、まりえにもそうさせたい衝動を抑えられなかったのだろうか。

まりえとふかえりの共通点はこれに留まらないのだが、きりがないのでこの程度にしておこう。

それにしても、村上春樹は本当に「自由に」書いている人だなとつくづく思う。作中に「萌え」要素が見られるということにはだいぶ前から気づいてはいたし、いろいろと鼻についてもいたのだが、今回、こうして本格的に検証してみて、それが想像していたよりはるかに大きな規模に及んでいたことがはっきりとわかった。しかもそれらがことごとく、読者サービスというよりは自身の欲望の発露《はつろ》にすぎないらしいことには驚きを禁じえない。

もちろん、(著者自身がそれで「萌え」ているくらいなのだから)そうした「萌え」要素に結果的に満足し、まさにそれを求めて彼の作品を読みつづけている読者も一定数は存在するのだろうが、僕はもともと「萌え」になどほとんどまったく興味がないし、まして純文学作品にそれを求める気持ちなどさらさらないので、そういう要素はあっても雑音にしかならないのである。

次章では、そうした「雑音」として、これまでの論議では掬《すく》いきれなかった要素についての検証を試みていきたい。

第4章　駆動するオポチュニズム

1　複雑さと恣意性の間に

村上春樹作品の構えが目に見えて大きくなるのは、一九九四年から一九九五年にかけて発表された『ねじまき鳥クロニクル』＝〈ね〉においてだろう。本書執筆時点で三十八年に及ぶ村上の作家としての活動歴の中でおおまかにいって折り返し地点にあたる時期の作品であり、長編小説全十四作のうちでも八作目、ほぼ中央に位置すると言っていい。

構えが大きいというのは、物語構造が複雑である、善悪の相剋《そうこく》など形而上《けいじじょう》的な主題が見え隠れする、歴史上の事件などがサブプロットとして組み入れられている、といったことを指している。このうち善悪の相剋などに関しては、三作目の『羊をめぐる冒険』＝〈羊〉に早くもその萌芽が見られる（主人公〈僕〉の失踪した友人「鼠」は、一種の悪を司《つかさど》る「羊」なる超自然的存在に乗っ取られる）が、右記のような要素が揃い踏みで作品を彩ることになったのは〈ね〉が最初だろう。

そして以降に書かれた村上春樹の長編小説（特に分冊になるような長大な作品）は、多かれ少なかれこれと似た傾向を持つようになる。

それまでの村上は、一人称の〈僕〉もしくは〈私〉という一人の男性（『ノルウェイの森』＝〈ノ〉のワタナベ・トオルも含む）個人をめぐるよかれあしかれ卑小な世界を描くことを専《もっぱ》らにしていた。『世界の終りとハードボイルド・ワンダーランド』＝〈世〉は二つの異なる世界を描いた物語だが、その一方である〈世界の終り〉が、〈ハードボイルド・ワンダーランド〉側の主人公〈私〉の「無意識の核」であることを考えれば、これも窮極的には〈私〉個人の物語でしかない。

その村上が、〈ね〉を書く際に何を思ってその視座《しざ》を巨視《きょし》的なものに転じたのか、真の狙いは測り知れない。ただ単に、それまでの流儀に飽きたか、それに限界を感じて目先を変えたかったからにすぎないのかもしれない。それでも、刊行されたのが一九九〇年代のなかばであるという点は示唆的である。一九九五年三月二十日、オウム真理教による地下鉄サリン事件が発生する。村上がその被害者や関係者からの聞き書きをまとめたノンフィクションの大作『アンダーグラウンド』を発表するのは、その二年後である。

このおよそ村上春樹らしくない（と僕には思われた）著作の登場は、初期からの多くの読者を驚かせたのではないだろうか。村上自身がこれを「デタッチメントからコミットメント」、すなわち政治や社会のありように対するわれ関せず的な態度からそれに自ら関与していこうとする姿勢への転換であると宣言しているようだが、その点が僕にはどうにもしっくりと胃の腑《ふ》になじまない。本気で言っているのだろうか、ということだ。

第2章で詳しく考察した「当事者であることを回避しようとする姿勢」もまた、「デタッチメントのひとつの表れである。そこから脱しようと努める例外的な主人公たちの姿もいくつか見てきたが、いずれもその試みが成功しているようには見えない。それと同じように、村上が現実社会を脅かすアクチュアルな問題や、歴史を揺るがす動因となるような「大きな物語」をどれだけ自らの作品に反映させようとしたところで、根本的な部分でそれが作品世界と乖離してしまっているように思えてならないのだ。〈ノ〉のワタナベが「どこでもない場所」からかけた電話で緑に「世界中に君以外に求めるものは何もない」と言ったり、『色彩を持たない多崎つくると、彼の巡礼の年』＝〈色〉のつくるが沙羅に「君のことが本当に好きだし、心から君をほしいと思っている」と三度も繰りかえしたりするのがどこか上滑りして見えるように、作品の中における村上の「コミットメント」のしかたは、どこか空々しく、取ってつけたもののように見えるのである。

二〇〇二年には『海辺のカフカ』＝〈海〉が発表され、二〇〇六年にはそのチェコ語訳が刊行される。そして同年、村上春樹は、ノーベル文学賞に最も近いと言われるフランツ・カフカ賞を受賞している。彼のノーベル文学賞受賞への期待が例年取りざたされるようになるのは、それ以降のことだ。

彼のコミットメントへの転身は、そうした動きに向けての布石《ふせき》だったのだとは考えられないか。最終的な目標となるノーベル文学賞を意識して、戦争など歴史上のできごともからんでくるような善悪の問題、それをめぐるモラルの問題など、いかにも選考委員に受けがよさそうな普遍的な主題を意図的に取りあげつつ、新興宗教団体による未曾有《みぞう》のテロ事件に取材したノンフィクションなども手がけることで、そういうハードな（あるいは、村上春樹流にいうなら「タフな」）題材も視野に入れている作家であるということをことさらにアピールしようとしたのではないか。――そう考えるのは、あまりに悪意的に過ぎるだろうか。

僕がこのように言うのは、なにも彼がノーベル文学賞を今にも獲得しそうな形勢になっていることが妬ましいからでもなく、またそのこと自体にケチをつけたいからでもない。ノーベル文学賞の候補になるような要素が彼の作品にあるとしても、それが彼の作品の魅力の少なくとも核心なのだとは僕にはどうしても思えないからなのだ。

村上春樹というのは本質的にはノーベル文学賞を獲《と》るようなタイプの作家ではないし、村上春樹を村上春樹たらしめている最大の魅力がそこにあるとも思えないということだ。ノーベル文学賞を獲った作家だからといって、その人の書いた小説が「おもしろい」(あるいは「魅力的」)とはかぎらないと言いかえてもいい。実際の受賞作家について言うなら、J・M・クッツェーの小説はおもしろくても、同じ南アフリカの作家でありながらナディン・ゴーディマの小説がおもしろいとは僕には必ずしも思えない(示唆的で警句や啓発性《けいはつ》に満ちているとは思うけれども)。これはあくまで僕個人の好みに基づく見解だが、要するに権威ある賞を獲得しさえすればいいというものではないということが言いたいのである。

しかし〈ね〉以降、村上の真意がどこにあるにせよ、彼の作品は「構えの大きさ」をむやみに強調するような作風のものが標準になっていく。そして彼があえてそういう作品を書く場合に見られる問題点のほとんどすべては、その初っ端《しょっぱな》となった〈ね〉で早くも出尽くしている。それ以降の村上は、基本的には同じ過ちを、形を変えて繰りかえしているだけだと僕は考えている。したがって、ここでは〈ね〉を中心に具体例を挙げながら、後半の村上作品に見られる共通の問題点を指摘していきたい。

まずは、扱うモチーフがあまりにも多岐《たき》にわたっており、それに連動するように物語構造がむやみに複雑になっていること、しかもそれだけ複雑でなければならないことに明瞭な必然性が見出だせないことだ。

〈ね〉のナラティブは、おおむね以下のような構成で成り立っている。

以下で言及される登場人物や固有名・キーワード等について最低限の説明を先に施しておくなら、笠原メイは主人公・岡田亨の家の近所に住む十六歳の風変わりな少女、加納姉妹は占い師マルタと霊媒でもあるその妹クレタ、クミコは亨の妻、「宮脇家」はメイの家の向かいの古い涸れ井戸がある空き家、「屋敷」はその跡地にナツメグ（後述）があらたに建てた一軒家、「異世界のホテル」とは亨が井戸を経由してアクセスする世界に常に現れるホテル、綿谷ノボルはクミコの兄の経済学者（のちに政治家）、間宮《まみや》中尉は亨たち夫婦がクミコの父親の命でかつて定期的に話を聞きに行っていた占い師・本田が戦時中に満蒙《まんもう》国境で行動をともにした人物、「皮剝《は》ぎボリス」は間宮が戦時中に出会った残虐なロシア人将校、ナツメグは亨を自分の後継者として高給で雇い入れる心霊治療師、シナモンはナツメグの口がきけない美しい息子で、助手として働いている（この羅列《られつ》を見るだに、物語がいかに多くの要素で錯綜《さくそう》しているかが見て取れるだろう）。

⑴岡田亨の一人称による現在〈休職中の日常、笠原メイとの交流、加納姉妹とのやりとり、クミコの失踪、宮脇家の井戸、「屋敷」との往復、異世界のホテルでのできごと〉

⑵加納クレタの半生記〈肉体的痛みと不可分の生活、自殺未遂による痛みからの解放、肉体の娼婦の時代、綿谷ノボルに汚されたこと、意識の娼婦の時代〉

⑶間宮中尉の長い話〔満蒙国境での特殊任務をきっかけとした凄絶《せいぜつ》な体験、井戸の底で受けた啓示〕
⑷ナツメグの半生記〔満州から引き上げて以降の生い立ち、デザイナーとしての活躍、夫が惨殺されたこと、心霊治療の始まり〕
⑸ナツメグによる父・獣医の物語〔敗戦間際の旧満州国首都新京《しんきょう》の動物園での動物処分の一幕〕
⑹「真夜中の出来事」〔殺された父親をめぐる幼少期のシナモンの変容した記憶〕
⑺シナモンのコンピュータ・ファイル「ねじまき鳥クロニクル」〔ナツメグの父・獣医が目撃したかもしれないこと〕
⑻雑誌記事〔「屋敷」をめぐる謎に記者が肉薄〕
⑼笠原メイからの手紙〔高校中退後、山の中の寮で寝起きしながらかつら工場に通っていること〕
⑽間宮中尉からの長い手紙〔捕虜として送られたシベリアでの「皮剝ぎボリス」とのやりとり〕
⑾クミコからの電子メール〔兄・綿谷ノボルとクミコたち姉妹との関係をめぐる真相〕

思わず目を瞠るほどの多層性である。このうち最もウェートが大きいのは当然のことながら「⑴岡田亨の一人称による現在」なのだが、この部分も実際には単線的ではなく、一部には時制の入れ替えもあるし、回想が長々と挿入される箇所もあれば、異世界とのアクセスを通じて事実上相が変わっている部分もある。それがいっそう、ストーリーラインを複雑にすることに寄与している。

「⑶間宮中尉の長い話」と「⑽間宮中尉からの長い手紙」は叙述の形式が異なるだけで、事実上ひとつながりの物語である。この二つと「⑸ナツメグによる父・獣医の物語」、「⑺シナモンのコンピュータ・ファイル『ねじまき鳥クロニクル』」は、戦中から戦後にかけての大陸を舞台にした挿話《そうわ》であり、いずれも旧日本軍が関わる残虐性の高い場面を含んでいる。挿話としての独立性も高く、そこだけを切り取って読んだとしてもほぼ支障がないような形を取っている。

そして、それらを実際に独立した短編小説として読んだ場合、特に間宮中尉の物語は、非の打ちどころがないほどすばらしい。間宮が「タフな兵隊」といった語彙を当然のように使っている点が若干気になる程度で（村上が「タフ」という語を偏愛《へんあい》しているのはわかるが、〈ね〉の舞台は〈Q〉と同じく一九八四年であり、その時点で七十代だった老人がそんな言葉を普通に使うだろうか）、文章も緊密で隙がなく、描写も生き生きとしていて、物語も寓意《ぐうい》性に満ちている。

しかし一方では、まさにその独立性の高さ、そこだけを切り離して見た場合の完成度の高さこそが、ひとつの疑問を生起させるのだ。この物語がここに挿入されている必然性はどこにあるのか、という疑問を。それが〈ね〉という小説のその他の部分と有機的なつながりを持っているようには、僕は思えないのである。

もちろん、間宮がロシア人将校ボリスに突き落とされ、死に瀕しながらも啓示を得る満蒙国境付近の涸れ井戸は、亨がしばしば入りこむ「宮脇家」の井戸と重なるし、その井戸を通じて異世界にアクセスし、戻ってきた亨の右頰には、ナツメグの父親である獣医が持っていたのとそっくりな青あざが発生している（そして亨はまさにその青あざに注目され、ナツメグに心霊治療師としてスカウトされることになる）が、そんなつながりならあとづけでどうにでもなる。
作中で扱われるさまざまな要素は、一見まるでばらばらに拡散しているように見えるが、それらがたがいにどのように「結びついて」いるのかを、亨自身が整理しているくだりがあるので、抜粋しよう。なお以下でいう「客」とは、亨が心霊治療師として接しているクライアントのことである。

もうすぐ門が内側に向けて開き、シナモンの運転するメルセデス・ベンツが姿を見せるはずだった。彼はいつものように「客」を運んでくる。僕と「客」たちはこの顔のあざによって結びついている。僕はこのあざによって、シナモンの祖父（ナツメグの父）と結びついている。シナモンの祖父と間宮中尉は、新京という街で結びついている。間宮中尉と占い師の本田さんは満州と蒙古《もうこ》の国境における特殊任務で結びついて、僕とクミコは本田さんを綿谷ノボルの家から紹介された。そして僕と間宮中尉は井戸の底によって結びついている。間宮中尉の井戸はモンゴルにあり、僕の井戸はこの屋敷の庭にある。ここにはかつて中国派遣軍の指揮官が住んでいた。すべては輪のように繋がり、その輪の中心にあるのは戦前の満州であり、中国大陸であり、昭和十四年のノモンハンでの戦争だった。でもどうして僕とクミコがそのような歴史の因縁の中に引き込まれて行くことになったのか、僕には理解できない。それらはみんな僕やクミコが生まれるずっと前に起こったことなのだ。（〈ね〉第3部 p.285）

最後に亨が抱いている疑問は、僕自身の疑問でもある（そしてこの疑問に対する回答に当たるものは、この作品を最後まで読んでもどこにも書かれていない）。これらの結びつきのほとんどは、僕にはいたって恣意《しい》的なものに見える。ことに戦前の満州などがからむ部分に関しては、亨の生活する一九八四年の日本に強引に接《つ》ぎ木《き》されているという印象を否めない。

手を広げすぎて、またこうした強引な結びつきによって扱うアイテムを増やしすぎて、著者自身、収拾をつけられなくなっていたのではないかと疑われる節もある。終盤近く、異世界のホテルの客室で、失踪したきりのクミコと思われる人物と暗闇の中対面した亨が、その相手に向かって奇《く》しくもこう言っている。

「つまりね、今回の一連の出来事はひどく込み入っていて、いろんな人物が登場して、不思議なことが次から次へと起こって、頭から順番に考えていくとわけがわからない。でも少し離れて遠くから見れば、話の筋ははっきりしている。それは君が僕の側の世界から、綿谷ノボルの側の世界に移ったということだ。大事なのはそのシフトなんだ。（後略）」（〈ね〉第3部 p.457）

これは、村上自身の「自分ツッコミ」である可能性もある（村上はときどきこうして、登場人物の口を借りて、自らの描写や話の展開等に一定の留保をつけ加えているように見えることがある）。亨が言うとおり、〈ね〉というこの三分冊にも及ぶ複雑で長大な物語は、突きつめれば「亨が妻クミコをその兄綿谷ノボルから取り戻そうとする物語」にすぎないのである。その上に、あちこちから引っぱってきた異質な要素を三重にも四重にも巻きつけることで、なにやら歴史の陰に潜む人間存在の根幹《こんかん》が問われているかのようなたたずまいを呈してはいるが、この物語にそこまでの奥行きが（必然性を伴った形で）備わっているかというと、その点はおおいに疑問だ。

言うまでもないことだが、複雑であればあるほど深遠《しんえん》かつ高尚《こうしょう》ということにはまったくならない。複雑な形でしか提示できない主題や命題があることは事実だが、一方では意味のないむやみな複雑さというものもありうる。そして村上の後期作品に見られる複雑さは、ほとんどの場合後者なのではないかと僕は考えている。それはただ、読者の負担をいたずらに増しているだけなのだ。

もっとも村上自身、広げすぎてしまった大風呂敷を畳むのに苦労したのか、〈ね〉以降ここまで物語構造を入り組んだものにするのは控えているようだ。それでも、「本格長編」と銘打たれるような分冊になるほどの大作ともなれば、扱うモチーフが多すぎる点は変わらないし、その結果としていたずらに物語構造が複雑になっているという印象が必然的に付随《ふずい》してくる。

たとえば『海辺のカフカ』＝〈海〉では、カフカ少年の父である田村浩一＝ジョニー・ウォーカーを殺すナカタ老人が知的障害者になるまでの経緯（戦時中の子どもたちの謎の集団昏睡《こんすい》事件とそれに対する米国防総省の調査報告）などにそれが見られる。これもそこだけを切り離して見れば十分におもしろいのだが、本筋との接続のしかたに恣意的なものを感じずにはいられない。

ついでにいえば、これはまた違う問題かもしれないが、終盤近く、森の奥へ進んだカフカが旧日本軍の兵士二人に連れられて訪れる隠れ里（そこでカフカは、すでに死んでいるとおぼしい佐伯と遭遇する）が、

〈世〉で描かれた〈世界の終り〉そのものとしか思えないところにも、必然性という点から見てかなり疑わしいものがある。

なお、このときカフカを案内するのは、かつてこの森で対ロシア戦を想定した演習が行なわれた際、戻ってこなかったという二名の兵士であるようだ。彼らはなんらかの人知《じんち》を超えた力によって今もって存在しつづけているらしいのだが、それがなぜ、「旧日本軍の兵士」でなければならなかったのか。しかも彼らのうちの一人がカフカに向かって施す「銃剣の突き方」の講釈は、〈ね〉において新京でナツメグの父親である獣医が「中尉」から聞かされる話と酷似している。

「まず銃剣をぐさっと相手の腹に突き刺しておいてからだね、それを横にねじるんだ。そしてはらわたをずたずたに裂いてしまう。そうすれば相手はそのまま苦しんで死ぬしかない。(後略)」(〈海〉下巻 p.333)

「銃剣で的確に人を殺すには、まず肋骨《ろっこつ》の下の部分に突き立てて——つまりここです」、中尉は指で自分の腹の少し上あたりを指した。「内臓をひっかきまわすように深く大きくえぐり、それから心臓に向けて突き上げるんです。ただずぶりと突き刺せばいいというものではない。兵隊たちはそれを叩き込まれています。(後略)」(〈ね〉第3部 p.329)

「戦時中の大陸における日本軍」というのは〈ね〉では重要なモチーフのひとつだが、それ以降の作品でも折々に、なにかにかこつけては話をそっちへ持っていこうとする傾向が見られる。僕はそこに、「自分の得意なネタを披露せずにはいられない心理」のようものを見てしまう。その点は、最新作『騎士団長殺し』＝〈騎〉も例外ではない。

〈騎〉では、日本画家・雨田具彦《ともひこ》の描いた一幅《いっぷく》の絵が重要なアイテムとして登場し、それを中心に物語は旋回していく。自身も画家である主人公〈私〉は、美大時代からの友人であり雨田具彦の歳の離れた息子でもある政彦から、かつて父親が使っていた小田原の山中にあるコテージ風の家を格安の家賃で借り、そこに住みこんで画作を進めることになるのだが、その〈私〉が屋根裏で偶然見つけたのが、未発表であるその作品「騎士団長殺し」だったのだ。

くだんの絵は凄惨な殺人の現場を描いたもので、登場人物は日本の飛鳥《あすか》時代風の装束《しょうぞく》を身にまとっているが、〈私〉はそれがモーツァルトのオペラ『ドン・ジョバンニ』の冒頭で「騎士団長」がドン・ジョバンニに刺殺される場面の翻案《ほんあん》であることに気づく。やがてその絵の中で剣に刺し貫かれている年老いた人物、すなわち「騎士団長」とそっくりな見かけの、ただし身の丈《たけ》六十センチメートルほどの男が〈私〉の目の前に現れ、自らを「形体化」された「イデア」であると称してそれとなく〈私〉をしかるべき方向に導いていくことになるのだが（そのさまは、〈海〉において人格化されている形而上的観念「ジョニー・ウォーカー」や「カーネル・サンダース」と酷似している）、そのことはひとまず措いておく。

問題は、雨田具彦が『ドン・ジョバンニ』の翻案に託して真に伝えたかったものはなんだったのかということだ。雨田はもともとは洋画家志望で、一九三〇年代の後半にウィーンに留学していたが、その時代のオーストリアはまさにヒトラーのナチ政権が猛威《もうい》をふるっていた時期に当たり、一九三八年にはアンシュルス（ドイツによるオーストリア併合《へいごう》）が起きている。そのさなか、ナチ高官の暗殺計画を立てていたある地下抵抗組織が内通者の密告により壊滅させられた。雨田もそれに関わっており、しかも組織の一員である女性と恋仲だったが、事件後政治的配慮からただ一人処刑を免れ、日本に帰されたのだということがしだいに判明していく。そして〈私〉は、「騎士団長殺し」はそのとき果たされるべきだった高官の暗殺を描いたものだったのではないかと考える。

なるほど、今回の「ノーベル賞対策」はナチがらみか、とそのときは思ったのだが、そのわりにこの主題はそれ以上掘り下げられることもなくあっさりと物語の後景に退いてしまう。それがもう一度蒸しかえされるのは、〈私〉が政彦に連れられて伊豆の養護施設に雨田具彦を訪ねる折のことだ。

雨田はまだ存命だが、九十二歳と高齢で、ほぼ寝たきりである上に認知症が進行しており、息子の存在を正しく認識できているのかどうかすらはっきりしない（そのさまは、〈Q〉における千倉の療養所での天吾の父親と非常によく似ているのだが）。そして政彦が席を外している間に、〈私〉は身長六十センチメートルの騎士団長を、本人に命じられるまま、雨田の見ている前で刺し殺すことになる。自らがナチの高官に見立てて描いた「騎士団長」そのままのなりをした男が血に染まってことされるのを見届けたことで積年の無念が果たされたのか、雨田は「安らかに落ち着いた表情」を浮かべて平穏な昏睡の状態に入りこんでいく（〈騎〉第2部 p.325）。

意味ありげに登場したわりにはずいぶんあっけない最期を迎えることになる「騎士団長」にも拍子抜けさせられるのだが、それよりも引っかかるのは、ナチの扱い方が非常に皮相《ひそう》で、それこそ取ってつけたように見えることなのだ。

しかも、村上自身これでは物足りないと思ったのかどうかは不明だが、雨田具彦が抱えていたであろう「無念」には、高官暗殺未遂事件以外の要素もつけ加えられている。雨田がまだウィーンにいる頃、音大の学生だった弟の継彦《つぐひこ》は、徴兵されて南京《ナンキン》攻略戦（いわゆる南京大虐殺）に参加、除隊後まもなく（おそらくは戦争によるトラウマが引き金となって）自宅の屋根裏部屋で自殺をしていたのである。その事実も、雨田の絶望をいっそう深めていたというのだ。

「騎士団長」自身が、それをこのように表現している。

「そうだ。そのようにして雨田具彦は歴史の激しい渦の中で、かけがえのない人々を続けざまに失ってしまった。また自らも心の傷を負った。そこで彼が抱え込んだ怒りや哀しみは、ずいぶん根深いものであっただろう。何をしたところで、世界の大きな流れに逆らうことができないという無力感・絶望感。そしてまたそこには、自分だけが生き残ったという精神的な負い目もあった。（後略）」（〈騎〉第2部 p.314）

この台詞はばかに説明的だし、形而上的観念が人格化されたものとして人間的な感情を排したあくまでドライで中立的な立場を取りつづけてきたはずのこのキャラクターが言うことにしては妙に感傷的である点が違和感を覚えさせる。しかもそこで使われている語彙は、非常に常套《じょうとう》的なものばかりだ。雨田具彦という人物が体験したことの表層をなぞっているだけのようにしか見えないのである。

何より、南京大虐殺をまるでおまけのように付随させている点には、かなりの強引さや安易さを感じずにはいられない。「今回はナチで行く」と決めたのなら、ナチについてもっと突きつめてからそれだけを取りあげるべきだったのではないだろうか。そうでなければ、いっそ(得意分野である)「戦時中の中国大陸」に特化して、そこをさらに追求すべきだったように僕には思える。

そこまでやるなら、作中でたびたびそうした問題が扱われていても、それはモチーフの焼きなおしや再利用というよりこの人のライフワークのひとつなのだと納得できるからだ。今のままでは、「なにかハード(タフ)な題材も(ノーベル賞対策としては)必要だが、得意なのは中国関係だから、そのへんもついでにちょっと出しておくか」とでもいった安直きわまりない態度でそうしているように見えてしまうのである。

ついでながら、『アフターダーク』=〈ア〉には以下のようなくだりがある。主人公である大学生のマリが、たまたま中国語ができるからという理由で縁もゆかりもないラブホテルに連れていかれて、客の男にひどい目に遭わされた中国人娼婦との間の通訳を頼まれる場面である。彼女にそれを依頼するカオルは元女子プロレスラーで、現在はこのホテルのマネージャーをしている。

カオルは机の前の椅子に座り、ゆっくり首を振り、長いため息をつく。「こんな商売をしてるとさ、まあね、いろんなことがあるんだよ」

「日本に来て、まだ二ヵ月ちょっとなんだそうです」とマリは言う。

「不法滞在なんだろ、どうせ?」

「そこまでは聞いてませんけど、言葉からすると、北の方の出身みたいです」

「昔の満州の方か」

「たぶん」(〈ア〉p.60)

カオルの年齢は作中で明示されてはいないが、せいぜい三十代程度だと思われる。そしてこの小説の舞台は、現代の日本だ。それを思えば、右に掲げた「昔の満州の方か」というカオルの台詞はどう見ても不自然だし、唐突でもある。この女性は、ラブホテルのマネージャーながら戦時中の中国大陸について特別な関心を抱いてでもいるのか。それとも、(そうは思えないが)実際には八十代くらいなのだろうか。

村上のこうした姿勢も、一種のご都合主義であると僕は考えている。

ご都合主義というと普通は、たとえば主人公が窮地に立たされたとき、本人が予想をはるかに超えた能力を突如として発揮するとか、まったく思いもかけなかった方向からタイミングよく救いの手が差しのべられるなど、もっぱら話の展開をスムーズにするために都合のいい設定が取り入れられるようなことを指す。そういう意味でのご都合主義も村上作品には見られなくもないのだが(特に主人公が異性からの好意を獲得するような局面に関しては）、彼はどちらかというと、むしろ話をややこしくするために同じ手法を援用しているように見える。

重厚な歴史的事実や過剰とも思えるモチーフを恣意的に物語の中に組みこみ、作中で起きるできごとや登場人物たちの日常と強引に関連づけたり、しかもそれを（得意な）「戦時中の中国大陸」という素材に引き寄せたりして、結果として「もっともらしさ」を醸そうとするのも、ひとつのご都合主義なのではないかということだ。

ただし、「ご都合主義」というのはあまりに口語的だし、手垢《てあか》がついていてニュアンスが正確に伝わらない恐れもあるので、ここではかわりに「オポチュニズム」という語を採用したい。「日和見《ひよりみ》主義」「便宜主義」などとも訳される言葉だが、本書では、村上春樹が、話をスムーズに展開させるためとはかぎらず、自分にとって都合のいいように作中で特定のモチーフなどを恣意的に駆使するその姿勢のことを指していると考えてもらっていい。

それを踏まえた上で、話を再び〈ね〉に戻したいと思う。

2　事実を無制限に多層化する伝家《デウス・エクス・マキナ》の宝刀

『ねじまき鳥クロニクル』＝〈ね〉で顕在《けんざい》化したもうひとつの大きな問題点は、「事実の語り方」に無限の幅を持たせてしまったことにある。それが真に問題になるのはむしろこれに続く作品である『スプートニクの恋人』＝〈ス〉以降なのだが、そういうスタイルを村上が手に入れてしまったのはまちがいなく〈ね〉においてだ。

言うまでもなく、「事実」というのは本来、ひとつしか存在しない。しかしそれはあくまで客観的に見た場合の話だ。そして多くの場合、人は純粋に客観的な視点でものごとを見ているわけではない。その事実をどういう文脈に置いていかに解釈するかは個々人に委《ゆだ》ねられており、その時点でそれは個々人の主観に左右されるものとなる。事実として判明している部分に不足があれば、意識的にか否かを問わず、「こうであったかもしれない」という推測でそれを補っている場合もある。人が「事実」だと思っているものの多くは、そうした主観による干渉を受けたものなのだ。

だからといって、その主観が事実の事実性を損なっているとは必ずしも言えない。ものごとは見る角度によって見え方が変わるものだし、見え方の違いはそれを見る人の主観に直結するものでもある。ものごととの多義性というのはそこから発生するものだ。そして仮にある見え方が、特定個人の主観による大きなバイアスをかけられたものであったとしても、それは少なくともその特定個人にとっては、「ひとつしかない客観的な事実」と同じ、あるいはそれを超えた意味や力を持つものとなりうる。

そのことは了解している。また、そうした「見え方の違い」のあわいに漂うものをたくみに言語化しえているものこそ、すぐれた小説であると言うこともできる。しかし後期の村上は、そういう形で事実を相対化することにおいて、少々度を越したところがあるのではないかと思うのだ。「事実」の上に無制限に「仮説」（あるいは「メタファー」）を重ねあわせ、その両者を本質的に区別しない姿勢とでも言えばいいのだろうか。結果として事実は野放図《のほうず》に多層化され、事実の事実性は無限にぼやけていく。物語は、「なんでもアリ」を許容する構造になっていく。

村上のそうしたスタイルのいわば根拠となっている考え方は、〈ね〉に登場する女性心霊治療師ナツメグとその息子シナモンによって示されている（ちなみに二人のこの名も、本名ではない）。

主人公岡田亨を自らの心霊治療の後継者として雇う前に、ナツメグは同じレストランで週に一度か二度亨と顔を合わせ、その複雑な現況について話を聞くのだが、合間合間に自分の物語も話す。ただしそれは、彼女が実際に経験したこととはかぎらず、また記憶していたこととともかぎらない。あとから聞いた話や、まったくの想像で練りあげた部分も含まれている。

ナツメグは戦中、満州国の首都新京の動物園で主任獣医を務めていた父親のもとで暮らしていたが、日本の敗色が鮮明になった段階で、母親とともに日本に送りかえされ、父親とはそれが今生《こんじょう》の別れとなる。ナツメグの物語は、自分と母親が乗っていた佐世保《させぼ》に向かう輸送船でのできごとと、同じ時間に新京の動物園で何が起きていたかをそれぞれ同じくらいの精度で詳しく語るものだが、すでに別れている父親の経験したことを彼女が自分の目で見たり伝え聞いたりしたことはありえないにもかかわらず、彼女はその両者を区別していない。「彼女は自分の目で見た情景を語り、それと同時に自分の目では見なかった情景を語」るのである（第3部 p.128）。

今なお鮮やかに覚えているという新京の動物園についても、ナツメグはこう言っている。

「でもね、その私の覚えている動物園が本当に私の覚えているとおりの動物園だったかどうか、私にはなぜか確信がもてないの。なんと言えばいいのかしら、ときどきそれがあまりにも鮮明すぎるような気がすることもあるの。そしてそれについて深く考えれば考えるほど、その鮮明さのいったいどこまでが真実で、どこからが私の想像力の作りあげたものなのか判断がつかなくなってくるのよ。まるで迷宮に迷いこんだみたいにね。そういう経験ってあなたにはある?」（〈ね〉第3部 p.124）

彼女のこの資質は、息子のシナモンにも立派に受け継がれている。

小学校に上がる前のある晩、彼は夜中に目を覚まして窓の外に不思議な光景を目撃する（このくだりでは、彼はただ「少年」と呼ばれているだけだが、おそらくシナモンのことと思われる）。二人の男がやってきて、一人は木の上に登り、一人はその根方にシャベルで穴を掘ってなにかを埋めるのだ。それ自体が夢めいた情景だが、その後再び眠りに落ちた彼は、自分自身がその庭に出ていくさまを夢に見る。それが夢であることはわかっており、さっき見たものと自分の中で区別がついているのだから、さっきのはやはり現実だったのだと彼は考える。

しかし夢の中の彼は、先刻男がなにかを埋めた穴をシャベルで掘りかえしながら、不思議な思いに捉われている。

結局のところこれは夢なんだ、と少年は思った。ねじまき鳥とお父さんに似た木登り男は夢じゃなくて現実の出来事だったんだ。だからその二つのあいだにはきっと繋がりはないんだ。しかし不思議だな。僕はこうして夢の中で、さっき本当に掘られた穴を掘りかえしているのだ。となると、夢と夢じゃないものをいったいどうやって区別すればいいのだろう。たとえばこのシャベルは本もののシャベルなのだろうか、それとも夢の中のシャベルなのだろうか？（〈ね〉第3部 p.149）

こうして、自分が実際に経験したこととそうでないことだけでなく、夢と現実の区別すらあやふやなものになっていく。この母子はそういう流儀で、この世界とそこで起きるできごとを捉えていくのである。ナツメグは亨にも語った輸送船でのできごとと新京の動物園でのできごとを、シナモンにも幼いうちから繰りかえし語り聞かせていた。そのたびにシナモンが「物語の中に含まれる別の小さな物語」を、「その樹木の持つ違う枝について」を知りたがり、ナツメグがそれに応じて細部に肉づけをしていくうちに、物語はどんどん大きく膨《ふく》らみ、「二人だけの手で作りあげた神話体系のようなもの」になっていく（第3部 p.190）。

ところがシナモンは、六歳の誕生日を迎える少し前、突然口をきかなくなってしまう。医者にかかっても原因はわからず、かといって特別支援学校のようなところに通わせるのが正しいこととも思えなかったナツメグは、結局シナモンをいっさい学校には通わせないまま成人させることになる。「今では私にもわかっている。彼の言葉はその物語のある世界の迷路の中に呑み込まれて消えてしまったのよ」とナツメグは語っているが（第3部 p.191）、シナモンは言葉こそ話さないもののなんでも器用にこなし、コンピュータの扱いにも習熟している（この小説の舞台となっている一九八四年には、コンピュータはまだごく一部の専門知識を持った人間だけが使いこなせる特殊なデバイスだった）。

ある日、亨が偶然シナモンのコンピュータを覗くと、画面には〝あなたは今、プログラム「ねじまき鳥クロニクル」にアクセスしています〟というメッセージが表示されている。十六本ある文書からどれかを選択するように指示されてあてずっぽうに「＃８」を選ぶと、長い文章が綴られたファイルが開く。それはシナモンの祖父、すなわち獣医だったナツメグの父親の視点で書かれた物語で、亨がナツメグから聞いた新京の動物園をめぐる話の続きに当たる部分であるとわかる。

日系の指導教官二人を殺して脱走した満州国軍の士官学校の生徒たちを軍部がいかに処分したかを克明《こくめい》に綴ったその文章は、すべてをこの目で見届けたかのように細部まで詳細に編みあげられている。もちろん、シナモンがそれを実際に見聞したことはありえない。しかしいくつかの細部は、シナモンが知りえた歴史的事実に基づいている可能性はある。おそらくシナモンは、自分の存在理由を模索《もさく》するために、自分が生まれる以前の時代まで遡り、手の届かない過去の空白を埋めるためにこの物語を自分の手で作りあげたのだろうと亨は考える。

> そして物語の基本的なスタイルを、彼は母親の物語からそのまま受け継いでいた。それは事実は真実ではないかもしれないし、真実は事実ではないかもしれないということだ。おそらく物語のどの部分が事実でどの部分が事実ではないかということは、シナモンにとってはそれほど重要な問題ではな

かったはずだ。彼にとって重要なことは、彼の祖父がそこで何をしたかではなくて、何をしたはずかなのだ。そして彼がその話を有効に物語るとき、彼は同時にそれを知ることになる。〈ね〉第3部 p.344）

そうした物語のスタイルそれ自体を否定する気持ちは、僕にはさらさらない。シナモンがナツメグから聞いた話をもとに自ら再創造した祖父の物語は実に生き生きとしていて説得力がある。たとえそれが、祖父である獣医が実際に経験したこととは客観的事実のレベルで異なる点を多々含んでいたとしても、それを通じてシナモンがなにか重要な真理に触れることができたのであれば、その物語にはたしかなアクチュアリティがあるのだと言わざるをえない。

トルーマン・カポーティが『冷血《れいけつ》』で試みた「ノンフィクション・ノベル」という手法にも、それに近いものがあるだろう。カンザス州で実際に起きた一家惨殺事件を題材に、綿密な取材に基づいて加害者、被害者、関係者の心の深部にまで分け入った叙述は、カポーティの目を通して「再創造」された事実・現実であると言ってもいい。そこには当然、カポーティ自身の主観や想像が混入していただろう。「客観的事実」とは違っている箇所も細部ではあったかもしれない。だが結果として書きあがった作品がかくまで普遍性の高い物語になっているときに、いったい誰が「客観的事実との差異」などについて物言いできるというのか。

問題は、村上が〈ね〉において獲得したこのスタンスを、その後の作品において「濫用」としか言いようがない形で振りかざすようになっていくことなのだ。

自分が直接には知りえていない事実について、「こうであったかもしれない」と考えれば、それは「仮説」になる。また、あるできごとが起きたときそれは、構造的に似ている別の事象《じしょう》の「メタファー」であると言うことができる。そしてその別の事象が、少なくとも象徴的には実際に起きたのだと捉えることも可能になる。かくして「客観的な事実」と「仮説あるいはメタファー」は等価なものとして並置され、どんな荒唐《こうとう》無稽《むけい》なできごとも、生起する可能性が確率的にかぎりなくゼロに近いことも、村上作品の中ではやすやすと実現してしまうことになる。

それが悪い意味で最も目につくのは、なんといっても『海辺のカフカ』＝〈海〉だろう。

既述のとおり、この物語は、「おまえはいつかその手で父親を殺し、いつか母親と、さらには姉とも交わることになる」との予言を父親から突きつけられた十五歳のカフカ少年が、それから逃れようとしながら避けようもなく予言の成就に向けて歩を進めてしまう過程を軸に展開していく。

カフカはのちに毎日寝泊まりすることになる高松の甲村記念図書館を初めて訪れた際、女性館長である佐伯をひと目見るや好感を抱き、「この人が僕の母親だといいのにな」と思っている。現実の母親は、カフカが四歳のときに姉を連れて出ていったきりでその後の消息も知れないのだが、カフカは感じのいい中年女性を見るたびに「この人が母親なら」と考える癖がついてしまっているのだ。

言うまでもないことだけれど、佐伯さんがじっさいに僕の母親である可能性はほとんどゼロに近い。

しかしそれでも、理論的に言うなら、ほんのすこしは可能性がある。なぜなら僕は母親の顔も知らないし、名前すら知らないのだから。つまり彼女が僕の母親であってはならないという理由はないのだ。
(〈海〉上巻 p.67)

この思考方式と酷似したものが、〈ね〉にも見られる。

岡田亨はある日、間宮徳太郎《とくたろう》なる人物から突然の連絡を受ける。間宮はかつて亨が妻のクミコと話を聞きに行っていた占い師・本田と、戦時中、満蒙国境周辺での特殊任務で行動をともにしていた人物であり、最近本田が亡くなったので、その形見《かたみ》分けの品を配っているのだとわかる。旧軍では中尉だったというこの老人は、当地で経験したという凄絶なできごとを亨に詳しく語って聞かせるのだが、のちに心霊治療師ナツメグの息子シナモンのコンピュータファイルを通じてナツメグの父・獣医の物語に触れた亨は、その物語に登場する名前のない「中尉」(この人物は、脱走した満州国軍士官学校の生徒の処刑を部下に命じる)と間宮中尉とを同一視しはじめる。

間宮中尉もやはり同じ時期に新京の関東軍本部に勤務していた。しかし現実の間宮中尉は主計将校ではなく地図を作る部署に属していたし、終戦後絞首刑にはならずに(彼はなんといっても運命によって死を拒否されていたのだ)戦闘で片腕を失っただけで日本に戻ってきた。でも僕はその処刑を指揮した中尉がほんとうは間宮中尉だったのではないかという印象を、どうしてもぬぐい去ることができ

なかった。少なくともそれは間宮中尉であったとしてもおかしくはなかった。（〈ね〉第3部 p.346）

「否定しきれないなら、そういうことはありうる」という立場である。〈ね〉においてはまだ、「そうであったかもしれない」という純然たる仮説の範疇に留まっているそれが、〈海〉では「否定しきれないなら、そうである」という断定に近い形で語られていくことになる。

佐伯は恋人が殺された二十歳のときに失踪し、二十五年後に高松に戻ってきて甲村図書館の館長に収まるが、その間の足跡《そくせき》は謎に包まれている。自殺を図って精神病院に入っていたとか、結婚して子どもを作ったなど、断片的であてにならない噂がいくつか流れてきただけだ。東京で彫刻家・田村浩一と結婚し、カフカという息子を設けたのちにカフカを残して去っていくというできごとがその間にあったとしても、たしかに「おかしくはな」い。

カフカはまず、寝泊まりすることになった図書館の一室に夜ごと訪れてくる十五歳の佐伯の生き霊に恋し、それを通じて現在の五十代の佐伯にも惹かれていきながら、彼女が自分の母親である可能性を探っていく。しかし佐伯は、子どもはいるのかというカフカの質問に対して、「そのことについてはイエスともノオとも言えない」としか答えない（下巻 p.71）。

ところでここでひとつ余談を差し挟ませていただけるなら、"No"を「ノオ」と表記するのは村上の初期からの特徴のひとつである。現状、ほとんどの日本人がこれを「ノー」と表記している中で、村上がなぜ特異なこの表記にこだわるのか、理由はまったくわからない（原語の発音に忠実に書きたいということではあるまい。もしそうならそれはむしろ「ノウ」になるはずだから)。ただし、常に「ノオ」としているわけでもなく、〈ね〉や〈ス〉では「ノー」と表記している。それが〈海〉でまた「ノオ」に戻り、『アフターダーク』=〈ア〉以降は「ノー」、とかなり揺れがある。理由もわからず標準的でない表記は気になってしまうものなので、このまま「ノー」で定着させてほしいものである。

ともあれ、こうして佐伯から事実認定を拒否されてもカフカはひるまず、父親にかけられた呪い(=予言)のことを佐伯にも明かし、佐伯が自分の母親であるとする「仮説」も明かした上で、「仮説には関係なく」、「あなたを求めている」から自分と寝てほしいとかけあう。

「いずれにせよあなたは、あなたの仮説は、ずいぶん遠くの的《まと》を狙って石を投げている。そのことはわかっているわよね?」

僕はうなずく。「わかっています。でもメタファーをとおせばその距離はずっと短くなります」

「でも私もあなたもメタファーじゃない」

「もちろん」と僕は言う。「でもメタファーをとおして、僕とあなたとのあいだにあるものをずいぶん省略していくことができます」

彼女は僕の顔を見あげたまま、またかすかに微笑む。「それは私がこれまでに耳にした中ではいちばん風変わりな口説き文句だわ」(〈海〉下巻 p.115)

正直にいって、ここでカフカが何を言わんとしているのか、僕にはよく理解できない。「メタファーをとおす」というのは、ここでは「佐伯とカフカの関係を母子のメタファーとして捉える」、すなわち「佐伯とカフカが母と息子であるという仮説を経由する」という意味にしか取りようがない。佐伯が問題にしているのはまさにその「仮説」が立証可能性からあまりにも遠いということなのであって、それと実質的に同じものと思われる「メタファー」を振りかざしたところで、距離はまったく短くならないのではないか。

しかし僕は同時に、そのあたりを理詰めで考えてもあまり意味がなさそうだとも思っている。この作品は、右記のような調子で「仮説」あるいは「メタファー」という語を随所にちりばめ、事実の輪郭をあいまいにすることで、うやむやのうちに全体をもっともらしい文脈の中にくるみこんでしまうようなスタイルを旨《むね》としているからだ。

実際、「メタファー」もしくはその派生語としての「メタフォリカル」という語は、本作ではくどいほど頻繁に使われている。家出中のカフカのめんどうをなにかと見てくれる甲村図書館の職員・大島が、「世界の万物《ばんぶつ》はメタファーである」というゲーテの言葉を引きあいに出すことが最初のきっかけとなるのだが（上巻 p.183）、それ以降も二人の会話の中にはちょくちょくこれらの言葉が飛び交っている。

以下は、カフカが大島に連れられて図書館の近くのシーフードレストランでパエリアを食べているくだりである。

「いつかスペインに行きたい」と大島さんは言う。

「どうしてスペインなの？」

「スペイン戦争に参加するんだ」


「スペイン戦争はずっと前に終わったよ」


「知ってるよ。ロルカが死んで、ヘミングウェイが生き残った」と大島さんは言う。「でも僕にだってスペインに行ってスペイン戦争に参加する権利くらいはある」

「メタフォリカルに」

「もちろん」と彼は顔をしかめて言う。「四国からほとんど出たこともない血友病を抱えた性別不明の人間が、実際にスペインまで戦争しに行けるわけがないだろう」（〈海〉下巻 p.117）

少しあとで、佐伯に海辺に連れていかれたカフカは、スペイン内戦を題材に取ったヘミングウェイの小説『誰《た》がために鐘は鳴る』――というより、それを原作としたゲイリー・クーパーとイングリッド・バーグマン主演の映画を引きあいに出しながら、十五歳の中学生とはとても思えないこじゃれた会話を佐伯と交わす（この場面にかぎらず、カフカ少年は、いくら早熟で知識欲も旺盛《おうせい》だからといってこれはやりすぎなのではと思わざるをえないほど言葉遣《づか》いや物腰が不自然に大人びている）。以下はそれに続く部分である。


僕は彼女の肩に手をまわす。

君は彼女の肩に手をまわ、い、い、い、い、す。

彼女は君に身体をもたせかける。それからまた長い時間が流れる。

「ねえ知ってる？　ずっと前に私はこれとまったく同じことをしていたわ。まったく同じ場所で」

「知ってるよ」と君は言う。

「どうして知っているの？」と佐伯さんは言う。そして君の顔を見る。

「僕はそのときそこにいたから」

「そこにいて橋を爆破していたのね」

「そこにいて橋を爆破していた」

「メタフォリカルに」

「もちろん」（〈海〉下巻 p.123）

カフカ側の主語が「僕」から「君」に途中で切り替わっているのは、大学構内で惨殺された佐伯のかつての恋人がこの時点でカフカに（実際にというよりはおそらく「メタフォリカルに」）憑依《ひょうい》し、カフカの人格が二重化されているからである。つまりカフカは、この瞬間に「佐伯の恋人のメタファー」となったのだ。なお、「橋を爆破」云々は先述の『誰がために鐘は鳴る』を踏まえた意味のない発言なのだが、佐伯の側までカフカとそっくりな用法で「メタフォリカル」という語を使っていることには、かなりうんざりさせられる。

「メタファー」という言葉を使いさえすれば、誰にでもなることができるし、時空を超えていつでもどここでも存在することができ、どんな役割を担うことも可能になるのだとでも言わんばかりではないか。だとしたら、われわれは田村カフカという人物をいったい誰だと思って読み進めていけばいいのか。誰にでもなれるということは、裏を返せば誰でもないということだ。村上の駆使する「メタファー」は、そうして特定個人の特定性を揺るがしてしまうほど万能なアイテムとして縦横無尽《じゅうおうむじん》に作中を駆けめぐるのである。

カフカが自分の子どもである可能性については、その後も佐伯はぐらかしつづけ、最後まで確答を避ける。したがってその仮説は、「仮説として機能」しつづけることになる。そして終盤近く、あからさまに『世界の終りとハードボイルド・ワンダーランド』＝〈世〉の〈世界の終り〉を思わせる森の奥の隠れ里でカフカと再会した佐伯（この時点でおそらくすでに死んでいる）は、「遠い昔、捨ててはならないものを捨てた」ことを認める。何よりも愛していたものがいつか失われてしまうことを恐れ、自分の手でそれを「捨てないわけにはいかなかった」のだと（佐伯もこの語法を使うことで自己の責任に一定の留保を加えているようだ）。

「そしてあなたは捨てられてはならないものに捨てられた」と佐伯さんは言う。「ねえ、田村くん、あなたは私のことをゆるしてくれる？」

「僕にあなたをゆるす資格があるんですか？」

彼女は僕の肩に向かって何度かうなずく。「もし怒りや恐怖があなたをさまたげないなら」

「佐伯さん、もし僕にそうする資格があるなら、僕はあなたをゆるします」と僕は言う。

お母さん、と君は言う、僕はあなたをゆるします。そして君の心の中で、凍っていたなにかが音を立てる。(〈海〉下巻 p.382)

ゴシック部分は、カフカの空想上の話し相手である「カラスと呼ばれる少年」に視点が移ったものである。そしてここで果たされているのは、おそらく「メタフォリカルな」和解、「メタファーとしての」母と息子の間で成立した和解だろう。佐伯とカフカが事実として母子であるかどうかは、もはやなんの意味も持たなくなっている。そうであってもなくても、ここでカフカが佐伯を許すことで、佐伯とカフカの両方が救われることになるのだ。

村上はこうした描写を通じて「メタファーの力」のようなものを示したいのかもしれないが、はたしてそれが成功していると言えるだろうか。

カフカの父親が何者かによって刺殺された件についても、自分が手を下せたはずがないという物理的なアリバイがありながら、一定時間の記憶の欠落、血に染まったTシャツといった間接的な証拠の存在から、カフカはそれを自分がしたことかもしれないと考え、「僕は夢をとおして父を殺したのかもしれない。とくべつな夢の回路みたいなのをとおって、父を殺しにいったのかもしれない」と大島に語っている(上巻 p.352。このくだりは、『色彩を持たない多崎つくると、彼の巡礼の年』=〈色〉で、つくるが浜松で一人暮らししていたシロを殺したのも自分かもしれないと考えるのと非常によく似ている)。

また、カフカが一方的に「姉かもしれない」と思っていた美容師のさくらを夢の中で犯したことは、第

3章の「1　反復される『遠隔性交』のモチーフ」で述べたとおりだが、それについてもカフカはのちに「僕はさくらを犯したりするべきではなかったのだ。たとえ夢の中であれ」と悔悟している（下巻 p.282）。夢、仮説、メタファー――どう呼んでも同じだ。とにかくそうした、現実とは異なる軸の上に存在するものが、カフカの中ではすべて現実と同等のものとして扱われていることがわかる。かくしてカフカが父親に突きつけられた「父を殺し、母親と姉と交わる」という予言はすべて（メタフォリカルに）成就されてしまったことになるわけだが、それを通じていったいカフカはどこに辿りついたというのだろう。

　こうした語りのスタイルは、虚実の境目を溶解させ、物語を物語たらしめる定点《ていてん》を消失させる結果しか生み出していないように僕には思える。それは結局、何も語っていないに等しいということだ。それが「メタファーの力」を暗示しているとは、僕には思えない。

　同じように仮説（あるいは想像）を積みあげることで成り立っているものでありながら、〈ね〉のナツメグによる輸送艦と獣医の物語に、そしてそれをさらに精緻《せいち》にしたシナモンによる獣医の物語に説得力があるのは、仮説は仮説なりに（つまり、それが事実とは異なっているかもしれないとしても）、彼らが「これはこうだ」と明瞭に定点を定めて読者をそこに導いているからにほかならない。

〈海〉における村上の語り口には（ナツメグとシナモンによる物語を書いているのも村上自身であるわけだが）、それがない。定点はメタファーやら仮説やらによって多層化された現実の狭間に消え、読み終えたあとには、なにか体《てい》よくまるめこまれてしまったかのような印象だけが残る。後期村上作品において、仮説またはメタファーはほとんど常に一種のデウス・エクス・マキナ（機械じかけの神。ギリシア悲劇などで、事態の収拾が困難になった局面で現れ、ものごとを鮮やかに解決に導く神のこと）として濫用されているように見えるのである。それもまた、村上一流のオポチュニズムの表れではないだろうか。

『1Q84』＝〈Q〉が、「性交を経ずしておなかに宿ったこの子は天吾の子にちがいない」という青豆の仮説（なんの根拠もないそれは厳密には仮説ですらなく、客観的には青豆個人の偶発的な思いこみにしか見えないのだが）を軸に大きく展開していく物語であることはすでに述べたとおりである。そしてそこで描かれた「遠隔性交による受胎」という同じ現象が『騎士団長殺し』＝〈騎〉でも描かれ、主人公〈私〉の思いが離れたところにいる妻ユズを「ひとつの仮説として」妊娠させた、という珍妙きわまりない説明が平然と下されることになるのである（第4章の「1　反復される『遠隔性交』のモチーフ」参照）。

〈騎〉ではほかにも、「我々の人生においては、現実と非現実の境目がうまくつかめなくなってしまうことが往々にしてある」（第1部 p.304。免色の台詞）、「これはあるいは現実ではないかもしれない、しかし夢でもないのだ」（第1部 p.356。「騎士団長」の出現に際しての〈私〉の反応）、「何が現実であり何が現実でないのか、だんだん見極めがつかなくなっている」（第1部 p.425。免色の家に招待された帰り道の〈私〉の心のつぶやき）などと、現実の輪郭を故意にぼやけさせるような叙述が折々に差し挟まれている。読んでいてそういうセンテンスが出てくると、「ああまたか」という辟易の念を禁じえなくなる。

しかし〈騎〉で最も違和感を覚えるのは、クライマックスに当たる〈私〉の地下世界での「試練」である。ことの発端は、〈私〉の肖像画のモデルでもあった秋川まりえ（第3章で触れた、〈Q〉のふかえりと似たしゃべり方をする十三歳の少女）が突如行方をくらましたことだ。どこかで危険な目に遭っているかもしれないまりえをどうすれば救い出せるかと「騎士団長」に相談した〈私〉は、以後、「騎士団長」の指示や暗示に従う形で、まりえ救出というミッションに乗りだしていくことになる。

「騎士団長」は、まりえの行方を知っているのは〈私〉自身であり、自分でそれを自覚していないだけなのだという謎かけのようなことを口にしつつ、ある提案をする。


騎士団長は言った。「諸君が諸君自身に出会うことができる場所に、諸君を今から送り出すことができあたしにはできる。しかしそれは簡単なことではあらない。そこには少なからざる犠牲と、厳しい試練とが伴うことになる。具体的に申せば、犠牲を払うのはイデアであり、試練を受けるのは諸君だ。それでもよろしいか？」（〈騎〉第2部 p.307）

イデアの形体化としてのこの矮人《わいじん》はこのように風変わりな話し方をするのだが〈彼の言う「諸君」は「君」、つまりここでは〈私〉のことである〉、ここで言う「犠牲」とは「騎士団長」自身が殺されること、「試練」とはそれに続く〈私〉の冒険のことを指している。自分を殺せという命令に〈私〉は当然躊躇を覚えるが、「秋川まりえを取り戻すには、諸君はどうしてもそれをしなくてはならないのだ」と説かれ、包丁で「騎士団長」を刺殺することになる。これが、前節でも取りあげた、雨田具彦の眼前での〈私〉による「騎士団長殺し」である。

それには雨田の積年の無念を晴らすという意味合いもあったはずであり、そのことがどうして、雨田とはなんの関わりもないまりえを救い出すことにつながるのか僕にはさっぱりわからないのだが、とにかくこうして「騎士団長」を殺した〈私〉は、続いて現れる「顔なが」なる矮人（彼は「イデア」と称する「騎士団長」とは異なり、自らを「メタファー」であると言うのだが、彼がどういう意味でなんのメタファーなのかは最後までわからない）の導きで地下世界に通じる〈メタファー通路〉に向かっていく。

そこで描かれる地下世界が、〈世〉で描かれたやみくろが支配する地下の領域と酷似していることはすでに述べたとおりだが、ここで死んだ妹コミチの助けも借りながら文字どおりの試練をくぐり抜けた〈私〉は、どういう経路を伝ってか、自分の家の裏手の密閉された石室（井戸のような穴）の中に転がり落ちる。やがて隣人である免色の手で〈私〉がそこから救出されたときには、まりえは無事に自宅に戻っている。つまり、「騎士団長」が言ったとおり、彼はその体験を通じてまりえの救出に成功したのだ。少なくとも、そう読めるように物語は書かれている。

しかし、失踪していた四日の間、まりえがどこで何をしていたのかを知ると、〈私〉のその試練にはいったいなんの意味があったのかと首を傾げざるをえなくなる。まりえは、なんのことはない、免色の家にこっそり忍びこんで、出られなくなっていただけなのだ。すでに何度か述べたとおり、免色はまりえを、別れた恋人と自分との間にできた娘だと考えており、その彼女の動向を探りたい一心で、秋川家と谷を挟んで向かいあう家を購入し、そこから高性能な双眼鏡でまりえの家を見守ったりしていた（免色のその行動は、どこか『グレート・ギャツビー』のジェイ・ギャツビーを思わせる）。まりえはそれに勘づいており、理由が知りたくて免色の家への潜入を敢行《かんこう》したのである。

無人の邸宅内であれこれ探っているうちに免色が戻ってきてしまい、それきり出ていく機を捉えかねて四日も過ぎてしまっただけで、まりえはその間、洗面所も冷蔵庫もあり、非常食のストックもある地下二階のメイド室で人知れず寝起きしていた。そしてチャンスを見極めてそっと抜け出してきたというだけの話なのだ。なにも〈私〉が地下世界で、襲いかかってくる「二重メタファー」を振り払いながら狭い通路に這いつくばって恐怖と戦ったりしなくても、まりえが自力で免色の家を出ていくことは遅かれ早かれ可能だったのではないだろうか。

もっとも一度だけ、まりえは危機的な状況に陥っている。なぜか女物の衣服ばかりがきれいに整理した上で格納されているクローゼット（まりえはそれを知らないが、その衣服はおそらくまりえの母がかつて身につけていたものである）に身を潜めているとき、だれかが部屋に入ってきて、クローゼットに近づいてくる気配を感じるのだ。ときどき現れて助言を施す「騎士団長」の「イフク（衣服）が諸君を守ってくれる」という言葉を信じてただ息を殺していると、そのだれかは去っていく。

「騎士団長」によればそれは「免色くんであると同時に、免色くんではないもの」であり（第2部 p.485）、おそらく免色の中の、本人も自覚していない邪悪な部分を指しているのだと思われるが、自分の娘だと思っているまりえに対して免色がいったいどんな邪悪な意図を持ちうるのか、そこもピンとこない（免色のものごとへの執着のしかたにはたしかに尋常でないものが感じられはするが）。

何より、この四日間のまりえの動向と、それと並行して〈私〉が体験した試練とは、あまりにも恣意的に結びつけられているように思えてならないのだ。地下世界はおそらく〈私〉自身の内的世界であり、そこに登場するものはいずれもなんらかの意味での「メタファー」にはちがいないのだろうが、そこで彼が何と闘って何を勝ち取ったのか、そのことがまりえの救出とどう関係するのかがまったく見えてこないせいで、それは単なる「メタファーのためのメタファー」にすぎないように見えてきてしまう。

作中でメタファーを駆使するなとは言わない。しかしいやしくもそれをするなら、そのメタファーはなんらかの普遍的な主題をなぞるものであるべきではないのか。表徴するものも存在しないメタファーは、作品世界にもっともらしさを添える飾りにしかならない。仮説やらメタファーやらに淫《いん》しすぎて、村上は暗喩《あんゆ》の迷宮の中に迷いこんでしまっているように見える。

3　女たちに好かれる僕たちの成功、そして自己愛

村上春樹が作中に横溢させるオポチュニズムのうち、普通の意味での「ご都合主義」に最も近いのは、おそらく多くの主人公が実に容易に異性の好意を獲得していることに現れる展開の都合のよさだろう。なお、村上の主人公というのは、『1Q84』＝〈Q〉の青豆などのわずかな例外を除けば、基本的に男性である。

それがわかりやすい形で描かれている例としては、たとえば『羊をめぐる冒険』＝〈羊〉における以下のようなくだりが挙げられるだろうか。主人公〈僕〉は、広告の仕事で偶然目に触れた耳の写真に魅了され、カメラマン経由でその耳のモデルとなった女性の連絡先を手に入れて食事に誘い出す。耳を隠す髪型

で現れた彼女に、〈僕〉は「どうしても君の耳が見たかった」のだと言って、そのどこに魅力を感じているのかを語る。

「ねえ」と長い沈黙のあとで彼女が口を開いた。「私たちはお友だちになった方がいいと思うの。もちろんあなたがそれでよければの話だけど」

「もちろんいいさ」と僕は言った。

「それも、とてもとても親しい友だちになるのよ」と彼女が言った。

僕は肯いた。

そんな風にして、我々はとてもとても親しい友だちになった。はじめて会ってから三十分しかかからなかった。（〈羊〉上巻 p.58）

それからまたひとしきり、二人はこじゃれた会話を交わすのだが、やがて彼女は、普段は出さないようにしているという耳を「あなたのために」出してもいいと言って、その場で髪を束ねて耳を露出させてみせる。「耳を開放した状態」と彼女が言うそれは想像を絶する美しさで、〈僕〉は圧倒されてしまう。

彼女はバッグからはっか煙草を出して口にくわえた。僕はあわててライターでそれに火をつけた。

「あなたと寝てみたいわ」と彼女は言った。

そして我々は寝た。（〈羊〉上巻 p.67）

なぜそういう流れになるのか、と首を傾げずにはいられない。彼女の耳が特殊であることに気づいているという時点で〈僕〉が特別視されたということなのだろうが、そんな理由づけはあってないようなものだという気もする。

この耳のモデル（続編である『ダンス・ダンス・ダンス』＝〈ダ〉では「キキ」と呼ばれることになる）はコールガールもやっているが、〈僕〉以外の男と寝るときは耳を出さず、「義務的」な性行為に終始しているという。その中で自分だけが特別扱いされていることを、〈僕〉自身が不思議に思っている。「他人に比べて僕にとくに優れたり変ったりしている点があるとはどうしても思えなかった」からだ。

「とても簡単なことなのよ」と彼女は言った。「あなたが私を求めたから。それがいちばん大きな理由ね」

「もし他の誰かが君を求めたとしたら？」

「でも少くとも今はあなたが私を求めてるわ。それにあなたは、あなたが自分で考えているよりずっと素敵よ」（〈羊〉上巻 p.70）

「あなたが私を求めたから」というのは、ほとんど説明になっていない。このくだりはむしろ、「それに」以降を彼女に言わせることにこそ主眼《しゅがん》があったのではないかと思われるのだが、その点については後段に譲るとして、まずは似たように主人公が会ったばかりの女性からあっさり好意を寄せられるほかのケースを見てみよう。

『世界の終りとハードボイルド・ワンダーランド』＝〈世〉の〈ハードボイルド・ワンダーランド〉側の主人公〈私〉は、一角獣について早急に調べねばならず、しかも家を空けるわけにはいかないという事情が発生したときに、閉館間際の図書館に電話して、日中少しだけやりとりのあったリファレンス係の女性を呼び出し、一角獣についての本を家まで届けてほしいとお願いする。彼女は電話口でしばし沈黙してからこう答える。

「私はもう五年図書館につとめているけれど、あなたくらいあつかましい人ってそんなにはいないわよ」と彼女は言った。「家まで本を配達しろなんていう人はね。それも初対面でよ。自分でもずいぶんあつかましいと思わない？」

「実にそう思うよ。でも今はどうしようもないんだ。八方ふさがりでね。とにかく君の好意にすがるしかないんだ」

「やれやれ」と彼女は言った。「あなたの家に行く道順を教えていただけるかしら？」

私は喜んで道順を教えた。（〈世〉上巻 p.166）

〈私〉のマンションを訪れると決めた時点で、彼女はただ単に本を届けるだけでは終わらないであろうことを見越していたらしく思われる。部屋に上がるなり彼女は、〈私〉が彼女を待つ間に準備していた「簡単な夕食」（上巻 p.179）に目を奪われ、旺盛な食欲を見せて当然のようにそれをたいらげていく。

それは「梅干しをすりばちですりつぶして」作ったサラダ・ドレッシングやら、「鰯と油あげと山芋のフライ」やら、「セロリと牛肉の煮物」やら、みょうがのおひたしやらいんげんのごま和《あ》えやらからなるかなり手の込んだもので、それのいったいどこが「簡単な夕食」なのか僕にはさっぱりわからない。村上の主人公たちはたいていの場合、男の一人暮らしでもたいへんまめに自ら料理をして、何品も手際よくこしらえる人物として描かれているが、右記のような料理のラインナップを「簡単な夕食」と称するのは、本当に料理に慣れている人間の言うこととは思いがたい。実際に料理をする人間であればあるほど、個々の料理を作るのに下ごしらえも含めてどれだけの手間が必要であるか、それがいかにたやすくないかということも実感しているものだからだ。

それはともかくとして、この食事が終わったあたりで、二人は自然にベッドに向かうことになったようだ。既述のように、このとき彼はうまく勃起できず、実際には性行為を断念せざるをえなくなるのだが、そこに至るまでの流れは驚くほどスムーズである。本人が「これまでにけっこういろんな女の子と寝てきたが、図書館員と寝るのははじめてだった。そしてまたそれほど簡単に女の子と性的関係に入ることができたのもはじめてだった」と意外がっているほどだ。ただ、それに続けて彼が「たぶんそれは私が夕食をごちそうしたせいだと思う」と述べているのはほとんど意味不明だが（上巻 p.184）。

〈羊〉の続編に当たる〈ダ〉では、〈僕〉とホテル従業員ユミヨシとの関係に焦点が当てられる。きまじめでガードが堅いわりにときに自分から思いがけないほど急速に距離を縮めてくることもあるユミヨシがいかに「ツンデレ」としての属性を理想的に備えているかは前章で見たとおりだが、彼女がホテル内で遭遇した怪現象について、〈私〉がバーでひととおり話を聞いたあとに、こんな一節がある。

彼女は顔を上げて微笑んだ。これまでの微笑みとは少し感じの違う微笑みだった。個人的な微笑み、と僕は思った。彼女は話をしてしまったことで少しリラックスしたのだ。「どうしてかしら？　あなたと話してるとなんだかよくわからないけれど、気持ちが落ち着いてくるみたいなの。私、すごく人見知りする方で、初対面の人とはあまりうまく話すことができないんだけれど、あなたにはすんなり話せる」（〈ダ〉上巻 p.99）

その後、〈僕〉が彼女をアパートまで送るためにタクシーを待っているときには、彼女は「僕の腕をずっと摑んで」いるほどリラックスしている。そしてタクシーの車中で〈僕〉は、あたりさわりのない世間話をしながら、彼女をこのあとどうしたものかと思い悩む。

もうひと押しすれば彼女と寝られるだろうということは僕にはわかっていた。そういうのはただわかるのだ。彼女が僕と寝たがっているかどうかまではもちろんわからない。でも僕と寝てもいいと思っ

ていることはわかった。そういうのは目つきや呼吸や喋り方や手の動かし方でわかるのだ。〈『ダ』〉上巻 p.105）

実際には、〈僕〉はここでは寸前で踏みとどまり、ユミヨシと体を交えるのはだいぶ先のことになるのだが、これとよく似た叙述が『ねじまき鳥クロニクル』＝〈ね〉にも見られることは注目に値する。主人公岡田亨は、クミコと結婚してから六年、（加納クレタを「娼婦として抱く」ことになるまでは）ほかの女性と性交渉に及んだことはないが、「そういう機会がまったくなかったというのでもない」として、勤務していた法律事務所で「何年か一緒に働いていた女の子」のところに一度だけ泊まることになったいきさつについて語っている。

結婚を機に仕事を辞めることになった彼女のための送別会のあと、アパートまで送ったときにコーヒーでも飲んでいかないかと誘われて上がったところ、結婚を前に「流されていく」ことについての恐怖を語った彼女は、「私を充電してほしいの」と言って、抱きしめることを〈僕〉に要求するのである。

僕はその子に好意を抱いていたし、彼女は僕と寝てもいいと思っていた。相手がそう思っていることは僕にもわかった。それでも僕は彼女と寝なかった。（〈ね〉第1部 p.193）

彼ら（というのは村上の「主人公たち」のことである）は、いわゆる「モテる男」として描かれてはいないが、少なくとも相手の女性が自分に対して取っている性的なスタンスを正確に感知できるだけの嗅覚を持っているとはいえる。第1章の「2　エクスキューズとしての性的放縦」では、『スプートニクの恋人』＝〈ス〉の主人公〈ぼく〉や〈Q〉の天吾が、自分に惹き寄せられる「ある種の女性」を的確に識別し、それを性交の相手を見つけることに有効に活用していることに触れたが、ここで語られていることはそれとも相通じる問題であるように僕には見える。

彼らがいわゆる「モテる男」とは系列を違えていることは、最初は相手の女性から「変わっている」と受けとめられがちである点からも言えることだ。

以下は、『ノルウェイの森』＝〈ノ〉で、主人公ワタナベが同じ講義を受けている女子学生・緑の家に遊びに行ったときの一幕である。都電に乗る前に花屋で買った水仙の花を手渡すと、緑はそれをひとまずグラスに生けて眺める。

「このままの方がいいみたいね」と緑は言った。「花瓶に移さなくていいみたい。こういう風にしてると、今ちょっとそこの水辺で水仙をつんできてとりあえずグラスにさしてあるって感じがするもの」

「大塚駅の前の水辺でつんできたんだ」と僕は言った。

緑はくすくす笑った。「あなたって本当に変ってるわね。冗談なんか言わないって顔して冗談言うんだもの」（〈ノ〉上巻 p.130）

緑がワタナベのことを「本当に」変わっているというのは、そもそもレストランで初めて口をきいたとき、ワタナベの一風変わったしゃべり方を「ハンフリー・ボガートみたい」、「きれいに壁土を塗ってるみたい」で「すごく好き」と評したことを踏まえてのものである。つまりそれは、「変わっている」といっても、最初から一定の好感をベースにした評価として位置づけられているのだ。やがてその評価は、はっきりした好意にシフトしていくことになる。

心を病んだ人々のための療養所である阿美寮に招かれ、直子と同室者のレイコが暮らしている部屋に泊まるように言われたワタナベは、男である自分がそこに泊まるのは問題ではないのかと最初は気おくれを示すが、そのことについては二人でよく話しあった上で決めているのだから、その招待は「礼儀正しく受けた方がいい」とレイコに諭《さと》される。

「もちろん喜んで」と僕は言った。

レイコさんは目の端のしわを深めてしばらく僕の顔を眺めた。「あなたって何かこう不思議なしゃべり方するわねえ」と彼女は言った。「あの『ライ麦畑』の男の子の真似してるわけじゃないわよね」

（〈ノ〉上巻 p.184）

正直なところ、僕にはワタナベのしゃべり方が特筆するほど「変わっている」とか「不思議」であるなどとは思えない。ましてホールデン・コールフィールドに似ているとはまったく思わない。強いていうなら、「当事者回避」をしている人物に特徴的な、目の前で起きていることに対してどことなく距離を置いているような話し方であると言うことはできるかもしれないが、それは僕にとってはまったく褒め言葉ではない。にもかかわらず、女たちはワタナベのそうした一面に触れながら着々と好感を高めていく。

直子が阿美寮からワタナベに書き送ってきたある日の手紙にはこうある。

ミドリさんというのはとても面白そうな人ですね。この手紙を読んで彼女はあなたのことを好きなんじゃないかという気がしてレイコさんにそう言ったら、『あたり前じゃない、私だってワタナベ君のこと好きよ』ということでした。(〈ノ〉下巻 p.160)

ワタナベは、「不思議なしゃべり方」(その他)で、十八歳も歳上のレイコの歓心もがっちりと摑んでいるようだ。そしてこの手紙の中で槍玉に挙げられている緑とは、こんなやりとりもある。

「ねえ、このあいだの日曜日にあなた私にキスしたでしょう」と緑は言った。「いろいろと考えてみたけど、あれよかったわよ、すごく」
「それはよかった」
「『それはよかった』」とまた緑はくりかえした。「あなたって本当に変ったしゃべり方するわよねえ」
「そうかなあ」と僕は言った。(〈ノ〉下巻 p.43)

読んでいる側としてはこのへんでいいかげん鼻についてくるのだが、村上自身はこれで味をしめたのか、主人公が女性から好感をベースとした「変わっている」という評価を受ける場面が、これ以降、ほとんど毎回というほどくりかえし描かれていくことになる。

①『ダンス・ダンス・ダンス』＝〈ダ〉

〈電話局に勤める、正規の恋人がいながら自分と寝ている女に、ヒューマン・リーグというバンド名は馬鹿げていると評して〉

僕がそう言うと彼女は笑う。そして僕のことを変わっていると言う。僕の何処が変わっているのか僕にはわからない。僕は自分自身を非常にまともな考え方をする非常にまともな人間だと思っている。**ヒューマン・リーグ**。（〈ダ〉上巻 p.19）

②〈ダ〉

〈〈僕〉が十三歳の少女ユキを札幌から東京まで連れ帰る役目を担い、飛行機を待つ間にユキをドライブに連れ出して、恋をするより「音楽を聴いてる方が楽しい」と言うユキに同意を示しつつ、カーステレオから流れるオールディーズに耳を傾けながら〉

ジミー・ギルマー「シュガー・シャック」。僕は歯の隙間から口笛を吹いて運転した。道路の左手には真っ白な原野が広がっていた。「ただの小さな木作りのコーヒー・ショップ。エスプレッソ・

コーヒーが御機嫌にうまいんだ」。良い唄だ。一九六四年。

「ねえ」とユキが言った。「あなたちょっと変わってるみたい。みんなにそう言われない？」

「ふふん」と僕は否定的に言った。（〈ダ〉上巻 p.211）

③〈ダ〉

〈友人の俳優・五反田が自宅に呼び寄せたコールガールの一人と〈僕〉がことに及ぶ前に、下着姿の彼女をどう思うか詳しく表現してほしいと請われて〉

「昔を思い出す。高校生の頃」と僕は正直に言った。

彼女はしばらく不思議そうに目を細めて微笑みながら僕を見ていた。「あなたって、ちょっとユニークね」

「まずい答えだったかな？」

「全然」と彼女は言った。そして僕の隣に来て、僕が三十四年の人生で誰にもしてもらったことのないようなことをしてくれた。（〈ダ〉上巻 p.279）

④『ねじまき鳥クロニクル』＝〈ね〉

〈岡田亨が猫を探すかたわら、近所の空き家の庭のガーデン・チェアに座って考えごとに耽っているとき、向かいの家に住む十六歳の少女・笠原メイに声をかけられ、そんなところで何をやっている

のかと問われて〉

「ただぼんやりしてたんだよ」と僕は言った。「昔のことを思いだしたり、口笛を吹いたり」

笠原メイは爪を噛んだ。「あなたちょっと変わってるわね」

「変わってない。誰だってやってる」

「そうかもしれないけど、わざわざ近所の空き家に入ってそんなことする人はいないわよ。(後略)」

(〈ね〉第1部 p.117)

⑤『スプートニクの恋人』=〈ス〉

〈主人公〈ぼく〉が、一人旅の道中に知り合った八つ歳上の女性と一夜をともにした際、二度目のセックスは注意深く臨んだおかげでスムーズにできたという話を友人のすみれに披露したとき〉

「まず気持ちを落ち着けるんだよ。たとえば——数を数えるとか」

「ほかには?」

「うーん、夏の午後の冷蔵庫の中にあるキュウリのことを考えてもいい。もちろんたとえばだけど」

「ひょっとして」とすみれは少し間を置いて言った。「あなたはいつも、夏の午後の冷蔵庫の中のキュウリのことを想像しながら女の人とセックスしているの?」

「いつもじゃない」

「でもたまにはする」

「たまには」とぼくは認めた。

すみれは顔をしかめて、何度か首を振った。「あなたって、見かけのわりに変な人よね」

「人間はみんなどこかしら変だ」とぼくは言った。（〈ス〉p.65）

⑥『騎士団長殺し』＝〈騎〉
〈主人公〈私〉が十三歳の少女秋川まりえの肖像画を描く間に、自分の胸が小さいことを気にしているまりえから、毎日胸のことばかり考えている自分は変だろうかと問われて〉

「とくに変じゃないと思うよ」と私は言った。「そういう年頃なんだ。ぼくだって君くらいの歳のときには、おちんちんのことばかり考えていたような気がするな。かたちが変なんじゃないかとか、小さすぎるんじゃないかとか、妙な働き方をするんじゃないかとか」

「それで今はどうなの？」

（中略）

「女のひとはほめてくれる？」

「たまにだけど、褒めてくれる人もいないではない。でももちろんただのお世辞かもしれない。絵を褒められるのと同じで」

秋川まりえはそれについてしばらく考えていた。そして言った。「先生はちょっと変わってるかもしれない」

「そうかな？」
「普通の男のひとはそんなふうなものの言い方をしない。うちのお父さんだって、そういうことをいちいち話してくれない」（〈騎〉第1部 p.485）

どうやら村上春樹は、作中に登場する女性たちをして、主人公に対して「あなたは変わっている」と言わしめたくてしかたがないようだ（しかもうち三名が十代の少女であるという点は看過《かんか》しがたい）。前章で論じたセルフポルノ的な要素と同じだ。物語も主人公の設定も異なるはずのこれだけ多くの作品で似たようなかけあいが反復されているということは、それを通じて著者自身が顔を覗かせているのだと考えざるをえない。つまり、そこには少なくとも村上春樹自身の「好み」が反映されているということだ（僕は基本的に、小説の主人公と著者を安易に同一視するのはまちがっているという考えの持ち主だが、村上の小説についてては逆にある程度それをしないことには正しく読み取れないと考えている）。

そしてほとんどの場合、言われた主人公側はそれに対して否定的な態度を示す。変わっているなどと言われるのは心外で、自分はむしろいたってまともな人間なのだと主張するか、少なくともそういうポーズを取っている。だが、それを額面《がくめん》どおりに受けとめることはできそうにない。

〈ダ〉には、〈僕〉とユキとの間でこんなやりとりもある。ハワイのビーチ・バーで恋人同士のように食後のドリンクを楽しんでいる場面である。くだらないざれごとを言った〈僕〉をまじまじと見つめてからユキが言う。

「あなたっていったいどういう人なのか、私にはよく理解できないわ。すごくまともで正常な人のようにも見えるし、とことん根本的にずれているようにも見えるし」
「すごく正常であるということは同時にずれているということでもあるんだ。だからそれはとくに気にしなくてていいんだ」と僕は説明した。（〈ダ〉下巻 p.98）

ここでのユキの台詞はあまりに大人びすぎていて、村上は彼女がたかだか十三歳の少女にすぎないことを忘れてしまっているのではないかと疑わしく思うが（ユキの描き方は総じてそうなっており、年齢を知らずに読んでいたら若くとも二十三歳くらいにしか見えない）、それはともかく、〈僕〉の回答はおそらく村上自身の本音でもあるだろう。本当の意味では、自分が「変わっている」とは思っていない。ただしそれは、「変わっている」というのを、「まともではなく、考え方が偏っている」といった意味に取った場合の話だ。

〈ノ〉にも、ワタナベと永沢との間でこんな応酬が描かれている。

「あなたは僕がこれまで会った人の中でいちばん変った人ですね」と僕は言った。
「お前は俺がこれまで会った人間の中でいちばんまともな人間だよ」と彼は言った。そして勘定を全部払ってくれた。（〈ノ〉上巻 p.105）

永沢はワタナベが学生寮で出会った東大法学部の二つ上の学生だが、容貌にも能力にも優れており、その分傲慢で、ある部分が冷酷でもあるものの、「ごく自然に人をひきつけ従わせる何か」を生まれつき備えた傑出した人物として描かれている。親しく口をきくようになったきっかけは、ワタナベが食堂でフィッツジェラルドの『グレート・ギャツビー』を読んでいるのを永沢が見咎《みとが》め、「『グレート・ギャツビイ』を三回読む男なら俺と友だちになれそうだな」と承認を与えたことだ。

『グレート・ギャツビー』が村上にとって非常に特別な位置づけにある作品であることはわかっているものの、僕はどうしてもこの小説をそれほどおもしろいとは思えずにいる。（第2章で言及した「キャッチャー・イン・ザ・ライ」と同じくこの作品についても）野崎孝の旧訳でも村上春樹訳でも読んだし、原著も二度ほど通読しているが、勘どころが今ひとつわからないのだ（だから僕はたぶん、ワタナベとも永沢とも友だちにはなれないだろう）。

まあそれはともかく、〈ノ〉の舞台となっている一九六八年には、フィッツジェラルドを読むこと自体が「推奨される行為ではな」いとされていたようで、だからこそワタナベの姿は永沢の目に留まったわけだ。それについて永沢は、「なあ知ってるか、ワタナベ？　この寮で少しでもまともなのは俺とお前だけだぞ。あとはみんな紙屑《かみくず》みたいなもんだ」とまで言っている（上巻 p.59）。

ワタナベが「特別な存在」として異彩を放っている永沢のような男のお眼鏡にかない、友人として遇《ぐう》されていることは周囲を意外がらせるが、それについてワタナベ本人はこう述べている。

永沢さんが僕を好んだのは、僕が彼に対してちっとも敬服も感心もしなかったせいなのだ。僕は彼の人間性の非常に奇妙な部分、入りくんだ部分に興味を持ちはしたが、成績の良さだとかオーラだとか男っぷりだとかには一片の関心も持たなかった。彼としてはそういうのがけっこう珍しかったのだろうと思う。(〈ノ〉上巻 p.61)

とはいえ、みんなが特別視する人間から特別視されることが、誇らしくないわけがない。ワタナベは永沢を「変った人」と評してはいるが、永沢が「少しでもまともなのは俺とお前だけ」と言っているように、「本当の意味でまともなのは自分たちの方であり、ほかの連中が劣っているのだ」という特権意識のようなものが、ワタナベにもないとは言えまい。そういう屈折した回路を通じて、「変わっている」と人から評されることに対しても、彼は逆説《ぎゃくせつ》的な誇らしさを感じているはずなのだ。

「変わっている」とみなされることは、特別視されることと紙一重《かみひとえ》でもある。自分のことを「変わっている」と思っている異性が、まさにその「変わっている」部分に好意を向けはじめれば、それはすなわち「特別な人」への昇格を意味する。かくして村上の主人公たちは、さまざまな相手から特別視されていくことになる。

〈羊〉では耳のモデル(キキ)が、〈僕〉にだけは「耳を開放」した状態で性行為に及ぶ。〈世〉の図書館のリファレンス係は、〈私〉と体を交えたあとで、「ねえ、私誰とでもすぐに寝ちゃうわけじゃないのよ」と言い添える(下巻 p.360)。〈ダ〉のユキは〈僕〉に対して、「私にはあなたの他にきちんと話をできる人がいないの」と言う（下巻 p.206）。『国境の南、太陽の西』＝〈国〉の島本さんにとって主人公ハジメは「生まれてからこのかた、ただ一人の友だち」であり（p.134）、〈ね〉の笠原メイは、岡田亨が相手だと思うとなぜか「かなりすらすらとよどみなく文章を書くことができる」（第3部 p.479）。〈ス〉で小説家を目指しているすみれにとって、「自分の書いた原稿を見せることのできる相手は、この広い世界にぼく一人しかいな」い（p.22）。そしてもちろん、エキセントリックな少女たちは、主人公たちにはなぜか一瞬で気を許し、保護者たちもそれを認める。

そうした異性の登場人物たちからの特別視に支えられた一連の「変わっている」主人公たちの姿は、村上春樹自身が抑えきれずに作中に滲み出させてしまった自己愛の終わりのない展覧会のように僕の目には映る。「もういい、わかった」と言いたくなる。「あなたという人間に、〝ある種の女性〟たちから好かれる一風変わった魅力があるということは、もう十分にわかったから」と。

もちろん、あらゆる自己愛は、自己卑下《ひげ》や自己嫌悪とのバランスの上に成り立っているものだ。最初にあったのはむしろ自己肯定感の低さで、それに対する補償《ほしょう》として自己愛を高めてきたという経緯であったかもしれない。しかし、四十年近くもの長きにわたり作品を通じてその自己愛に対する追認《ついにん》を読者に求めつづけるかのような村上の姿勢には、率直にいって疑問を感じざるをえない。どうしてそうまでしてその点を強調しつづけなければならないのかと（それは、第1章で指摘した「エクスキューズとしての性的放縦」の濫用が村上自身の過剰防衛に見えることと本質的に同根の問題である）。

そんな主人公たちも、だれかからことあらたまって「あなたはどういう人間なのか」と問われると、みな一様にむしろ自分がいかに平凡でこれといった特徴のない人間であるかを強調したがる傾向がある。

たとえば〈羊〉の〈僕〉は、キキと初めて会ったとき、「あなたのことが知りたい」と言われてこう答える。「平凡な街で育って、平凡な学校を出た。小さな時は無口な子供で、成長すると退屈な子供になった。平凡な女の子と知りあって、平凡な初恋をした」（上巻 p.62）。また〈ノ〉のワタナベは、「ワタナベ君のことをもっと知りたいわ」と緑に言われて、「普通の人間だよ。普通の家に生まれて、普通に育って、普通の顔をして、普通の成績で、普通のことを考えている」と返している（上巻 p.203）。

彼らのこうした自己表明はまったく信用できないのだが（もっともその点について、〈ノ〉では村上自身も作中で「ねえ、自分のこと普通の人間だという人間を信用しちゃいけないと書いていたのはあなたの大好きなスコット・フィッツジェラルドじゃなかったかしら？」と緑の口を借りて「自分ツッコミ」をしている）、自分自身について語る彼らの口ぶりがこうした空々しいものになるのは、あるいは以下のような心理が原因なのかもしれない。

僕のことについて語ろう。

自己紹介。

昔、学校でよくやった。クラスが新しくなったとき、順番に教室の前に出て、みんなの前で自分についていろいろと喋る。僕はあれが本当に苦手だった。いや、苦手というだけではない。僕はそのような行為の中に何の意味を見出すこともできなかったのだ。僕が僕自身についていったい何を知って

いるだろう？（〈ダ〉上巻 p.16）

〈ダ〉の〈僕〉はこうして、自分の意識を通じて見た自分自身の像に疑問を抱いている。これとよく似た記述が〈ス〉にもあり、〈ぼく〉は自分の尺度で取捨《しゅしゃ》選択され、規定され、切り取られた自分自身の姿に「どれほどの客観的真実があるのだろう？」という問いを投げかけている（p.85）。しかし、そこで主人公がどれだけ直接の回答を留保し、「自分は平凡な人間だ」という姿勢で韜晦したところで、それ以外のあらゆる行が、村上自身の自己像やそれに対する自己愛を雄弁《ゆうべん》に物語っているように僕には見える。

そしてそれが、しばしば僕をうんざりさせるのだ。

4　名前をめぐる冒険

終章に進む前に、村上作品に見られるオポチュニズムのうち、拾いそこねていた小さな、しかし思いのほか村上春樹の本質につながりうる問題を取り上げておきたい。

それは、登場人物の固有名をめぐる問題である。

いくつかの箇所ですでに指摘していることではあるが、村上春樹にはどういうわけか、作中人物に氏名を与えることを躊躇する傾向がある。四作目の『世界の終りとハードボイルド・ワンダーランド』＝〈世〉までそれが徹底されており、主人公はもちろんのこと、それを取り巻く重要人物たちすら、〈彼女〉〈鼠〉

〈ガールフレンド〉〈博士〉などと人称代名詞やニックネーム、または役割名称などでしか呼ばなかった。

〈世〉では、名前が剝奪《はくだつ》される現場すら描かれている。

〈世界の終り〉側で、壁に四方を囲まれたこの世界にあらたにやってきた主人公〈僕〉は、図書館で「古い夢」を読むことを職務とする「夢読み」としての資格を得ることになる。そのときに、彼を街に迎え入れた門番はこう言うのだ。


「それじゃできるだけ早く仕事にとりかかってもらうとしよう。あんたはこれから先〈夢読み〉と呼ばれる。あんたにはもう名前はない。〈夢読み〉というのが名前だ。ちょうど俺が〈門番〉であるようにね。わかったかね？」

「わかりました」と僕は言った。

「門番がこの街に一人しかいないように、夢読みも一人しかいない。なぜなら夢読みには夢読みの資格が要るからだ。俺は今からその資格をあんたに与えねばならん」（〈世〉上巻 p.79）

この物語では、登場人物に役割名称しか存在しないことに世界の設定そのものと不可分の必然性が与えられているが、他の作品でも同じ流儀が通用するわけではない。それでも固有名が消去されているのには、なにか理由があるはずだ。

『羊をめぐる冒険』＝〈羊〉では、その理由に当たるかもしれないことが語られている。

この小説では、主人公〈僕〉が飼っている猫にさえ名前が与えられていない。作中でそれが示されないだけではなく、もともと名前をつけていないという設定なのだ。作中で「先生」と呼ばれる右翼の大物から、なかば強いられてある特定の羊を捜し出すために北海道に向かうことになった際、不在の間の猫の世話を「先生」の秘書に頼んだ〈僕〉は、飼っていた猫を運転手に託す。

「よしよし」と運転手は猫にむかって言ったが、さすがに手は出さなかった。「なんていう名前なんですか？」

「名前はないんだ」

「じゃあいつもなんていって呼ぶんですか？」

「呼ばないんだ」と僕は言った。「ただ存在しているんだよ」（〈羊〉上巻 p.236）

僕はこのくだりを読むたびについ笑ってしまい（というのは、無類の猫好きである僕には、「ただ存在している」というのが猫という生き物のあり方として非常に腑に落ちるものがあるので）、この人のこういうユーモアセンスは嫌いではないと思うのだが、運転手はそれでは困ると思ったらしく、その猫に「いわし」と命名する。

このあたりは、『ねじまき鳥クロニクル』＝〈ね〉で岡田亨が飼っていた猫にある時点まで正式な名前がなく、ただ単に目つきがどことなく亨の妻であるクミコの兄・綿谷ノボルに似ているという理由で便宜上「ワタヤ・ノボル」と呼んでいた、という経緯と非常によく似ている（のちにこの猫は、たまたま与えたサワラをおいしそうにたいらげたことから「サワラ」と名づけられることになる）。もっとも、そうとうな愛猫家《あいびょうか》であるはずの村上自身が自分の飼い猫に対してそんな雑な扱いをするとはちょっと考えられないので、これはあくまで作中の設定だけに限定される話だろう。

それはともかく、札幌に向かう飛行機の中で、探索行に同行することになったガールフレンド（続編の『ダンス・ダンス・ダンス』＝〈ダ〉では「キキ」と呼ばれることになる）に、なぜ猫にずっと名前をつけてあげなかったのかと問われた〈僕〉は、こう答えている。

「どうしてかな？」と僕は言った。そして羊の紋章入りのライターでタバコに火を点《つ》けた。「きっと名前というものが好きじゃないんだろうね。僕は僕で、君は君で、我々は我々で、彼らは彼らで、それでいいんじゃないかって気がするんだ」（〈羊〉下巻 p.10）

もっとも、村上が作中人物に固有名を与えない理由とこれがイコールであるとは、僕も考えていない。右記の理由はどちらかというとあとづけで、初期の村上はおそらく一種の気取りから、「どこでもない場所における誰でもない人物の物語」という匿名性《とくめいせい》を強調していただけなのだろう。

その方針を急遽《きゅうきょ》転じたのが、五作目の『ノルウェイの森』＝〈ノ〉である。この作品では、端役《はやく》以外の人物にはほぼ全員、主人公のワタナベ・トオルをはじめ、固有名がつけられている。その方針転換の確たる理由はわからないが、この小説はファンタジックな要素を排した書き方をしているばかりか登場人物も多く、ニックネームや役割名称だけでは人物の特定や叙述のハンドリングが困難になったというのがおおかたのところではないだろうか。前作〈世〉における「門番」や「夢読み」とは違って、それに相当する人物が一人しか存在しないというわけでもない。たとえばヒロインひとつ取っても直子と緑の二人がいて、それ以外にレイコやハツミなども登場する。そのすべてを〈彼女〉と呼んでいたら、誰が誰やらわからなくなってしまうからだ。

そしてこれは村上にとっては大きな転換点で、それ以降に書かれた小説では、いくつかの例外を除けば基本的には登場人物に固有名をつけて書くようになっている。概して登場人物が多いからというのも理由のひとつだろうが、つまるところ、名前をつけておいた方がなにかと便利だということに、〈ノ〉を通じて村上自身が気づいたからなのではないかと僕は考えている。

それが少々滑稽な結果に結びつくのは、〈ダ〉においてである。なにしろこれは、登場人物に固有名を与えないという基準で書かれていた〈羊〉の続編に当たる物語なのだ。途中で基準を変えてしまったことで、随所に齟齬《そご》が生じることになる。村上自身が、両者の接続に苦心した形跡が窺《うかが》える。

たとえば先の抜粋部分で〈僕〉が話している相手はキキという名だが、その名が〈羊〉で明かされることはなかった。〈羊〉では、彼女は主要人物としてはただ一人の女性であり、だから〈ガールフレンド〉ないしは〈彼女〉と呼べばそれで事足りていた。しかし〈ダ〉には、ホテル従業員のユミヨシや十三歳の少女ユキなどばかりでなく、キキのコールガール仲間なども名前つきで登場する。区別の必要からもなんらかの名前を与えざるをえなくなったのだろうが、それに際して村上は、語り手である〈僕〉にかなり苦しい言い訳をさせている。

> 彼女、僕は彼女の名前さえ知らないのだ。彼女と一緒に何ヵ月か暮らしたというのに。僕は彼女について実質的には何ひとつ知らないのだ。僕が知っているのは彼女がある高級コールガール・クラブに入っているということだけだった。（中略）彼女はそれ以外にもいくつかの仕事を持っていた。（中略）彼女にはもちろん名前がないわけではなかった。（中略）でもそれと同時に彼女には名前がなかった。彼女の持ち物――殆どないも同然だったが――のどれにも名前は入っていなかった。定期券も、免許証も、クレジット・カードも持っていなかった。（〈ダ〉上巻 p.13）

キキが謎めいた存在であることは〈羊〉の中でも示されているため、免許証などが見当たらなかったという説明には一定の説得力があるが、それにしても、（本名ではないにしても）名前も知らないまま数ヶ月にわたって生活をともにするなどということがありうるだろうか。

キキという名が作中で最初に登場するのは、この数十ページあとである。それは文中に前置きもなく突然現れ、非常に言い訳がましい説明がカッコつきで示されることになる。

そして僕はそこで彼女に会わなくてはならない。僕をいるかホテルに導いた、あの高級娼婦をしていた女の子に。何故ならキキは今僕にそれを求めているからだ（読者に・彼女は名前を必要としている。たとえそれがとりあえずの名前であったとしてもだ。彼女の名はキキという。片仮名のキキ。僕はその名前を後になって知ることになる。その事情は後で詳述するが、僕はこの段階で彼女にその名前を付与することにする。彼女はキキなのだ。少なくとも、ある奇妙な狭い世界の中で、彼女はそういう名前で呼ばれていた）。（〈ダ〉上巻 p.45）

「後で詳述」される「その事情」とは、〈僕〉が札幌の映画館で時間つぶしに観た映画で、現在は俳優をやっている中学時代の同級生・五反田が短いベッドシーンで彼女と共演していることを知り、東京に戻ってから五反田と再会したことを指している。そのとき、五反田の口から〈僕〉は「キキ」の名を初めて聞くことになるのだ。

僕が不思議に思うのは、キキの命名に際して、村上がさも場当たり的に応急処置を施したまま無造作に放置しているように見えることだ。「この人物にもどうやら固有名を与えたほうがよさそうだ」と気づいたのが執筆途中でのことだったにしても、それならそれで、いっそ最初に彼女に言及する段階で「キキ」という名を提示してしまう形に手直ししておいたほうが、叙述としてははるかにスマートになっていたはずだ。これまで（というのは前作の〈羊〉においては）その名を明かさなかったことについても、もう少しましな説明ができそうなものではないのか。

これではまるで、固有名が必要であることに途中で気づいてから、目についたところに大慌てで取ってつけたような弁明を挿入しただけのように見えてしまう（まあ実際、実情はそれに近いものだったのだろうが、そういう不手際を目立たなくさせるのも作家としてのテクニックのひとつなのではないのか）。わけても「読者に」という呼びかけにはかなり驚かされる。村上が作中でこんなただし書きをつけたのは、あとにも先にもこのときだけだ。

おまけに、〈僕〉がキキの名前を知らなかったことを不用意に述べてしまったばかりに、それに続くだりで、村上は輪をかけて説明的で言い訳がましい一節を挿入しなければならないはめに陥っている。〈羊〉の背景となっていた一九七八年からこの〈ダ〉の物語上の現在である一九八三年に至るまでの間に〈僕〉がどんな生活をしていたのかを語る中で、いっとき親密な関係だった電話局に勤める女について述べているくだりである。

時々、女が僕の部屋に泊まりにきた。そして朝食を一緒に食べ、会社に出勤していった。彼女にもやはり名前がない。でも彼女に名前がないのは、ただ単に彼女がこの物語の主要人物ではないからだ。彼女はすぐに存在を消してしまう。だから混乱を避けるために僕は彼女に名前を与えない。しかしだからといって、僕が彼女の存在を軽んじていると考えてほしくない。僕は彼女のことがとても好きだったし、いなくなってしまった今でもその気持ちは変わっていない。（〈ダ〉上巻 p.18）

ここでこう述べるならなおのこと、名前を必要とする「主要人物」の一人であるキキについては、対比のためにも最初から名前を明かしておくべきだったのではないか（なぜそうしなかったのか、同じ小説家として僕にはその真意がまったく測り知れない）。〈僕〉はここではキキのことも〈彼女〉、この女性のことも〈彼女〉と呼んでおり、その叙述が隣りあわせになっているので、読んでいるほうは注意していないと誰のことを言っているのか「混乱」してしまいかねない。

だがおかげで、〈ダ〉以降で村上が採用することになった「登場人物の固有名についての新基準」がどういうものであるかがここで明示されたとも言える。つまり、「主要人物には原則として固有名を与えるが、そうでない人物はそのかぎりではない」ということだ。ということはやはり、ほとんどの場合固有名が与えられていない「人妻のガールフレンド」たちは、もっぱら「お色気担当」（あるいは主人公の性的経験の証明担当）であり、物語にとって本質的な存在ではないということなのだ。

その点についてはあとでもう一度触れるとして、ここでは〈ダ〉で浮上してその後も引き継がれた固有名をめぐるもうひとつの特徴について指摘しておきたい。それは、「めずらしすぎる名前」である。

本作に登場するホテルのツンデレ従業員は「ユミヨシ」という名（苗字）だが、面識の有無にかかわらず、僕はそういう苗字の人をいまだかつて一人も知らない。

〈僕〉は最初にドルフィン・ホテルに滞在した際、すでに彼女とはある程度親しい仲になっているものの、そのときは名前も知らずにいる。十三歳の少女ユキを連れていったん東京に引き上げる際、〈僕〉は名前を訊ねるのだが、「今度会った時に教えてあげる」とはぐらかされてしまう（上巻 p.200）。

ユキを通じて彼女が「ユミヨシ」という名であることを知った〈僕〉は、東京から札幌のホテルに電話して本人を呼び出し、折り返しの電話を受ける。彼女によれば、名前を隠していたつもりはなく、なまじめずらしい名であるばかりに、どういう字を書くのか、どこの出身なのかといったことをいちいち訊かれるのがめんどうだったのだという。

「変わった名前もってるとね、行く先々で電話帳を調べる癖がついちゃうのよ。どこに行ってもまず電話帳を繰ってみるの。ユミヨシ、ユミヨシって。京都にも一人いるわよ。それで、何か私に用事があるの？」（〈ダ〉下巻 p.52）

このユミヨシとまったく同じ癖を、『1Q84』＝〈Q〉の青豆も持っている。「青豆」もやはり苗字で、本名なのだが、たまに旅行する機会があると、ホテルに備えつけの電話帳で同じ姓の人物を探すのを習慣としているのだ（「BOOK 1」p.13）。青豆という苗字の人にも僕はめぐりあったことがないのだが、村上はいったい何を思って、彼女たちをこんな変わった名前にしたのだろうか。そもそも名前を与えさえしないかと思えば、一方ではめずらしすぎる名前をつける。両極端に走るその理由が、僕にはまるでわからない。

めずらしい名前といえば、〈Q〉でふかえりの保護者となる元文化人類学者の「戎野《えびすの》」もそうだし、『騎士団長殺し』＝〈騎〉におけるジェイ・ギャツビー、「免色渉《めんしきわたる》」もそうだ。村上は、気が向いたときだけ名前に凝《こ》りまくるという習癖でも持っているのだろうか。それとも、登場人物たちに名前を与えなかった初期の埋めあわせをそこで果たしてでもいるつもりなのだろうか。

一方、いちばんの主要人物であるにもかかわらず、多くの場合固有名を与えられていないのが主人公である。特に一人称で書かれている作品の場合はほとんどが〈僕〉〈ぼく〉〈私〉だけで済まされ、だれかに名前で呼びかけられる場面すら排除されている。

それを、村上が自分自身を投影しやすくするために設けたしかけなのだと考えるのは穿《うが》ちすぎだろうか。あるいは逆に、匿名性を高めることで、「これは誰でもない人物なのだ（＝したがって、僕自身のことではない）」と主張してでもいるのだろうか（もしそうなら、わざわざ主張せずにはいられないという時点で、それはかえって逆の事実を暗示しているのだと受けとらずにはいられなくなってしまうのだが）。

そんな勘ぐりをする誘惑に駆られるのも、一人称の主人公の匿名性を担保《たんぽ》しようとする村上の姿勢があまりに周到だからなのだ。

彼らは名前がないか、あるとしても〈ノ〉のワタナベ・トオル、〈ね〉の岡田亨のように、（たまたま同姓同名の方には失礼ながら）これ以上はないというほどありふれた、聞いた端から忘れてしまいそうな名前に設定されている（『国境の南、太陽の西』＝〈国〉の語り手は下の名前だけが明示されているが、これも「ハジメ」といたって平凡である）。

なお、「トオル」というのは、〈Q〉でふかえりが口述《こうじゅつ》し、天吾がリライトした小説『空気さなぎ』の中で、ふかえり本人と思われる主人公の少女が中学校時代に唯一仲よくなる男の子の名前でもある。そのことは、村上にとって「適当に思いつく男の名前」の筆頭に上がるのがたまたま「トオル」である、ということしか意味していないように僕には思われる。

主人公を命名することに見られるこの消極性は、その真意は不明ながら、「できれば名前で特定してほしくない」という村上の姿勢の表れであると見るのが妥当であるように思える。「名乗らせたくはないけれど、便宜上名前が必要だというのなら、どうぞ〝サトウ・ヒロシ〟とでも〝キムラ・トオル〟とでも適当に呼んでください」というわけだ。

主人公でも三人称で書かれている場合は、一転して〈Q〉の川奈天吾、青豆（雅美）、『色彩を持たない多崎つくると、彼の巡礼の年』＝〈色〉の多崎つくるなど比較的凝った命名がなされているが、それは特に不思議ではない。三人称で書いているという時点で村上自身とは一定の距離が発生し、そこまで入念な擬装《ぎそう》も必要とされなかったということなのだろう。特に〈色〉の場合は、「色彩を持たない多崎つくる」というタイトルにも含まれる文言が、五人の仲間のうち（他の四人、赤松《あかまつ》、青海《おうみ》、白根《しらね》、黒埜《くろの》とは違って）苗字に色を含まないのがつくるだけだったという事実が物語上のキーのひとつとして扱われているだけに、「適当な名前」で済ますわけにはいかなかったという事情もあったものと思われる。

ところで〈Q〉の青豆も、また〈ダ〉のユミヨシも、ヒロインでありながら作中では常に苗字で呼ばれていて、下の名前が出てこないのは、普通に考えれば奇異なことである。厳密にいえば、青豆のほうは「雅美」であることが示されている箇所がわずかにあるが、それはいずれも、謎の人物・牛河利治《うしかわとしはる》による調査の過程でなりゆき上表面に浮かびあがってきたものにすぎない。

牛河は「財団法人新日本学術芸術振興会」の「専任理事」という、それ自体どこかうさんくさい肩書きを持つ異貌《いぼう》の中年男として登場する。もともとは弁護士だったようだが実質的にはなんでも屋で、どうやら裏社会にも通じており、いかがわしい筋からの依頼で興信所まがいの仕事もこなしている。この男が登場するのは実は〈Q〉が初めてではなく、〈ね〉でも綿谷ノボルの秘書という役まわりで岡田亨の周囲をうろつきまわる胡乱《うろん》な人物としてかなりの活躍を見せている（〈Q〉と〈ね〉はともに作品の舞台が一九八四年である）。

「羊四部作」のようなシリーズものでもないのに、複数の作品にまたがって同一人物が登場することは、村上作品では異例だ。しかも〈Q〉の「BOOK 3」では、牛河は青豆や天吾と同格に視点人物としていくつもの章を担う立場にまで昇格させられている。見かけも醜く、人格的にも荒廃した不愉快きわまりない男だが、村上がこのキャラクターを気に入って破格の厚遇《こうぐう》を与えている理由はよくわかる。実に人間くさく、ある意味で魅力的な人物なのである。

〈Q〉では新興宗教団体さきがけからの依頼で、彼らのリーダーを殺害した人物を捜しだすよう命じられている牛河は探偵としても有能で、彼が入念な調査を積みあげてごくわずかな手がかりから着々と真相に肉薄していくプロセスを描いた部分は、探偵小説としても珠玉《しゅぎょく》のできになっている。そして彼はついには天吾を通じて青豆が潜伏《せんぷく》しているセーフハウスの目と鼻の先にまで迫るのだが、今一歩というところで「柳屋敷の老婦人」の用心棒であるタマルにあえなく始末されてしまう（青豆にも天吾にも共感できず、むしろ牛河に感情移入しながら〈Q〉を読んでいた僕には無念な一幕だった）。

「柳屋敷の老婦人」というのは特殊な殺し屋としての青豆の雇い主である裕福な女性だが、この女性の姓が「緒方《おがた》」であることを暴くのも牛河である（ただしその名も、その後示されることはない）。また、青豆が男漁りのパートナーとして行動をともにしていた警察官あゆみの苗字が「中野」であることも、牛河の調査の過程を描く中で言及されることだ。「調査」という行動の性質上、役割名称で済ますわけにもいかず、苗字もわかっていないと不自然だという判断があったのだろう。

おかしいのは、牛河視点の章で「中野あゆみ」というフルネームが明かされたあと、青豆視点の章に移っても、まるでつられたように「寝つけない夜には大塚環《たまき》や中野あゆみのことを考える」などと青豆まで突然彼女の苗字を明示しはじめることだ（「ＢＯＯＫ ３」p.92）。それまでの青豆視点の章の中では、あゆみのことは単に「あゆみ」としか呼んでいなかったにもかかわらずだ。

おそらく村上は、牛河があゆみの存在に辿りつくくだりを書くまでは、彼女の苗字がなんであるかなど考えてもいなかったのだろう。文脈上、急にそれが必要になって初めてその場で適当に考え、せっかく考えたのだからとその後のくだりでは「ちょっと使ってみた」とでもいったことだったのではないか。しかしその苗字は、もともと村上にとって大きな意味を持つものではなかったので、さらに読み進めていくと、結局それは再び消えてしまうのである。

青豆の下の名前「雅美」も同様に途中からは再び消失し、天吾ですら彼女のことは「青豆」としか呼んでいないが、それはもしかしたら、二人が出会ったのが小学校時代だったということに関係があるのかもしれない。小中学校くらいの年ごろだと、特に男子は、照れくささもあって、たとえ好きな女の子のことでも「キタザワ」「コジマ」などと苗字で呼んだりするものだ。

「小学校時代に惹かれあった二人が、三十代になってから再会を果たして結ばれる」というのは〈国〉にも共通するモチーフだが、そのヒロインである女性も「島本さん」と苗字でしか呼ばれないことは、おそらく偶然ではないだろう。男の側から見て、小学校時代に最初にその相手のことを認識し、脳に登録した際の名称がそのまま温存されているのだ。そういう形で、村上は彼らの中に残る「純真さ」を止揚《しよう》しているのだろう。

〈ダ〉のユミヨシはそのパターンには当てはまらないが、彼女が常に苗字でしか呼ばれないのは、一種の「萌え」属性の表示なのではないかと僕は考えている。第3章で詳述したとおり、彼女はガードの堅い（しかし主人公〈僕〉の手にはわりとあっさり落ちる）ツンデレとして描かれており、しかも常にホテル内で、ホテルの従業員としての制服を身にまとった姿で〈僕〉に抱かれに来る。その堅いイメージと、〈僕〉にだけは見せる甘さとの対比から生まれる反作用を補強する形で、「ユミヨシさん」という他人行儀な呼びかけが意図的に援用されているのだと見るのが正しい気がする。

それにしても、村上は総じて、登場人物の名前については雑で場当たり的な対応に終始しているという印象が否めない。まあ同じ小説家として言わせてもらえるなら、登場人物の名前をいちいち考えなければならないのはけっこうめんどうくさいことでもあるので気持ちはわからなくもないのだが、名前を粗略《そりゃく》に扱っていることが原因で読者に「あれ？」と思わせてしまうのは、作家としてどうなのかというのが正直なところだ。読者としては、そうしたほころびから舞台裏が覗け、浸《ひた》っていた物語の流れからはじき出されて一瞬素《す》に戻ってしまうところがあるのである。

先に掲げた〈ダ〉の「キキ」をめぐる問題もそうだが、場当たり的な対応というのは、読んでいる側も一定の注意深さを持っていれば容易に気づくものだ。そうした例のひとつとして、ここでは第1章「3イノセント化される性的逸脱行為」でも触れた「安田恭子問題」を蒸しかえさせていただきたい。

安田恭子とは、〈Q〉で天吾のもとに毎週のように通ってきて彼の性欲を満たす典型的な「人妻のガールフレンド」である。本論第1章では、天吾がある日、「安田」と名乗る男から突然の電話を受け、「家内はもうお宅にお邪魔することができない」と宣告されるくだりに触れた。それがきっかけで天吾は、彼女が「安田恭子」という名であったことを思い出したということになっているのだが、実際には、このくだりを書くまで、村上自身が彼女の名前を設定していなかったばかりか、その必要すら感じていなかったのだろうと僕は思っている。

しかし、夫が天吾に電話してくるという状況設定の中で初めて命名の必要に迫られ、急遽考えたのが「安田恭子」という名前だったのだろう。まさか夫に、「あなたの人妻のガールフレンドの夫ですが」と名乗りを上げさせるわけにはいかないからだ。「安田恭子」という名前には、さも「その場で適当に考えた」という雰囲気が濃厚に漂っている。これもたまたま同姓同名の方には失礼な話だが、「ワタナベ・トオル」や「岡田亨」の女性版とでも呼ぶべき、姓名ともに恐ろしくありふれた名前ではないか。

なお、安田から電話がかかってきた場面に続くくだりには、以下のような一文がある。

安田恭子は（天吾は今ではフルネームで彼女のことを考えるようになっていた）、自分の夫について語ることがほとんどなかった。〈Q〉「BOOK 2」p.128）

カッコ内の部分は実に言い訳がましく、〈ダ〉で〈僕〉が「キキ」の名を初めて提示したくだりで「読者に」とわざわざただし書きをつけたのと近い「舞台裏」感がゆくりなくも醸されてしまっている。それからしばらくは、天吾は殊勝《しゅしょう》らしくことさらに「安田恭子」というフルネームをくりかえし使っているが、物語も終盤、天吾が青豆といよいよ再会できると決まり、住んでいたアパートを引き払って出立する頃には、その名は再び消去されている。

ここを去ることにとくに心残りはない。（中略）週に一度ここで密会を続けていた年上のガールフレンドもいなくなった。しばらく住み着いていたふかえりも出ていった。彼女たちが今どこにいて何をしているのか、天吾にはわからない。しかしとにかく彼女たちは天吾の生活から静かに消えていった。〈Q〉「BOOK 3」p.543）

安田恭子は、またしてもただの「年上のガールフレンド」に戻ってしまっている（あるいは村上自身が、このくだりを書いているときには「安田恭子」の名をすでに忘れてしまっていたのかもしれない）。僕だったら、（仮に夫の安田が電話をかけてくる場面を書くまでは彼女に名前を与える必要を感じていなかったとしても）彼女を「安田恭子」と名づけることに決めた以上は、その前後の部分も含めて、彼女が登場する場面では彼女を「恭子」などと指し示すように書きあらためるだろう。それをわざわざしないところが、よくも悪くも村上春樹的である。非常に場当たり的で、これこそ言葉本来の意味での「オポチュニズム」（確固たる立場がなく、その場その場の形勢に流される態度）と言っていいのではないだろうか。

しかし結局のところ、問題の焦点は、村上が安田恭子をはじめとする「人妻のガールフレンド」たちをいかに冷遇《れいぐう》しているかという点にあるのだ。安田恭子がこの名前を獲得したのも既述のような偶発的な理由があってのことで、それがなければ村上が彼女の名前をわざわざ考えることもなかっただろう。それは、その他の「人妻のガールフレンド」たちが誰一人として固有名を与えられていないことを見れば歴然としている。彼女たちは結局、作中に登場する頻度にかかわらず、村上にとって「主要人物」ではないのである。

それならそもそも登場させる必要すらないのではないかと思うが、第1章で述べたとおり、彼女たちは、主人公がセックスに縁遠い立場にあるわけではないことを証明するという重要な使命を帯びているので、村上の中では必要不可欠な存在として位置づけられているのだろう。だったら彼女たちも、その意味においては重要な存在であるわけで、そのことに対するせめてもの敬意を示すためにも、名前くらい与えてやってもいいのではないかと僕は思う。

ところでその安田恭子には、天吾の性欲処理（および、天吾が小学生時代に自分に一瞬だけ好意を示した女の子を三十歳になるまで純潔を守りながら一途に思いつづけているだけの気持ちの悪い男ではないことを証明するというミッション）以外にも、ある役割が与えられている。それは、この〈Q〉という作品にジャズの調べをもたらすことである。

村上春樹のジャズ好きは有名で、主人公の多くはジャズに詳しい設定になっているが、天吾はそうではない。高校時代、柔道部での活動のかたわら吹奏楽部の臨時の打楽器奏者として駆り出された過去があるので、クラシックには多少の心得があるものの、ジャズに関しては門外漢《もんがいかん》という位置づけである。それを補うためか、〈Q〉では安田恭子がジャズ、それもかなり古い時代のものについての蘊蓄《うんちく》を傾ける役目を担っている。

「その年代の女性にしてはいくぶん変わった趣味」とエクスキューズめいた断り書きを添えてはいるが、それにしても彼女の古いジャズについての知識には目を瞠るものがある。天吾との性行為の合間に（あるいはその最中に）、「ルイのトランペットと歌ももちろん文句のつけようがなく見事だけど、私の意見を言わせてもらえるなら、ここであなたが心して聴かなくてはならないのは、なんといってもバーニー・ビガードのクラリネットなのよ」などと講釈を垂れたりする。どうしてそんなに古いジャズに詳しいのかと天吾が訊ねると、彼女はこう答える。

「私にはあなたの知らない過去がたくさんあるの。誰にも作り替えようのない過去がね」、そして天吾

の睾丸を手のひらで優しく撫でた。（〈Q〉「BOOK 2」p.36）

第3章「3　セルフポルノ化する性描写」で、突如としてメルヴィルの『白鯨』についての知識をざれごとの中で披露しはじめる〈騎〉の「人妻のガールフレンド」についても言ったことだが、古いジャズについての豊富な知識を得ることに寄与するなんらかの過去が、この安田恭子という名の四十歳の人妻にあってていけない理由はない。しかし、作中人物である天吾自身が彼女の知識を意外に思っているように、彼女がそうした知識を持っているという事実にまつわる不自然さは否定できない。僕の目にはそれは、ジャズについてもなにか語りたくてしかたのない村上が、それを披露する人物として恣意的に安田恭子に白羽《しらは》の矢を立て、申し訳程度にその背景を語らせたのだというふうにしか見えないのである。

これもまた、いかにも村上春樹的なオポチュニズムをめぐる問題なので、落穂《おちぼ》拾い的にこの節の中で取り上げさせてもらうことにする。

問題になるのはジャズだけではない。〈色〉に出てくるつくるのかつての友人、レクサスのショールーム勤務のアオが、若いのに携帯の着メロにしているのがなぜエルヴィス・プレスリーの「ラスヴェガス万歳！」なのかとか（一応、レクサス・ディーラーのコンファレンスでラスベガスに行った際にこの曲を知ったいきさつが語られてはいるが）、〈騎〉の〈私〉が、バーテンダーなどをやった過去があるとも思えないのに、それほどポピュラーなものでもないカクテル「バラライカ」のレシピをなぜ詳しく知っているのかとか、〈Q〉の青豆も〈騎〉の〈私〉もなぜ「歴史の本を読むのが好き」で、特に青豆がホテルのバーで男漁りするときに読んでいるのがなぜ一九三〇年代の満州鉄道についての本（またもや満州！）なのかとか、挙げはじめたらきりがない。

要するに、村上自身が好きなもの、得意な話題、世代的に詳しいことがらに、登場人物たち（多くは村上よりずっと若い人々）を強引にでも引き寄せて設定し、彼らの口を借りて言いたいことを言おうとする魂胆《こんたん》が丸見えなのだ。そういうことをするなとは言わないが、せめてもう少し、彼らがそうしたことに精通している背景などを納得しやすい形で提示できないものか。

〈Q〉の終盤近く、タマルに手足を縛られた状態で突然「カール・ユングのことは知っているか？」と訊かれた牛河が、「十九世紀末、スイス生まれ。フロイトの弟子だったがあとになって袂を分かった。集合的無意識。知っているのはそれくらいだ」と淀みなく答えるのを見ると（「BOOK 3」p.503。これは、一般的にはユングについて「かなり知っている」ほうに入る）、法学専攻でこれまでもきなくさいものがからむような裏の仕事にばかり精を出してきたこの男が、いったい心理学者であるユングについていつこれだけの知識を蓄《たくわ》えたのだろうと違和感を覚え、物語に没頭できなくなってしまうのである。

『色彩を持たない多崎つくると、彼の巡礼の年』＝〈色〉で、つくるが陶芸家をやっているクロと話をするために単身フィンランドを訪れる場面にも、僕はかなりの違和感を覚える。つくるを「巡礼の旅」に向かわせた木元沙羅が、自分の勤める旅行会社のヘルシンキでのオフィスにいるオルガという女性に渡りをつけておいたため、つくるは彼女に連絡しさえすれば現地での手はずは整えてもらえることになってはいるのだが、そのやりとりは当然、すべて英語で行なわれるわけだ。

つくるが勤めているのは鉄道会社の（駅舎などの）設計部門で、日常的に海外とのやりとりがあるとは思えない。入社時に「いつ海外出張があるかもしれないから」ということでパスポートは作り、更新もしているという設定だが、「今でもまっさらなまま」、すなわち、つくるにとってはこれが生涯で初めての海外旅行である（p.270）。

にもかかわらずつくるは、ヘルシンキのオフィスで対面したオルガと、そうとう込みいったことまで英語で難なく意思疎通を果たしている。クロが夫や子どもと暮らす郊外のサマーハウスの場所をオルガに調べてもらうに際して、できれば予告なしで訪ねてびっくりさせたいので、自分の名前は出さないでほしい、といったお願いまでしているのである。

かつての友人であるクロに会うためにつくるがはるばるやってきたことに興味を覚えたオルガに、なにか大事な用件があるのかと問われたつくるは、自分にとっては大事なことでも、相手にとってはそうでないかもしれず、それをたしかめるためにここまで来たようなものだといった意味の説明を施す。

「なんだかむずかしそうな話ですね」
「僕の英語力で事情を説明するにはむずかしすぎる話かもしれません」
オルガは笑った。「どんな言語で説明するのもむずかしすぎるというものごとが、私たちの人生にはあります」（〈色〉p.293）

オルガの言うこともそれはそれで正しいとは思うが、つくるにはクロとの関係の背後にある入り組んだ事情についてもやすやすと説明できる程度の英語力は十分ありそうに見える。しかもつくるは、ヘルシンキから百キロほど離れたそのハメーンリンナという土地を訪れるために、その後自力でレンタカーまで借りている。これが初めての海外旅行であるにもかかわらずである。

村上春樹自身になならそんなことは朝飯前だろうが、日常的に英語が必要とされる職場でもないところに勤める標準的な日本人のサラリーマンは、普通、こんなに自由に英語での会話をこなせるものではない。物語の進行上それが必要だというのなら、つくるにそれだけの英会話力が備わっていることについてなんらかの説明を施しておくべきなのではないだろうか。

この手の違和感が僕の中で最大級に達するのは、『海辺のカフカ』＝〈海〉における以下のくだりだ。家出中である十五歳のカフカ少年が、高松に来てそれまで使っていたホテルに泊まりつづけられない事情が発生し、甲村記念図書館の大島を頼る場面である。大島はカフカが泊まれる場所まで車で運んでくれることになる。

彼は僕を連れて裏手にある駐車場にまわり、緑色のスポーツカーの助手席に僕を乗せる。マツダのロードスターだ。幌《ほろ》はあげてある。そのスマートなオープン・ツーシーターのトランクは小さすぎて、そこには僕のリュックは入らないので、うしろのラックにロープでしっかりと結びつけられる。

「長いドライブになると思うから、途中どこかに寄ってご飯を食べよう」と大島さんは言う。そしてイグニッション・キーをまわし、エンジンをかける。

（中略）

僕らは夕暮れに近い市内を抜け、とりあえず西に向かう高速道路に入る。彼は巧みにレーンチェンジをし、車の間を抜けていく。左手の手のひらを使ってこまめにギアを変える。滑らかにシフトアップし、シフトダウンする。そのたびにエンジンの回転音が細かく変化する。ギアを落としガス・ペダルを床まで踏みこむと、スピードはあっという間に１４０キロを超える。

「特別にチューンアップしてあるんだ。加速がいい。そのへんの普通のロードスターとはちがう。君は車に詳しい？」

僕は首を振る。僕は車のことなんてなにも知らない。（〈海〉上巻 p.186）

いったいこれが、「車のことなんてなにも知らない」十五歳の中学生による描写だろうか。運転免許を取ることが許されていない中学生であっても、観賞対象としての車が好きである場合はありうるので、車種や「オープン・ツーシーター」といった形態上の用語くらいはわかるかもしれないにしても、「イグニッション・キー」だとか「レーンチェンジ」だとか「シフトアップ」といった語は、実際に運転をした経験のない（しかも十代の）人間が普通に知っていて適切に運用できる語彙であるとは思えない。村上が車やそれを運転することが好きなのはわかるが、その描写をさせるべき相手をどう見てもまちがえているのではないだろうか。

「序にかえて」で、僕はあくまで「一読者として」この評論を書いていると言った。しかし、こうしたちぐはぐさがいちいち気になって物語の流れに没入できなくなるのは、もしかしたら僕自身が小説の書き手であるからなのかもしれない。

僕は自分の作品を書く際には、「この登場人物がこのことを知りえているかどうか」「このふるまいはこの登場人物にとって無理のないものであるかどうか」といったことに常に気を配り、不足が感じられれば適宜補うよう心がけている。村上春樹は概してそのあたりがずいぶん手薄《てうす》で、自らの欲望の赴くままに、ただ書きたいことを書きたいように書いているのではないかと思われるところがある。僕が彼の作品を読んでいて「鼻につく」と感じているのは、ひとつにはそのことなのかもしれない。

ともあれ、これで言いたいことはほぼ語り尽くした。残りは終章に持ち越すこととしよう。

身近なところで、いわゆる読書家であるかどうかを問わず、村上春樹の小説をまったく読んだことがないという人には、めったにお目にかかれない。

読んだことがないという人も思い当たるが、うち何人かは、読もうとはしたのだけれど「読めなかった」と言っていた。文体や表現などの癖が肌に合わずに挫折《ざせつ》したということらしいが、それでも少なくとも読もうと試みたという点は注目に値する。「これだけ話題になっているなら、なにかひとつくらい読んでおいたほうがいいのではないか」という気持ちにさせられるところもあるのだろう。

そうでなくても、国内だけでも千万部単位で本が売れているのだ。犬も歩けば村上春樹読者に当たるのは至当《しとう》と言っていいかもしれない。

もちろん、読んだとしても受けとめ方は千差万別《せんさばんべつ》だ。すっかり気に入って新作が出れば必ず読むという人もいれば、ある時点でいやになって読むのをやめてしまったという人もいる。昔ひとつふたつ読んだきりという人もいれば、『1Q84』など比較的最近話題になったものはとりあえず読んでみたという人もいる。また、（僕自身がそうであったように）「途中からいろいろ疑問に感じるようにはなったものの、一応は追いつづけている」というスタンスの人も少なくない。

それに、買ったはいいものの読んでいない、あるいは読みきれていない、という人もかなりの数に上《のぼ》るはずだと僕は踏んでいる。

売れるかどうかはまた別の問題だ。特に『1Q84』以降は、「発売初日に書店に並んで村上春樹の新作を手に入れる」という行為それ自体がひとつのイベントとして消費されている気配がある。そういうタイプの人々にとって最も重要なのは、それが「売れているものであるかどうか」ということであって、その「売れている」ものをいち早く自分のものにするという行為に彼らは満足を感じているのだ(それが村上春樹の最新作であれ、iPhoneの最新モデルであれ)。

その『1Q84』は何百万部というオーダーで売れたが、三分冊にも及ぶあの長大なストーリーに最後までつきあえる人は、はたしてその中の何割を占めるだろうか。長くても、シドニィ・シェルダンのように起承転結がはっきりしていて伏線がすべてきれいに回収されるわかりやすい娯楽小説ならまだしも、村上の小説は一般読者にとってそういう意味で親切な作りには必ずしもなっていない。筋の通った説明ができない不条理な箇所もあれば、最後まで解き明かされないまま終わる謎もある。

なにしろ彼が書いているものは、「純文学」なのだ。それはミステリーやサスペンスなどのいわゆるエンターテインメントとは異なる文法で書かれたものであり、慣れない人なら、いったいどういう心構えで読んでいけばいいのかと戸惑わされることもあるだろう。

もっとも、特にここ十年ほどの間に話題に乗じて村上春樹を読んでみたという人々のうち、彼が本質的に純文学の書き手であるということを正確に認識している人はそれほど多くないだろうと僕は思っている。彼らの多くはまさに「売れているから買ってみた」だけで、それがエンターテインメントなのか純文学なのかといったことなどそもそも意識していない。

それだけに、彼らはふだん読んでいるものとの文法の違いに当惑するのではないかと思うのだ。というのも、「売れている」ものというのはたいていの場合、もっとわかりやすい文法で書かれたエンターテインメント系の作品だからだ。純文学というのは普通、飛ぶように売れるものではない（最近では又吉直樹の『火花』などの例外もあるが、あれは書き手にもともと一定の知名度があり、しかも「お笑い芸人が芥川賞を獲った」という意外さが話題性に結びついたという意味で特殊ケースだろう）。

戸惑ったあげく、「これは自分には読めない」と悟って、次の作品のときには書店の行列に並ばなくなる人もいるだろうし、作品をおもしろく読めたかどうかにかかわらず、とにかく「発売初日に書店に並んで村上春樹の新作を手に入れる」という行為にこだわり、あくまでそれを続ける人もいるだろう。

ただし、村上春樹は純文学であるとはいっても、文章自体は基本的に平易で読みやすい。それが読者一般に対するハードルを下げている面は確実にあるはずだ。ノーベル文学賞受賞が取りざたされる村上だが、たとえば過去の受賞者である大江健三郎はどうか。僕はいっときずいぶん熱心に読んだものだが、一般的にはかなりとっつきにくいイメージがあるだろう。実際、大江がノーベル文学賞を受賞した際、新潮社と講談社がそれを当てこんで著作に増刷をかけたにもかかわらず、大量に売れ残ってしまったという逸話もあるくらいだ。

いずれにしても肝腎なのは、村上春樹が決して「一発屋」の類ではなく、そのブームも一過性のものではないことがとうに証明されているという点だ。『ノルウェイの森』が爆発的に売れただけなら、それは

（たとえば片山恭一の『世界の中心で愛を叫ぶ』がそうだったように）偶発的な「現象」として終わっただろう。村上春樹はその後も売れつづけ、読者を増やしつづけた。そして今や、その支持は世界中に広がりつつある。

支持者の構成が随時入れ替わったり、個々の支持の度合いに差があったりはしても、かなりの規模で村上春樹が「求められている」という事実は、もはや誰にも否定できない。そのことにはそれなりの理由があるはずだし、いやしくも批判するなら、その理由をひととおり押さえておくことは避けられないことなのではないか。

この論評を書いている間、いやそれよりもずっと前から、僕はその理由を考えつづけていたのだが、正直なところ、今もって摑みきれずにいる。もちろん、一度は好きになった作家である。全否定するつもりは今でもない。しかし、彼がここまで支持を広げていることに、どうしても納得できない自分がいるのだ。洋の東西を問わず多くの国で翻訳が読まれているということは、普通に考えればそれだけ普遍性があるということだろう。まさにその普遍性が、僕にはなかなか見えてこないのである。

もう一度言うが、村上春樹を全否定するつもりは僕にはない。独自の世界観を築く発想力、たくみな比喩や心地よいリズムに支えられたブレのない文章力など、数々の美点があることは認めざるをえない。たとえば最新作の『騎士団長殺し』についても、本論の中ではかなりあしざまな評価になっているし、事実過去の作品の焼きなおしがあまりに目立つ点はいただけないものの、部分々々に目を向けるならおもしろいと思える箇所もある。村上春樹の作品について、僕にとって問題なのはあくまで、「雑音」があまりにも多すぎるということなのだ。

「雑音」とは、これまでに述べてきたように、読んでいる間に物語世界への没入を遮断《しゃだん》するように目の前に立ちはだかる「鼻につく点」のことである。それがあまりに目立つために、数ある美点がかすみ、相殺され、ともすれば欠点のほうが際立って見えてしまうのである。本書は、そうした「雑音」をひとつひとつあげつらうことを目的として書かれたものだと言ってもいい。

それは、主人公たちの持つ過剰なまでの純真さであったり、それを補償するかのように彼らにつきまとう性的な積極性であったりする。「やれやれ」とか「〜しないわけにはいかない」といった決まり文句の濫用や、その狭間から透けて見える、当事者であることを回避しようとする主人公の態度であったりもする。また、村上春樹自身の「好み」としか思えない形で似通ったパターンの性行為がくりかえし描かれることであったり、ラノベばりの「萌え」属性を付与された女性キャラクターが続々と登場することであったりもする。むやみに複雑な物語構造、その中で恣意的に結びつけられていく多すぎるモチーフ、主人公がなぜか出会う女出会う女とあっけなく親密な間柄になっていくことなども、「ああまたか」という食傷感を否応なくかき立てる。

読者としての僕は、作中でそうしたものと出くわすたびに一気に気持ちが醒《さ》め、舌打ちして本を床に叩きつけたい衝動に駆られてしまうのである。そしてその都度、心中でこう叫ばずにはいられなくなるのだ。──なんでこんなものが世界中で売れつづけているのか、ハルキストと呼ばれる連中は、本当に「これでいい」と思っているのか、これらの「雑音」を感知していないのだとしたら、彼らの神経はいったいどうなっているのか、と。

しかしもしも彼らが、本当に文字どおり「これでいい」と思っているのだとしたら？　彼らは、「これでいい」というより、むしろ「これがいいのだ」という気持ちで村上作品に対峙しているのでは？　僕にとっては「雑音」でしかないものを、彼らはむしろ魅力と捉えている可能性がありはしないか――。

ここではひとつ、発想をそのように思いきって転換した上で考察を試みてみたい。


そういう観点からまっさきに思いつくのは、「萌え」の問題である。

今回の論考を通じて、それまで漠然と考えていたよりもはるかに村上作品がサブカルチャーとの親和性を保持していることに気づいたのは、第3章で述べたとおりだ。主人公が必ずしも積極的に働きかけなくても、なぜか自分から好意を示して接近してくる異性たち。「萌え」属性をふんだんに備えた、十代の少女を含む魅惑的な女性キャラクターたち。僕にはその嘘くささや作為性がほとんど耐えられないのだが、そういうものが好きな人々が村上作品に触れれば、当然まさにその部分にこそ反応して「次も読もう」と思うのではないだろうか。

これにともなって浮上してくるのは、そもそも「サブカルチャー」とはなんなのかという問題である。

もともとこの語は、高尚な文学、クラシックなどの音楽、シェークスピアをはじめとする正統的な演劇など、享受するにあたって一定の教養が問われるような文化的産物を総称する「ハイカルチャー」との対比を通じて使われるようになったもので、おおざっぱにいえば「大衆文化」とイコールだが、それよりは特定の思想・嗜好・エスニシティなどを媒介とした小集団が奉《ほう》じるもっと特異で排他的《はいたてき》な文化を指す場合が多かった。

日本ではある時期からそれが「オタク文化」とほぼ同一視されるようになってきたわけだが、オタク文化は昨今、大衆文化全体に広く浸潤《しんじゅん》し、両者の明瞭な区別がつかなくなってきているところもある。第3章で、アニメやゲームなども含むコミック文化的なものを「サブカルチャー」の語でくくっているのもそういう認識に基づくものだが、厳密な定義は措いておいて、ここではライトノベルがそうであるような意味で「ライトな」文化全般を「サブカルチャー」と呼んでいるものと思っていただきたい。

いずれにしても、本来、文化といえばハイカルチャーが主流で、サブカルチャーはあくまで「サブ」、すなわち副次的《ふくじ》・従属的な位置づけにあるものと見られていた。だからこそ、ハイカルチャーの一翼《いちよく》を担う「純文学」の書き手であるはずの村上春樹が、作中にサブカルチャー的な手法を公然と持ちこんでいることが違和感を呼び起こすのである。しかし現状、少なくとも日本国内の文化状況を見わたすかぎり、ハイカルチャーと呼ばれていたものは衰退の一途《いっと》を辿り、サブカルチャーのほうが圧倒的に隆盛を誇っているように見える。主従の転倒が起こっているのだ。

「週刊少年マガジン」が創刊されたのは一九五九年、この年、村上春樹は十歳になる。よく指摘されることだが、「マガジン」を愛読していた少年たちのうちの一定数は、成人しても、また世帯を持って課長や部長に昇進しても「マガジン」を読みつづけた。現在七十歳に近づいている村上は、まさにその第一世代に当たる。ここで問題にしているのは、村上がコミック誌を読みつづけているかどうかではない。彼が歳を重ねていく過程が、本来「若者文化」の一端にすぎなかったコミックが全世代に共有されるカルチャーへと成長を遂げていく道のりと重なっているということなのだ。

「萌え」という文化はおそらくコミックの中で胚胎《はいたい》したものだろうが、それがアニメを通じて大きく育ち、ゲームの世界などに浸透していくのと足並を揃えて、小説の領域も蚕食《さんしょく》していくことになる。それがライトノベルだ。そういったものが跳梁跋扈《ちょうりょうばっこ》する現在、もはや日本の文化を語るのにサブカルチャーを無視することはできなくなっている。「サブカルチャー」というのは一種の蔑称《べっしょう》でもあり、あえて「サブ」と銘打つことによって、ハイカルチャーより「一段低い」、「通俗的な」、したがって「真剣な考慮に値しない」ものであるというレッテル張りも同時になされている感があったが、今や日本のカルチャーの主要な部分を構成するのはサブカルチャーなのではないかと言ってもいいほどの実勢がある。

村上春樹は、ここ数十年の間に日本の文化が被ったそうしたダイナミクスの中で、期せずして需要にぴたりと合致する「エンターテインメント」を読者に提供する立場に立っていた、ということはないだろうか。

第3章でも述べたとおり、村上がそれを意図的に、「狙って」やったとは思っていない。そうする動機が彼にはなかっただろうし、彼がそういう姿勢を示しはじめた段階（古くは一九八五年の『世界の終りとハードボイルド・ワンダーランド』、新しくても一九八八年の『ダンス・ダンス・ダンス』）では、「萌え」市場はそこまで成熟していなかったからだ。彼はおそらく、ただ単に、のちに「萌え」市場を席捲するルールと実質的に同じものを、自分自身の好みから追い求め、形にしていたのだ。

そのことは同時に、世界各国で村上春樹が受け入れられている現状もある程度説明しえているかもしれない。ジャパニメーションの勢いは留まるところを知らない。きゃりーぱみゅぱみゅやBABY METALなどの若いアーティストによる海外でのめざましい成功も、日本のアニメ文化の輸出と浸透という露《つゆ》払《ばら》いがあってこそ成り立ったものなのではないかと僕は考えている（彼女たちの外観はいずれもすぐれてアニメに出てくる美少女的だし、BABY METALの楽曲のいくつかには日本のアニメの主題歌のような趣がある）。

次に、「当事者回避」の問題はどうだろうか。なにごとにつけ人ごとのような顔をしている村上の主人公たちの姿は、僕にとっては苛立ちの対象でしかないのだが、それが一般的には逆に読者の共感を呼んでいるとしたら――？

村上春樹の作家デビューは一九七九年、『ノルウェイの森』で大ブレイクするのが一九八七年。すなわち村上は、おおむね一九八〇年代に人気作家としての地歩《ちほ》を固めていくことになる。ここでもサブカルチャーをからめて考えてみると、興味深い事実に気づく。

ほぼパラレルな時期に、少年誌を中心に「ラブコメディ」と呼ばれるジャンルが勃興《ぼっこう》し、瞬《また》く間にコミックの中での定番として確立されていくことになる。先鞭をつけたのは柳沢きみおの『翔《と》んだカップル』（「週刊少年マガジン」に一九七八年三月から一九八一年三月まで連載）だろう。ここにおいて、それまで少年誌の主流であったスポ根《こん》ものなどを貫いていた「努力」「友情」「勝利」（これは「週刊少年ジャンプ」に掲載される作品に求められる三大原則でもある）といったモチーフは後景に退き、微妙な間柄の少年少女間の甘酸っぱくもどかしい恋の駆け引きのようなものが浮上してくる。

これに続いて大ヒットになったあだち充の『みゆき』や『タッチ』、女性ながら主として男性向け媒体に活躍の場を見出だした高橋留美子による『めぞん一刻』、とコミック史上に名を残すラブコメの金字塔《きんじとう》的作品群は、軒並み一九八〇年から一九八一年にかけて連載がスタートしている。

これらの作品における男性主人公には、ひとつの明瞭な共通点がある。（野球漫画としての側面も持つ『タッチ』は別格として）『翔んだカップル』の田代勇介にせよ、『みゆき』の若松真人にせよ、『めぞん一刻』の五代裕作にせよ、みな主体性に乏しく、優柔不断で、よくいえばやさしく、悪くいえば頼りない、いわゆる「男らしさ」からは遠いところにある少年または青年である。

それは、強さや闘争心、確固たる意志の力など、スポ根をはじめとするそれまでの男子向けコミックの世界で尊《たっと》ばれていた「硬派な」価値観に自分を同化できない陣営からの異議申し立てでもあっただろう。自分たち「軟派」にも言い分はあり、自分たちなりに大事にしているものがあるのだということを、こうしたラブコメの主人公たちが代弁してくれていたのだ。そしておそらく、それによって導かれたラブコメ隆盛の背景には、一定年齢以下の男子全般にすでに広汎《こうはん》に見られつつあった「柔弱化」の波があった。

一九八〇年代に端《たん》を発するその波こそが、二〇〇〇年代中盤あたりから言われている男子の「草食化」に帰結しているのだと僕は考えている。「草食系男子」という語もすでに使い古されて定義が拡散してしまっている感があるが、仮にそれを、「恋愛や性に対して貪欲《どんよく》ではなく、常に受け身の、やさしく穏やかな男子」と定義してみよう。人によってはそこに、「傷ついたり傷つけられたりするのを極力避けようとする」という傾向を加味する場合もある。

さて、この定義はなにかを思い出させないだろうか。――そう、村上の主人公たちに特徴的に見られる、「当事者であることを回避しようとする姿勢」だ。まあ第1章で詳述したとおり、彼らが真の意味で「性に対して貪欲ではない」のかどうかは微妙なところだが（なにしろ「人妻のガールフレンド」を持つ主人公たちは、週に一回ないしは二回、規則的に彼女たちと会って性欲処理を果たしているのだ）、いわゆる「女たらし」「スケこまし」的な要素は皆無と言っていいだろう。そして何より、自分が傷つきたくないばかりに、他人と深くコミットすること自体を避けようとしている。

昨今の「草食系」と呼ばれる若い男子たちは、傷ついたり傷つけたりするのがめんどうで女の子をデートに誘うのすら避けているなどと言われている。それがどこまで実態に沿った表現になっているのかは、すでに五十歳になんなんとする僕には実感としてわからないものの、そういう傾向が十年前、あるいは二十年前よりも格段に強まってきているのは疑いのないところだろう。そして、実は一九八〇年代から始まっていたその男子「草食化」の潮流《ちょうりゅう》の中で、村上が（やはり期せずして）一種のオピニオン・リーダーになりえていたという可能性は十分にあると思う。

傷つくことを恐れ、自分のまわりの人間やできごとから距離を置かずにいられない村上の主人公たちの姿勢を見て、「わかる、わかる」とうなずいた読者が、思いのほか多かったのかもしれない。彼らは、これはまさに自分のことだ、村上の主人公たちは自分の気持ちを代弁してくれているのだ、と感じて共鳴していたのかもしれない。そしてその共感の輪は、時代が下れば下るほど広範囲に及んでいったのだと考えれば、一応のつじつまは合う。それがここ十年ほどの村上春樹に寄せられる熱狂的な支持の少なくとも一因をなしているのかもしれないということだ。

その手の共感というのは、往々にしてある種の特権意識とないまぜに醸成《じょうせい》されるものである。僕自身にも思い当たる節がないではない。本書の中でも何度か言及したJ・D・サリンジャーの『ライ麦畑でつかまえて』（あえて野崎孝訳のタイトルで呼称させていただく）を、「瑞穂はこの本が絶対好きだと思う」という両親の勧めで中学三年の夏に初めて読んだときのことを思い出す。

大人の世界を支配する「インチキさ」に激しい反感を抱き、周囲の人間が自分に対して示す言動のひとつひとつになにかしらの違和感を覚えずにはいられない主人公ホールデン・コールフィールドのメンタリティは、まさに当時の僕自身のそれをそのまま引き写したもののように思われ、周囲の誰ともわかりあえずに一人悶々《もんもん》と孤独に苦しんでいる僕の気持ちを、サリンジャーという人はなぜここまで理解してくれているのだろうと感嘆せずにはいられなかったものだ。

しかし長《ちょう》じて僕が知ったのは、「ホールデン・コールフィールド」はどうやら世界中に溢れかえるほど大勢存在しているらしいということだった。『ライ麦畑でつかまえて』を好きだ、あるいは少なくともある時期までは好きだったという人は、みんながみんな示しあわせたかのように僕と同様の感想を述べた（知人のアメリカ人男性も含めて）。誰もが自分は誰にも理解されていないと感じ、ホールデン・コールフィールドだけはそれをわかってくれると感じていたのだ。もちろん、はなからホールデンの語り口を受けつけず、この小説をいいとは思えなかったという人もいる。しかし、「これがわかるのは自分だけだ」

と考えることがいかに傲慢であるかを思い知らされる程度には、僕と同じように感じる人が周囲にはざらに存在していたのだ。

村上春樹の読者にも、それと同種の肩透《かたす》かしを食らわされた人がかなりいるのではないかと僕は思っている。もちろん、それが悪いと言っているのではない。読者に共感を抱かせ、なおかつそうした（虚像かもしれないにしても）特権意識を抱かせえたという時点で、それは物語の作者にとって大きな勝利なのだ。くどいようだが、そういうなりゆきになったのはおそらく偶然で、村上はただ自分の書きたいように書いていただけなのだろうが、強いて「勝因」を分析するなら、そういうことになるのではないだろうか。

さらに言うなら、村上春樹の主人公たちは、当事者回避的態度を取ってはいても、性的には成功者であることが多い。第1章の「2　エクスキューズとしての性的放縦」で、村上作品にはセックスに不自由している主人公がただの一人も出てこないということを指摘した。いずれも、傷つけあう心配などが不要な割りきった間柄の（「人妻のガールフレンド」をはじめとする）性欲処理のための相手が存在したり、主人公の側から積極的に望まなくても（『ねじまき鳥クロニクル』の加納クレタのように）だれかが自分から近づいてきて性欲処理の機会を与えてくれたりする。

いわゆる草食系男子とて、性欲がないというわけではあるまい。彼らはただ、それを満たすために人と深く関わることであれこれと厄介を抱えこむことになるくらいなら何もしないほうがましだと思っているにすぎないのだ。そんな彼らにとって、メンタリティの面では自分自身の分身に見える村上の主人公たちが性的には成功している様子を見ることは、一種の代償満足の機会ともなりえているかもしれないのだ

（「冴《さ》えない男子」が結果としてなぜかいい思いをすることになる数多《あまた》のサブカルチャー作品がそうであるように）。

そしてそうした事情は、今や海外でもたいして変わらないのかもしれない。「男子の草食化」は、汎《はん》地球的規模で進んでいる現象なのかもしれない。そうとでも考えなければ、多くは恋愛などに対して消極的な草食系男子向け仕様になっているジャパニメーションが、これだけさかんに世界各地に輸出されている現状も説明がつかないではないか（そこに注目するなら、まさにそれこそが村上作品の持つ「普遍性」であると言うことはできる）。

だがこれまでに述べてきたことは、すべて読者が男性である場合にのみ通用する仮説である。村上春樹は、女性読者からも幅広く支持を集めているはずだ。女性たちはいったい、彼の作品世界のどこに惹かれているのだろうか。「性欲処理のためのガールフレンド」の存在などは、彼女たちにとってむしろ反感の対象にしかならない気がする。しかしひとつ言えることがあるとすれば、村上の男性主人公たちは誰一人として、女性が即座に生理的嫌悪感を抱くようなタイプとしては描かれていないということである。

彼らは概してやさしく紳士的で、スマートで、ときにはウィットに富んでいたりもする。理知的で、野《や》卑《ひ》なところはみじんもなく、人になにかを無理強いするようなこともない。まして「女は黙って俺の言うことを聞け」といった男尊女卑《だんそんじょひ》的な態度を取ることなど考えられない。彼らの多くは実は内心に屈折を抱えているはずだが、それをひがみ根性とか他者への攻撃といった形で外に表出することも決してない。おまけに、たいていは料理が得意で家事全般を厭わなかったりする。もっとマッチョな男性が好みということでもなければ、たいていの女性は彼らに好感を抱くのではないだろうか。

『1Q84』の天吾や、『色彩を持たない多崎つくると、彼の巡礼の年』のつくるなど、比較的最近の作品で描かれるようになった男性像を好む女性も、一定数いるはずだと僕は思っている。すなわち、まじめで冗語の類はあまり口にしないが、穏やかで、なにごとにつけおっとりとかまえているようなタイプである。天吾などは、柔道で鍛《きた》えた大柄などっしりとした体型でもある。まさに「クマさん」タイプだ。

もっとも、天吾は母親の愛情も受けられず、性格に癖のある父親のもとで不遇《ふぐう》な子ども時代を過ごしたことから「誰をも愛せないで生きていく」ことを余儀なくされてきたし、つくるは四人の仲間から理由も告げられずに絶縁されたという衝撃的な経験から人との距離を詰めることに対して臆病《おくびょう》になっているという設定である。そういうトラウマを抱えている人間が、そのまま成長して天吾やつくるのようなおっとりした性格になること自体、僕には非常に不自然なことに思える。

ただしおおかたの読み手は、おそらくそんなことまで深くは考えない。それは、彼ら村上作品の主人公たちの多くが（第2章の「2　ネガティブな感情に対する障壁とエゴイズム」で指摘したように）本質的には「自分しかない」エゴイストであると思われる点についても同様である。村上作品はしょせんフィクションなのだ。主人公たちと現実に交際する可能性があるわけでもない（現実に交際したら、長くはもたないのではないかと思うが）。

もうひとつ、性別とは関係なく思いつくことがあるとすれば、村上春樹が海外で広く読まれ、ノーベル文学賞受賞レースの常連とみなされている昨今の状況それ自体に関わることである。どうやら最近の日本では、日本のなにかが海外でもてはやされたりすることに無条件で快哉を叫び、「日本人はすごい。ニッポン、超クール」と騒ぎたてる一方で、近隣のアジア諸国が生み出すものはすべてインチキなまがいものであると貶《おとし》めて安心しているような「認知構造に問題のある方々」（言うまでもなくこれは婉曲語法である）が無視できない勢力を形成しているらしく思われる。そんな彼らにとって、村上春樹は自尊心をくすぐる英雄にも等しい存在なのではないだろうか。

その村上も、作中でしばしば旧日本軍の犯した暴虐などについて批判的視座から取りあげ、（彼らが「なかった」とみなしている）南京大虐殺についても『騎士団長殺し』で言及しているわけだが、それについて彼らがいったいどう思っているのかは興味のあるところである。もっとも、都合の悪い部分は見なかったことにする癖がついている彼らのことだから、その程度では彼らの春樹熱は微動《びどう》だにしないのかもしれないが。

さて、「人はなぜ村上春樹を求めるのか」ということについて、ひととおり思うところを述べてはみたものの、結論としては、「よくわからない」のひとことに尽きると言わざるをえない。しかし結局のところ、村上春樹を是《ぜ》とするか否《ひ》とするかは、僕が彼の作品について「雑音」と呼んでいる諸々の要素が気になるかならないかの違いに集約される問題なのだと言うことはできるような気がする。

「雑音」も含めて（というより、むしろその「雑音」こそが）好ましいという人々は言うに及ばず、「雑音」部分が特に好きではないが「気にならない」という人々でも、村上春樹を好きになる理由はほかにいくらでもあるだろう。再三言っているように、彼の作品に多くの美点があることは僕も認めている。その美点を帳消しにしてしまっている（と僕には思える）「雑音」の数々が気にならない人々なら、美点はあくまで純然たる美点として受けとめるはずだ。

そういった人々に対しては、僕にとって「雑音」となっている要素について本書でこれだけの指摘を受けてもなお、それが気にならないと言えるのかどうか、それが気にならないこと自体に問題があるとは思わないのか、と問いただしたい気持ちはある。しかし、「やっぱり気にならない」と言われれば、僕としてはもう言うべきことが何もなくなってしまう。

それでも僕は、村上作品について僕と同じように感じている人が、（村上作品は無条件にすべて読んでいて、新作が出れば必ず買うという層の中にすら）一定数はいるはずだと信じている（ある意味では、そのように一定の疑問を抱いている読者にまで新作をともかくも読ませてしまうというところにこそ、村上春樹の魔力があるのかもしれない）。そんな彼らが、僕の指摘に「たしかにそのとおりだ」と溜飲《りゅういん》を下げる思いを少しでもしてくれたなら、僕が本書を書いた目的は十分に果たされたと言っていいだろう。

非力《ひりき》な僕が一人で声を上げたところで、大勢《たいせい》に水をさすことなどできるべくもないことは最初からわかっていた。それでも僕は、「当然、次のノーベル文学賞は春樹でしょう」と言わんばかりに加熱している村上春樹礼賛の嵐を前に、なにかひとこと「ノオ」を突きつけずにはいられなかったのである。

いや、ここは「突きつけないわけにはいかなかった」と言うべきだろうか。

ここでは村上春樹の長編小説全十四作の概要を列挙しているが、ここに挙げている〈あらすじ〉は僕自身がまとめたものであり、書店で売られている単行本のオビや文庫本のカバー背表紙などに書かれている（その本を読みたい気持ちにさせることを目的とした）それとはおのずと性質を異にしている。当然のことながら、物語の結末部分も明示しているし、いわゆる「ネタバレ」に対する配慮などはいっさいしていないので、その点はご留意いただきたい。

それにしても、村上春樹作品の「あらすじ」をまとめる作業は困難を極めた。初期はともかくとして、中期以降は作品としての長さもさることながら、ただでさえ詳細な設定が多岐にわたる上に、複数の込み入ったサブプロットが幾重にも折り重なりながら入れ子になっていくような複雑な物語構造が平準《へいじゅん》化していくので、文字どおりの「粗い筋」を見極めようとするまなざしを跳ねのけてしまうようなところがある。

さりとてそのすべての要素を余すところなく取りこもうとすると、長くなりすぎて「あらすじ」としての用をなさないため、自発的に文字数制限を設け、その範囲内でどうにか収まるように調整する必要があった。その過程で、村上作品がいかに複雑な骨格の上に成り立っているかを何度も思い知らされた。

ただし僕は、本文中でも述べているように、「あらすじ」化を拒むようなそうした複雑な構造が、作品としての質の高さや含蓄《がんちく》の深さに直結するとは必ずしも考えていない。この複雑さには本当に必然性があったのか、と首を傾げたくなる場合もあれば、中には著者本人にすら収拾がつけられなくなっていたのではないかと疑われるケースもある（その最たる例は『ねじまき鳥クロニクル』）。

〈あらすじ〉がわかりにくいものは、作品それ自体の構造も摑みづらいものなのだと了承されたい。

『風の歌を聴け』　略号：〈風〉

単行本刊行は一九七九年七月。第二十二回群像新人文学賞受賞。一九八一年に大森一樹監督で映画化。

〈あらすじ〉

一九七〇年の八月、十八日間のできごと。東京の大学で生物学を学ぶ二十一歳の〈僕〉は、故郷の街に帰省中。行きつけの「ジェイズ・バー」で酔いつぶれた、左手の指が四本しかない見知らぬ〈彼女〉を家まで送り届けて一夜をともに明かすことに。

　レコード店で働いているとわかった〈彼女〉は当初〈僕〉に対して誤解があり、「最低」だといって取りつく島もないが、次第に心を開いていく。一方、高校時代以来の友人である「鼠」が、「女に会ってほしい」と〈僕〉に持ちかけてくるが、その計画は結局果たされないまま終わる。その間に一週間の旅行に行っていたはずの〈彼女〉に呼び出された〈僕〉は、〈彼女〉が実際には子どもを堕《おろ》していたことを知る。

・当時の日本文壇に、目新しい現代アメリカ文学的な雰囲気を持ちこんで注目されたデビュー作。「雰囲気」重視で、まだ明瞭なテーマ性などは見られず、「喪失感」だけが色濃く漂っている。登場人物たちの固有名がことごとく消去されている点は、〈羊〉までの「青春三部作」とそれに続く〈世〉の特徴のひとつ。「デレク・ハートフィールド」なる架空の作家が実在すると信じこまされた読者も少なくないのではないだろうか。

『1973年のピンボール』略号：〈ピ〉

単行本刊行は一九八〇年六月。〈風〉の続編。

〈あらすじ〉

一九七三年九月、遠く離れた東京と「街」とでそれぞれの生活を送る〈僕〉と鼠。〈僕〉は友人と開いた翻訳事務所を成功させ、事務の女の子を一人雇っている。ある朝目覚めたら謎の双子の姉妹が両隣に寝ており、そのままなしくずしに共同生活が始まる。

　電話局の職員が交換作業後に放置していった死にかけている配電盤の「葬式」を双子とともに執《と》り行なったりしているうちに、〈僕〉は一九七〇年ごろに夢中になった「3フリッパーのスペースシップ」なるピンボールマシンを思い出し、その行方を追う。辿りついた無人の倉庫には七十八台ものピンボールマシンが整然と並んでいた。

　一方鼠は、「街」でジェイズ・バーに通いつづけながら、突堤《とってい》のそばに住む女に心を奪われるが、彼女との関係の中に安住することはできず、女と別れて「街」を出ていく決心をする。〈僕〉と一緒に暮らしていた双子は、「もとのところに帰る」と言って〈僕〉のもとを去ってゆく。

・カート・ヴォネガット的な文体・雰囲気で綴られる、どことなく寓話《ぐうわ》めく色合いを帯びた小説。愛する女性との関係を不器用にしか進められない「鼠」をめぐる三人称のセクションが、〈僕〉をめぐる物語の合間にパラレルに挿入される。ピンボールマシンが整然と並ぶ無人の倉庫の描写における不条理感と喪失感は圧巻で、のちに開花する「村上春樹的風景」の萌芽が見られる。

『羊をめぐる冒険』　略号：〈羊〉

単行本（上・下巻）刊行は一九八二年十月。〈ピ〉の続編。第四回野間文芸新人賞受賞。〈風〉から本作までで「青春三部作」、のちに書かれた〈ダ〉も合わせて「羊四部作」と呼ばれることもある。

〈あらすじ〉

一九七八年夏、〈僕〉は妻と別れたばかりで、耳に特異な魅力のあるガールフレンドとつきあっている。翻訳事務所は手を広げすぎていて、相棒はアル中になりかかっている。その事務所に、「先生」と呼ばれる右翼の大物の秘書がやって来て、事務所が手がけたPR誌の発行中止を求めてくる。問題はそこに使われた羊の写真だった。

写真は行方の知れない鼠が〈僕〉に書き送ってきた手紙に同封されていたものだが、中に一頭だけ混ざっている、背中に星型の斑紋のある羊が「先生」と関係しており、その羊を二ヶ月で探し出さなければ事務所は終わりだと告げられる。

さらに期限を一ヶ月繰り上げられ、是非もなくガールフレンドとともに北海道に向かった〈僕〉は、札幌で泊まったいるかホテルで「羊博士」に出会い、星印の羊が人の中に入りこんでその人を操る存在であると知る。二人はかつて博士が滞在していた山上の牧場に向かうが、ガールフレンドは書き置きも残さずに姿を消してしまう。

別荘で「羊男」の訪問を受けながら真実に気づいていった〈僕〉は、ある晩、暗闇の中で話しかけてきた鼠がすでに死んでおり、羊男を通じて自分と接触していたことを悟る。星印の羊は「先生」に築かせた権力機構を鼠に引き継がせようとしていたが、羊に意識を完全に支配される前に、鼠は自ら首を吊って羊の息の根を止めたのだった。

・鼠に取りついた「羊」は、悪と暴力の化身として描かれている。その背後に旧日本軍の機構や満州などをめぐる「大きな物語」がからんでいることも含め、のちの村上作品を彩るテーマ性が初めて明瞭に立ち現れてきた作品。また、「やれやれ」「わかると思う」といった定型句や、「スパゲティーを茹でる主人公」などの特徴的な要素が揃い踏みで初登場し、「村上春樹らしさ」の土台がここにおいて形成された感がある。

『世界の終りとハードボイルド・ワンダーランド』
略号：〈世〉

単行本（上・下巻）刊行は一九八五年六月。第二十一回谷崎潤一郎賞受賞。

〈あらすじ〉

本作は背景を異にする二つの世界でのそれぞれ別個に進行する物語を描いたものであり、両者をあらすじとして一本にまとめて書くことが困難なため、一九八〇年代の日本が舞台と考えられる〈ハードボイルド・ワンダーランド〉のセクションと、その主人公〈私〉の脳内に人為的にセットされた〈私〉自身の「無意識の核」内でのできごとが描かれた〈世界の終り〉のセクションとを別にしてまとめた。

【ハードボイルド・ワンダーランド】

三十五歳の〈私〉は、脳を使ってデータを暗号化する特殊技能を持った「計算士」として「組織《システム》」のために働いている。天敵は、「組織」からデータを盗んで巨利《きょり》をせしめることを目的とした「工場《ファクトリー》」の使役する「記号士」たちである。

ある日、「組織」を介さずに請け負ったデータ処理の仕事をきっかけに、〈私〉は大きなトラブルに巻きこまれる。依頼主の「博士」は、オフィスビルに秘密の入口が設けられた地下世界を流れる川の奥に研究室を構える生物学者で、十七歳の太った孫娘を助手として使っている。

謎の生物「やみくろ」が跋扈するという川を行き来して仕事をやりとげた〈私〉は、博士から贈られた一角獣の頭骨について調べる過程で図書館のリファレンス係の女性と親密な関係になるが、突然乱入してきた謎の二人組にアパートの中をめちゃくちゃにされてしまう。「組織」と「工場」の両方を出し抜こうとしている小さな組織に属すると自称する彼ら（実は記号士とあとでわかる〉は、部屋の襲撃を「記号士」のしわざと見せかけつつ、〈私〉を餌《えさ》にして「組織」に助力を強要しようとしている。

　余儀なく従った〈私〉のもとに今度は「博士」の孫娘が押しかけてきて、行方不明の「博士」を助けなければ「世界が終っ」てしまうと訴える。孫娘とともに地下に広がるやみくろたちの領域をすり抜け、彼らの聖なる祭壇に避難していた「博士」のもとに辿りついた〈私〉は、〈私〉の脳の中に人為的に組みこまれていた〈世界の終り〉と呼ばれる自らの無意識の核が、二十九時間後には現在の意識と切り替わり、〈私〉はその世界で永遠に生きることになると告げられる。

　それは「博士」がかつて「組織」にいた頃に築き上げたシステムの副産物だが、やみくろと結託した「記号士」に研究室のデータを盗まれてしまったため、もはや打つ手がないという。観念した〈私〉は孫娘とともに地上に戻り、残された時間をせめて有意義に過ごそうと模索する。

【世界の終り】

　壁に囲まれ、一角獣が出入りする街。あらたにそこにやって来た〈僕〉は、影をはがされて門番に預け、〈夢読み〉として退役軍人らが暮らす官舎地区に住居を割り当てられる。図書館の書庫に収められた一角獣の頭骨にしみんでいる「古い夢」を読むのが〈僕〉の仕事で、そのために日光を直接見ることができなくなっている。図書館で仕事を手伝ってくれる女性司書に〈僕〉はなにか懐かしいものを感じて惹かれていくが、街の住民である彼女には心がないので、〈僕〉の思いに応えることはできない。

　一方〈僕〉は、頼まれるままにこの街の地図を作って、自らの影に渡す。影は早晩衰弱して死ぬ運命にあり、そうなれば〈僕〉も心を失ってしまうのだ。それを避けるために影は、〈僕〉とともにこの街を抜け出す計画を練っている。

　しかし〈僕〉はますます図書館の彼女への思いを募《つの》らせていき、彼女に歌を聴かせたい一心で、森の入口にある発電所の管理人を訪ねて手風琴《てふうきん》を譲り受ける。管理人は、影がうまくはがれなかったために心が残っていて、街になじむことができなかった人なのだとわかる。

　その間にも影は衰弱しており、迷っている〈僕〉を説き伏せて、一緒に街を抜け出すことを約束させる。この街の完全さは住民に心がないことにあるが、心を吸い取っているのは一角獣なのだという。弱い者に自我の重みを背負わせて死なせることで成り立っている完全さなどが正しいものといえるのか、と問われて〈僕〉の心は揺らぐが、手風琴によって〈僕〉が歌を思い出したことで一角獣の頭骨が光を放ち、彼女が失った心を読み取ることに成功した〈僕〉は、彼女とともにこの街にとどまることを決意する。この街を作り出したのが自分自身であることに気づいたからだ。心を持った半端な存在として彼女とともに森の中で暮らす覚悟で、〈僕〉は影だけを南のたまりから街の外に逃がす。

・SF的要素もありながらいわゆるSFとは一線を画する、「並行して存在するもうひとつの世界」というモチーフが初めて本格的に浮上した作品。これまでになく緊密な構造を持つ物語性によってストーリーテラーとしての才覚も十全に発揮。また、次作〈ノ〉以降顕在化する「一途な純真さ」のモチーフが、ここではそれ自体ひとつの独立した世界の描写として成立している。

『ノルウェイの森』　略号：〈ノ〉

単行本（上・下巻）刊行は一九八七年九月。二〇一〇年、トラン・アン・ユン監督により、松山ケンイチ、菊地凛子主演で映画化。

〈あらすじ〉

一九六八年、学生寮に寝泊まりしながら東京の私大で演劇論を学ぶワタナベ・トオルは、電車の中で偶然、武蔵野の女子大に通う同郷の直子と再会する。直子は高校時代の友人キズキの恋人で、三人で会うことが多かったが、高校三年の五月にキズキは自殺、それ以来の再会。

ワタナベは直子と清い関係のままちょくちょく顔を合わせる一方で、同じ寮の年長の友人・永沢に誘われるままに、街で女の子に声をかけて一夜の関係を持つことをくりかえす。知能にも容貌にも財力にも恵まれた永沢は性格破綻者で、恋人のハツミはすべてを知りながら何も抗議せずにいる。

一九六九年四月、直子の二十歳の誕生日にワタナベは初めて直子と寝るが、それ以降連絡がつかなくなる。ある日、同じエウリピデスの講義を受けている奔放な女子学生・小林緑に声をかけられたワタナベは、その一方的なペースに呑まれる形で彼女と親密になっていく。

そのさなか、直子からの招きで、京都の山中にある療養所「阿美寮」を訪ねるワタナベ。三十八歳の音楽教師である同室のレイコを交えて語りあう。東京に戻ると、脳腫瘍で入院中の緑の父親に引き会わされるが、父親はあっけなく他界。緑に駄々《だだ》をこねられ、仏壇の前で緑を抱きしめて眠りに就かせるワタナベ。

直子には毎週のように手紙を書き、冬休みには阿美寮を再訪、二人で暮らそうと直子に持ちかけていたワタナベは、一九七〇年、直子と暮らすことを前提に吉祥寺に一軒家を借りるが、直子の病状が思わしくなく、専門の病院に移ることを余儀なくされたとレイコから知らされる。一方緑は、ワタナベが心ここにあらずであることに腹を立てていて、しばらくは連絡もよこさずそっけなくしているが、ようやく再会。恋人とは別れたと言う緑と、傘の下でキスを交わし、緑を愛していることを自覚するワタナベ。

八月末、直子は首を吊って自殺。ワタナベは一ヶ月の間、失意のうちに山陰方面を放浪。東京に戻り、阿美寮を出てきたレイコを泊めて体を重ねたワタナベは、最初からやりなおすべく、緑に電話をかける。

・〈風〉と並んで非現実的な設定を排除した稀有な例でありながら、〈異界サイドの女〉（＝直子）と〈現実サイドの女〉（＝緑）との対比という、後続する作品でしばしば描かれる構図がここで初めて前景化《ぜんけい》している。直子に対して一途に純真でありながら、その補償としての性的放縦に安易に身を委ねるワタナベのありようもある意味で典型的。

『ダンス・ダンス・ダンス』　略号：〈ダ〉

単行本刊行は一九八八年十月。〈羊〉の事実上の続編。

〈あらすじ〉

一九八三年、〈僕〉は三十四歳。翻訳事務所を辞めてからは、フリーランスのライターとして「文化的雪かき仕事」で身を立てている。いるかホテルですばらしい耳の持ち主である失踪したガールフレンド（キキ）が自分のために涙を流していると感じた〈僕〉は、仕事で函館に行くのに乗じて休みを取り、札幌へ。

いるかホテルは、「ドルフィン・ホテル」と名前こそ同じであるもののまったく経営の異なる近代的な高層ホテルに様変わりしている。しかしメガネの女性フロント係（ユミヨシ）から、ホテル内で経験したという怪現象について聞かされた〈僕〉は、やがて自らも同じ現象に遭遇、そこで羊男に会って、「手遅れにならないためには踊りつづけることだ」と告げられる。

中学時代の同窓生・五反田が準主役を演じる映画を時間つぶしに観て、キキが出演していることに気づいた〈僕〉は、東京に戻ることに。その際、高名な女性写真家アメの十三歳の娘ユキの世話をユミヨシから頼まれ、その後もなにかとめんどうを見ることに。

再会した五反田とは馬が合い、キキと三人でよく寝ていたというコールガール、メイを紹介される。しかしメイはなにものかによって絞殺され、その財布に名刺が入っていたせいで〈僕〉は刑事に絞りあげられるが、五反田のことはかばいとおす。

釈放されたのは、ユキの父親である作家・牧村拓の口利きがあったからだった。ユキの相手をすることを牧村に持ちかけられ、母親アメのもとをハワイに訪ねるユキにも同行することに。ある日、ホノルルのダウンタウンで見かけたキキを追っていくと、六体の白骨のある部屋に行き着く。

東京に戻った〈僕〉は、霊媒的能力のあるユキから、キキを殺したのは五反田と告げられる。五反田は〈僕〉に対して、一種の自己破壊衝動からそうしてしまったと認めた直後、自ら命を絶つ。〈僕〉は現実の世界に留まるため、ユミヨシに会いに行って、札幌に移り住むことを決意する。

・執筆時の時代背景もあって、青天井の経費、それを少しでも多く使うことが美徳とされる風習など、バブル期の世相が意識的に反映されているが、作中でたびたび繰りかえされる「高度資本主義社会」の語にはやや上滑りしている印象も。そうした世相に翻弄された一種の殉教者《じゅんきょうしゃ》として俳優・五反田が描かれている。「主人公にだけはあっさりなつくエキセントリックな少女」は、本作のユキを通じて定型化したように見える。

『国境の南、太陽の西』　略号：〈国〉

単行本刊行は一九九二年十月。

〈あらすじ〉

一人っ子の始（ハジメ）は、小学校時代、同じく一人っ子である脚の悪い女の子・島本さんと親しくなり、二人でレコードを聴いたりして過ごすが、中学が別になったことで自然に離れる。高校時代、同じ学校のイズミとつきあいはじめるが、その従姉に惹かれ、性交を重ねていたことが発覚して破局。大学進学と同時に上京、卒業後は教科書の会社に勤めるが、仕事に熱意も抱けない。

二十八歳のとき、島本さんと同じ脚の引きずり方をする女性を見かけてあとを追うと、見知らぬ中年男に十万円を手渡され、このことは忘れるようにと言い含められる。

三十歳で中堅建設会社社長の娘・有紀子と結婚、義父の援助で青山にジャズ・バーとジャズ・クラブを開いて成功させ、二人の女児をもうけるハジメ。一見申し分のない幸せな生活だが、豊橋《とよはし》で一人暮らししているイズミの不穏な現況について旧友の口から聞かされ、客として店に来た島本さんと再会したあたりから、心中が揺らぎはじめる。

請われるまま石川県の川に連れていくと、島本さんは産んですぐに死んでしまったという自分の娘の骨を川に流す。ハジメは抗いようもなく島本さんに惹かれていくが、その現況は謎めいている。店にもやって来ず会えずにいる間に、義父からペーパーカンパニーへの名義貸しを頼まれたり、その礼として株のインサイダー取引に関与させられたりしたことで、有紀子との関係にも暗雲《あんうん》が立ち込めていく。

半年ぶりに店に現れた島本さんをハジメは箱根の別荘に誘い、すべてを捨てる覚悟で一夜をともにするが、朝には彼女の姿が消えている。好きな女の人がほかにいることはわかっていたという有紀子と、確信が持てないままやりなおしていくことを決意するハジメ。

・「子ども時代からの一途な思い」というモチーフはのちの〈Q〉などでも反復されるものだが、特有の冗語的要素は極端に抑制されており、全長編の中でも突出して異質な書き味を感じさせる。主人公がまっとうに妻と子どものいる家庭を築いているという点でも異質だが、それを脅かす「なんでも自分一人で片づけて完結させてしまう＝他者となにかを共有することができない」という傾向が、本作では「一人っ子」であることに明瞭に帰せられている。

『ねじまき鳥クロニクル』　略号：〈ね〉

単行本刊行は、「第1部　泥棒かささぎ編」と「第2部　予言する鳥編」が一九九四年四月、「第3部　鳥刺し男編」が一九九五年八月。第四十七回読売文学賞受賞。

〈あらすじ〉

本作は飛び抜けて構造が複雑で、サブプロットも入り組んでおり、全編を制限文字数内で単一のあらすじにサマリーすることが難しかったため、第1部から第3部まで別個にまとめた。

【第1部　泥棒かささぎ編】

一九八四年、法律事務所の仕事を辞めて求職中の岡田亨は三十歳、雑誌編集者の妻クミコとともに、世田谷の一軒家で主夫的生活を送っているが、飼い猫のワタヤ・ノボルが行方不明になったことから、奇妙な事態に巻き込まれていく。

クミコが兄・綿谷ノボル経由で猫の捜索を依頼した占い師・加納マルタと顔を合わせた亨は、その妹・加納クレタが綿谷ノボルに暴力的に「汚された」と伝えられる。両親に手をかけて育てられ、難解な経済学の本で一躍脚光を浴びた綿谷ノボルは、テレビにも出ずっぱりの時の人だが、下劣なエゴイストとして亨は憎んでいる。

その綿谷ノボルが客として買った娼婦が加納クレタだが、クレタはマルタの助手も務めており、家に「水の採取」に訪れた本人から、肉体的な痛みに苦しめられた自身の半生と、それが突然消えて娼婦になった経緯について聞かされる亨。

亨が入口と出口が閉鎖された「路地」の奥に猫を探しに行った際、涸れた井戸のある空き家（宮脇家）で、向かいの家の十六歳の少女・笠原メイと知り合い、一緒にかつらメーカーの調査のアルバイトをやったりしている一方、クミコは遅い帰宅が続き、だれかにオーデコロンをプレゼントされていないながら黙っているなど怪しい気配を漂わせる。

そんな中、新婚時代の亨たち夫婦がクミコの父親の意向でかつて話を聴きに行っていた占い師の本田が亡くなり、形見分けの手配を委託されていた間宮徳太郎なる人物から連絡が。訪ねてきた間宮は、戦時中、満蒙国境付近での任務で本田とともに経験したできごとを語る。それは、重要書類を軍司令部に送ろうとした山本という男が生きながら蒙古兵らに皮を剝がれるのを目撃し、間宮自身は涸れ井戸に投じられながらも九死に一生を得たという凄惨な物語だった。その後の人生はぬけがらだったと語る間宮。

【第2部　予言する鳥編】

クミコが突如失踪し、加納マルタに伴われた綿谷ノボルに離婚を迫られた亨は、本人の意思を聞かないことには承諾できないと突っぱねる。

井戸の底で経験した啓示について念押しする間宮からの手紙を受け取った亨は、縄梯子で宮脇家の涸れ井戸の底に下り、クミコとのなれそめや妊娠中絶のことなどをめぐる追想に耽っているうちに体験した幻影の中で、テレビ画面で演説する綿谷ノボルに怒りを覚え、208というナンバープレートをつけた部屋で、かつて電話してきてテレフォンセックスに誘ってきた謎の女に、「私の名前を見つけて」と言われる。

人の死に興味があるという笠原メイになかばいじわるで縄梯子を持ち去られるが、加納クレタに助けられる亨。井戸から出るとクミコから長い手紙が届き、歳上の男性と三年近くつきあってきたが性欲だけで愛はなかったと明かした上で、自分のことはもう忘れてほしいと言ってくる。亨の右頰には熱を帯びた青黒いアザが生じているが、医者にかかっても意味がなさそうだと考える。

そんな中、加納クレタが就寝中いつのまにか全裸で隣に横たわっているのに気づく亨。宮脇家の井戸の底で眠っている間に気がついたらここにいたというクレタは、マルタの指示のもとに霊媒として亨の夢＝幻影の中で実際に二度交わっていること、かつて綿谷ノボルに汚されたことで痛みが復活し、また新しい人間になったことを明かす。それ以来は「意識の娼婦」としてやってきたが、それもやめてしばらくクレタ島で暮らしたいと言う。

クレタはその伴侶として亨を誘った上で、「肉体の娼婦」としての自分に区切りをつけるために一度だけ抱いてほしいとせがみ、亨は応じる。亨は不要物を燃やし、クレタ島行きの準備を進めるが、逃げてはいけないと思いなおして同行を断り、区営プールで泳いでいる間に経験した幻影を通じて、テレフォンセックスの女こそが、闇の世界から助けを求めているクミコなのだと悟る。

【第3部　鳥刺し男編】

宮脇家の井戸こそクミコを裏の世界から救い出すための回路なのだと考えた亨は、中年女性ナツメグに雇われ、彼女の心霊治療を引き継ぐ形で土地を手に入れていく。くだんの土地に建てられた「屋敷」と呼ばれる新しい家で、ナツメグの口をきかない息子シナモンの世話のもとに客を取りながら、井戸に下りては裏の世界にある「208号室」へのアクセスする試みる亨。

ナツメグは幼い頃、満州・新京の動物園で獣医をしていた、右頬に青いアザのある父親と別れて帰国後、服飾デザイナーとして身を立てたが、夫が何者かによって惨殺されたあとで自らの能力を知り、心霊治療を行なっていたという人物。

猫は戻ってきたものの、クミコとは連絡がつかないままである中、衆議院議員となった綿谷が、「屋敷」の事実上の持ち主が亨であることを嗅ぎ取り、秘書の牛河を通じて、屋敷を手放すならクミコとの接触を認めるという取引を持ちかけてくる。くだんの土地が「首吊り屋敷」と呼ばれ、週刊誌ネタにもなっていることから醜聞《しゅうぶん》を恐れたのだ。

亨は応じないが、牛河の手配でクミコとコンピュータ経由で通信することには成功。しかしクミコはにべもない対応。機密保持が危《あや》うくなってきたから当面「屋敷」で客を取るのをやめるという宣言以降、ナツメグたちはなりをひそめ、連絡がつかなくなる。

そこへ届いた間宮からの手紙には、満蒙国境での一件のあと、シベリアの収容所で再会したロシア人将校「皮剝ぎボリス」をめぐる陰惨な物語が綴られている。井戸に下りた亨はついに208号室に入ることに成功、クミコの声との対話を果たし、闇の中で何者かと対決して勝利を収める。

こちらに戻った亨は、突然水が湧いた井戸の中で溺死寸前となったところをシナモンに救われる。その間に綿谷は脳溢血で意識不明に。一方、クミコは電子メールの中で、自分たち姉妹が綿谷に汚されたこと、綿谷の息の根を止めるために生命維持装置のプラグを抜くつもりであることを告げてくる。亨は、高校を中退して寮から山奥のかつら工場に通う生活をしていた笠原メイに会いに行く。

・異様なまでに入り組んだ物語構造と、時空を超えて登場人物たちの間を結びつける関係の網の目。満蒙国境や「満州国」の首都・新京を舞台にした暴力・残虐の描写。しかし突きつめれば、「主人公の亨が、突然去っていった妻クミコをその兄・綿谷ノボルから取り戻す」といういたって単純な物語にすぎない。その極めて私的な動機の達成が期せずして悪の化身たる綿谷ノボルを無力化し、この世界を破滅あるいは堕落から救う結果になっているという点で、まさに「セカイ系の元祖」と呼ばれるにふさわしい作品。

『スプートニクの恋人』　略号：〈ス〉

単行本刊行は一九九九年四月。

〈あらすじ〉

〈ぼく〉は二十五歳、消去法的に小学校の社会科教師を職業に選び、小説を読むことを何より愛する生活を続けている。大学時代に知り合った二つ歳下のすみれがほぼ唯一の友人。すみれは茅ヶ崎《ちがさき》でハンサムな歯科医の娘として育つが、小説家になるという夢をすべてに優先させ、身なりにもかまわず、大学中退以降、親の経済的援助のもとに吉祥寺のアパートで小説を書いている。

従姉の結婚式で十七歳上の在日韓国人女性ミュウと出会い、二十二歳にして初めて恋に落ちたすみれは、日本人の夫のもとでワインの輸入や音楽家の招聘《しょうへい》などを生業《なりわい》としているミュウに秘書として雇われ、思いを果たせぬまま悶々と暮らす。一方、すみれに一方的に恋心を抱いている〈ぼく〉は、思いを紛らすために生徒の母親など歳上の女性と性的関係を結んでいる。

あるとき、ミュウから突然電話でギリシャの小さな島に呼び出された〈ぼく〉は、ヨーロッパでの仕事に同行していたすみれが「消えた」と告げられる。失踪の前夜、すみれはミュウに愛の告白をして性的な接触を求めてきていたという。

ミュウが日本総領事館に助力を仰ぐためアテネに行っている間、二人が旅先で知り合ったイギリス人男性から借りているコテージの留守を預かっていた〈ぼく〉は、すみれがフロッピーディスクに保存していた2つの文書を見つける。ひとつは三歳のときに死んだ母親が出てくる夢の描写、もうひとつはブルゴーニュの村でミュウからなかば強いて聞き取った物語を再構成したもの。ミュウは二十五歳のとき、スイスの町で観覧車に閉じ込められ、そこから双眼鏡で見た自分の住居の中で、男と番う自分自身を見た衝撃で総白髪になり、性欲や生きる意志などを失ってしまったという。

結局すみれが見つからぬまま帰国した〈ぼく〉は、ガールフレンドの息子がスーパーで起こした万引き騒動を担任として収拾したのち、すみれを思ってガールフレンドに別れを告げる。年が明けてしばらくすると、かつてよくそうだったように、夜中にすみれから電話がかかってくる。

・ミュウが観覧車から自分自身のドッペルゲンガーの性的乱行《らんぎょう》を目撃してしまうくだりは不条理感と緊迫感に満ち溢れていて出色《しゅっしょく》の出来。ただし全体として何が書きたかったのかがよくわからない作品と言わざるをえない。主人公がすみれへの思いを遂げられないことを言い訳にして生徒の母親と愛のないセックスを続けているあたりは、〈ノ〉のワタナベとも共通する構図だが、この主人公の行動は小学校教師としてとうてい褒められたものではなく、なぜあえてこの設定にしたのか真意が疑われる。

『海辺のカフカ』　略号：〈海〉

単行本（上・下巻）刊行は二〇〇二年九月。蜷川《になが》幸雄により二度にわたって舞台化。

〈あらすじ〉

中野の著名な彫刻家の息子である田村カフカは、十五歳の誕生日前日、想像上の分身「カラス」を道連れに家出。母親は四歳のときに養女の姉を連れて出ていったきりだが、父親から「おまえはいつか父親を殺し、母親と姉と交わる」という呪いをかけられていたカフカは、それを逃れるために少しでも遠くへという思いで高松を行き先に選ぶ。

ある晩、Tシャツが血に汚れた状態で神社の境内《けいだい》で目覚めるという謎の事態に。道中で知り合った美容師・さくらを頼ったのち、毎日通っていた私設の甲村記念図書館の二十一歳の青年・大島（実は性同一性障害の女性）の口利きで、館内の一室、甲村家の長男が使っていた部屋で寝泊まりするように。その息子の恋人だったという佐伯は十九歳のとき「海辺のカフカ」というレコードが大ヒットになるが、恋人の死以降失踪、二十五年後に戻ってきて館長に収まったという経歴。

そんな中、父親が何者かに刺殺され、重要参考人として警察に追われるカフカ。夜毎部屋に現れる十五歳の佐伯の生き霊に恋しつつ、現実の佐伯とも性的に交わりながら、佐伯が自分の母親だという仮説に翻弄されるが、大島の忠告でいったん山の中のキャビンに退避。

一方、中野在住の老人ナカタは、猫を殺して魂を集めているというジョニー・ウォーカー（＝カフカの父）を殺したのち、なにかに導かれるようにヒッチハイクで高松を目指す。終戦の前年、山梨に疎開中、きのこ採集をしていた児童が集団で昏睡する事件でただ一人意識の回復が遅れ、記憶も知力も失ったという人物。

なりゆきで道連れとなった若いトラック運転手・星野の活躍で「入り口の石」を手に入れ、「入り口」を開けたナカタは、甲村図書館に行きついて佐伯と対話。直後に佐伯もナカタも息を引き取る。星野は「入り口」を閉ざし、ナカタの遺体から出てきた邪悪なものの息の根を止める。

その頃カフカは、森の奥でかつて行方不明になった二人の旧日本軍兵士に導かれ、不思議な山里で佐伯に会い、母親として自分を捨てたことに対して許しを与える。現実世界に帰還したカフカは、さくらに電話して東京に戻る。

・「予言＝呪い」の成就という形を取ったオイディプス幻想の実現。「ジョニー・ウォーカー」など、形而上的観念の人格化もここに始まるが、「仮説」または「メタファー」といった語の濫用で現実が野放図に多層化され、「なんでもアリ」になっている感がある。主人公を十五歳の少年に設定した点は異例だが、このカフカ少年が（早熟であるという点は差し引いた上でなお）いちばん若く見積もっても二十五歳より下とは思えない点が本作最大の欠点ではないか。〈世〉で描かれている壁に囲まれた街に酷似する山里も含め、既出のモチーフの再利用がいよいよ際立ってくる作品。

『アフターダーク』　略号：〈ア〉

単行本刊行は二〇〇四年九月。

〈あらすじ〉

純粋な「視点」である〈私たち〉が、都市に生きる人々を微視《びし》的に観察していく一夜の物語。

外国語大学で中国語を専攻する十九歳の浅井マリは、大学生にしてモデルをやっている二十一歳の姉エリが、「しばらく眠る」という宣言を残して二ヶ月、生命を維持するための最小限の行為を除けばただ自室で昏々《こんこん》と眠りつづけていることに耐えかね、深夜家を抜け出して、ファミリーレストランで一人本を読んでいる。そのマリに、大学生・高橋が声をかけてくる。

高橋は近くのビルの地下室での終夜にわたるジャズバンドの練習のために出てきたトロンボーン奏者でもあるが、エリと高校が同じで、前年、プールでマリとも面識を持っていた。高橋がバンドの練習に向かったあとマリは、高橋からの紹介ということで、ラブホテル「アルファヴィル」のマネージャー・カオルに突然連れ出され、ホテル内で暴行されて身ぐるみはがれた中国人売春婦・冬莉《ドンリ》との間の通訳を申しつけられる。カオルは防犯カメラから相手の男の顔を割り出し、元締めの男に手渡す。

当の男・白川は近所でコンピュータソフト関連の仕事をしている人物で、四十歳前後、妻子もいるが、毎晩のように深夜まで一人で残業するかたわら、女を買っている。帰宅途上、白川が冬莉から奪ってコンビニの商品棚に放置した携帯には、「あんたは逃げられない」というメッセージが送られつづける。

一方、眠りつづける浅井エリの部屋に置かれたテレビには、電源が入っていないにもかかわらず、顔に半透明のマスクをつけたスーツ姿の男が映りこんでいる。男がテレビを通じてエリの寝姿を凝視しているうちに、エリは自室から男のいる部屋に移り、そこで男に凝視されることになる。その部屋は、白井が働くオフィスに似ている。

高橋はバンドの練習の合間や、それが終わってからもまめにマリに会いに来て、マリが来週から交換留学生として北京《ペキン》に行くと知っても、帰りを待つと宣言する。いつしか自室に戻っていた浅井エリのベッドにもぐりこんだマリは、住む世界が違いすぎて距離を縮められずにいた姉に身を寄せて、「帰ってきて」と囁く。

・一応「長編小説」としてカテゴライズされているが、他の作品との比較でいえば事実上中編と呼ぶべき規模の小品。中途半端な実験性と思わせぶりなだけの叙述に彩られた駄作中の駄作。「現代の若者」の関わる世相風俗を不器用にトレースしようとしてぶざまに失敗している。謎の男・白川は、反復されてきた「悪と暴力」のモチーフを担っているようだが、これもやはり片手落ち。

『1Q84』略号：〈Q〉

　単行本刊行は、「BOOK 1」「BOOK 2」が二〇〇九年五月、「BOOK 3」が二〇一〇年四月。「BOOK 1」と「BOOK 2」は、書籍流通大手トーハン発表の「2009年年間ベストセラー」総合一位を記録、第六十三回毎日出版文化賞（文化・芸術部門）を受賞。

〈あらすじ〉

　前出の〈ね〉同様、作品の長さと構造の複雑さを考慮し、あらすじは分冊ごとにサマリーした。

【BOOK 1】

　一九八四年、青豆（雅美）、三十歳。スポーツクラブでマーシャル・アーツのインストラクターをやっているが、会員である資産家、「柳屋敷の老婦人」に、ソフトボール仲間だった親友の大塚環をDVで自殺に追いやったその夫を殺害した過去に着目され、女性を暴力で苦しめる男たちを「消す」仕事も請け負っている。

　両親が宗教団体「証人会」の信徒だったことで迫害を受けていた小学校時代、ただ一人救いの手を差し伸べてくれた同級生の男子（天吾）を思いつづけて特定の恋人は持たず、定期的にバーなどで中年男を引っかけて即物的に性欲を満たしているが、その過程で警察官のあゆみと知りあい、二人で組んでセックスの相手を漁ることをくりかえす中、老婦人から新しいターゲットとして、初潮前の少女たちをレイプしているという宗教団体「さきがけ」のリーダーを指定される。

　一方、数学の神童と呼ばれた時期もあった川奈天吾は、NHKの集金人であった父親に日曜日ごとに同行させられたつらい思い出を持つが、現在は父親も認知症で入院中、代々木の予備校で週に三回数学を教えながら高円寺のアパートで小説家を目指し、十歳上の人妻相手に性欲を満たしている。

　かつて新人賞の最終選考に残ったことがきっかけで知己《ちき》を得た編集者・小松から回された応募作の下読みの仕事で『空気さなぎ』という作品に注目した天吾は、作者である十七歳の少女ふかえり（深田絵里子）をプロデュースするという小松の発案のために、抜きさしならない立場に追い込まれていく。

ふかえりは、「さきがけ」の前身であるコミューンの指導者だった父親の友人である元文化人類学者・戎野のもとに身を寄せており、ディスレクシア（識字障害）である上に奇妙な言葉づかいをする。天吾のことはなぜか信用しているが、小松の指示で天吾がひそかにリライトした『空気さなぎ』が新人賞を受賞し、話題性のおかげで飛ぶように売れている中、突如失踪。

【BOOK 2】

警察官あゆみがホテルで何者かに絞殺されて悲嘆にくれる中、筋肉ストレッチングを施すという名目で都内のホテルの一室に「さきがけ」のリーダーを訪ねる青豆。青豆の真の意図も知っていたこの巨漢《きょかん》は、この世界が一九八四年から路線を切り替えられた「1Q84年」であり、自分を代理人として利用している超自然的存在「リトル・ピープル」側と、均衡を保つためのその補償作用としての反対陣営とがせめぎあっていること、自分の娘（ふかえり）と天吾が組んで反対陣営側にいることを明かし、天吾と青豆がたがいに強く引き寄せあっていることを伝える。

彼が自分の娘をはじめとする少女たちと性交しているのは、リトル・ピープルの意思によるものという。それに伴う激しい肉体的苦痛を死によって終わらせてほしいと請われた青豆は、その代価として天吾を守るという約束に賭けてリーダーを死に至らしめるかわりに、教団から追われる身となる。

老婦人らが用意した高円寺のセーフハウスで逃走する時機を待つ間に『空気さなぎ』を読んだ青豆は、近くの公園に天吾を見かけるが見失う。「1Q84年」の発端となった三軒茶屋付近の高速道路の非常階段を高速側から再訪しようとして見つけられなかった青豆は、自殺用に調達していた拳銃を口に押しこむ。

一方天吾は、怪しげな財団を名乗る牛河という男から高額な助成金をちらつかされ、『空気さなぎ』の一件から手を引くようにほのめかされる中、人妻のガールフレンド・恭子の夫から恭子が「失われた」と電話で告げられる。

天吾は思い立って千倉の療養所に入院中の父親を訪ね、父親と自分に血のつながりがないことを確信して帰京。そこへふかえりがふらりと現れ、お祓《はら》いが必要だと言われた天吾は、ふかえりと一緒にベッドに入り、わけもわからぬまま性交する。

月が二つあることに気づき、「空気さなぎ」の世界に自分が入り込んでいると考える天吾。原因不明の昏睡に陥った父親を療養所に見舞いに行った先で空気さなぎの現物を発見、中に十歳の青豆が入っているのを見て、本当に愛したただ一人の女である青豆を探し出そうと決意する天吾。

【BOOK 3】

さきがけからの依頼で動いていた牛河は、自分が身元調査の上承認した青豆がリーダーを殺害したと目されている不名誉な事態を挽回《ばんかい》すべく、単独行動で青豆の背景を探っていく。「柳屋敷の老婦人」と青豆が、女性へのDVに対する報復をキーにつながっていること、青豆と天吾の小学校が同じだったことを嗅ぎつけ、天吾をマークするために同じアパートにひそかに入居、真相に今一歩のところまで肉薄するが、老婦人の用心棒タマルに消される。

一方青豆は、すんでのところで自殺を思いとどまり、天吾を見つけるまではという思いで毎晩ベランダから公園を監視しつづける中、自分が妊娠していることを知る。理屈には合わないながら、受胎したのはリーダーを殺害した雷の晩で、しかも天吾の子なのだというたしかな感覚がある。

ドアの外からNHKの受信料を払えと執拗にノックする謎の男の存在に悩まされながら、「柳屋敷」を嗅ぎまわっているとタマルから聞かされていた中年男（牛河）が公園の滑り台に天吾と同じ姿勢で座っているのを発見、あとを追って天吾の住居らしきものを見つける。タマルに経緯を伝え、牛河の排除と天吾への言づけを依頼。

一方天吾は、空気さなぎに入った十歳の青豆をもう一度見たくて、休暇を取って千倉に滞在、療養所に通う。親しくなった安達《あだち》看護婦に誘われてハシッシを吸ったとき、幻影の中で十歳の青豆に「私を見つけて」と訴えられる。アパートにNHKの集金人がしつこく訪れるとふかえりから報告を受けていた天吾は、それを昏睡状態にある父親の意識の具現《ぐげん》と考え、もうやめるように言い含めてから千倉を引き上げる。

高円寺に帰ると、ここは監視されているからという理由でふかえりは戎野のもとに帰っている。さきがけに監禁されていたという小松は、この一件からはもう手を引こうと提案。ほどなく父親が死に、千倉で葬儀を済ませた天吾は、タマル経由の伝言に応じ、荷物をまとめて公園の滑り台へ行って青豆と再会。二人は資材置き場から首都高速に入りこみ、月がひとつに戻っていることを確認。ホテルでたがいの体をたしかめあう二人。
・青豆と天吾の子ども時代からの一途な思いが世界そのもののあり方を変えてしまうという窮極のセカイ系的枠組みの中で語られる物語。設定上の謎の多くが、青豆個人の思いこみに近い信念によって強引にねじ伏せられている印象。リトル・ピープルをめぐって導入されている「善と悪の均衡こそが善」という思想は、追求してきた悪と暴力の問題にひとつの明快な回答を与えているが、物理的に離れている者同士の間でなされる神がかり的な性交、一途さの補償としての性的放縦など、既視感のあるモチーフが目白押しで、テーマの深化というより単なる焼きなおしの感が否めない。

『色彩を持たない多崎つくると、彼の巡礼の年』略号：〈色〉

単行本刊行は二〇一三年四月。

〈あらすじ〉

三十六歳の多崎つくるは駅舎設計の仕事に従事。名古屋での高校時代、アカ（赤松慶）、アオ（青海悦夫）、シロ（白根柚木）、クロ（黒埜恵理）と五人で一体の親しい関係を育んでいたが、つくるだけが東京の大学に進学、翌年突然その他四人から絶縁を言い渡される。五ヶ月にわたって死を考えつづけるがどうにか持ち直し、体も鍛えて別の人間に生まれ変わる。

その後二つ歳下の灰田文紹と知り合い、自由が丘のマンションにちょくちょく泊める仲になったつくるは、ある晩灰田の父親の若い頃の奇妙な体験談を聞かされる。大分のひなびた温泉で知り合った緑川《みどりかわ》というジャズ・ピアニストが、知覚の拡大と引き換えに死のトークンを譲り受けたという話。その夜つくるは、シロとクロの愛撫を受けてシロの中に射精するという何度も見ている夢を見るが、気がつくと灰田の口の中に射精している。そしてそれが夢か現実かもわからないままに灰田は姿を消す。

以来、友だちもないまま三十六歳になったつくるは、パーティーで知り合った二歳上の木元沙羅と親密な間柄になるが、沙羅は自分とつきあっていきたいならその四人と会って心の問題を解消すべきだと主張し、四人の現況や連絡先を調べる。しかしシロはすでに六年前、浜松での一人暮らし中に何者かに絞殺されていた。

手始めに会ったアオから、絶縁の理由はシロがつくるにレイプされたと訴えていたことだったと知ったつくるは事実無根だと主張、アオもアカもつくるの言い分を信じる。最後にフィンランドで陶芸家になっていたクロに会いに行くとクロは、精神に問題を抱え、つくるに犯されたと信じているシロを守るためにやむなくつくるを犠牲にしたことを認めつつ、自分に自信を持って今のガールフレンドを手放さないようにとつくるを鼓舞《こぶ》。帰国したつくるは、沙羅に別の親密な男性がいることを知りつつも、沙羅を真に手に入れたいという思いを自覚して勝負を挑む。

・若い頃のトラウマを解消する過程を描いたものだが、全体に消化不良感が漂う。グループ交際を描くのは初めて（というより著者本人にその経験があるかどうかすら疑わしい）であるせいか随所に無理や不自然さが感じられる。つくるのどこかおっとりした欲のない感じは〈ね〉の天吾にも通じるが、トラウマを抱えた人物としてそうした性格描写が適切とは思えず、本人が最終的にその受け身な姿勢を克服して沙羅を手に入れられるようにも思えない。

『騎士団長殺し』　略号：〈騎〉

単行本（第1部・第2部）刊行は二〇一七年二月。本書執筆時点での最新作。

〈あらすじ〉

画家の〈私〉は三十六歳。妻ユズに突如別れを宣告され、東北方面などを放浪したのち、美大時代の友人・雨田政彦の厚意で、日本画家であるその父・雨田具彦が使用していた小田原郊外の山中にある家を借り受け、絵画教室の講師をするかたわら、歳上の人妻と体を交えながら暮らすことに。

その家の屋根裏で〈私〉は「騎士団長殺し」と題された日本画を発見、高齢の男が若者に剣で刺し殺される瞬間を描いたその絵が、モーツァルトのオペラ「ドン・ジョバンニ」のシーンを日本の飛鳥時代に翻案したものであること、洋画家を目指してウィーンに留学していた時代の具彦が、地下抵抗組織のナチ高官暗殺未遂事件に関与したときの苦い記憶を仮託《かたく》したものであるらしいことに気づいていく。

そんな中、谷を挟んだ向かいの山の豪邸に住む免色渉という五十四歳の男から肖像画の依頼が。夜中に聞こえる不思議な鈴の音を怪しみ、免色が手配した造園業者の手で家の裏手の石塚の下から直径二メートルばかりの石室を暴いた〈私〉は、そこから出てきたという「騎士団長」、身の丈六十センチメートほどしかない「イデア」から、さまざまな示唆を受けるようになる。

一方免色は、自分の娘かもしれない十三歳の少女、〈私〉の教室の生徒でもある秋川まりえの動向を見守るだけのために今の家を買ったのだと明かし、彼女の肖像画を描いてほしいと切りだす。同居する叔母・笙子と連れだって〈私〉の家に通いはじめたまりえは〈私〉にすぐになつき、笙子は免色と親密な仲に。

突如まりえが失踪する中、伊豆の施設に雨田具彦を見舞った〈私〉は、まりえを取り戻すためと騎士団長自身に説かれて具彦の眼前で騎士団長を刺殺したのち、地下世界を訪れる。十二歳で死んだ妹コミチの助けを受けながら「試練」を通過した〈私〉は、覆いをかけた石室から免色によって救出される。その間、まりえは忍び入った免色の家から出られなくなっていたが、森の中をさまよっていたと偽って帰宅。〈私〉はユズと復縁、ユズの産んだ子を自分が条理を超えた手段で受胎させた子と信じて暮らしていくことを心に決める。

・形而上的観念の人格化としての騎士団長（〈海〉でナカタがジョニー・ウォーカーを殺したように、今度は〈私〉がそれを殺す）、夢を通じての遠隔性交と受胎、〈世〉と酷似した地下世界、〈ね〉における井戸と酷似した「雑木林の中の穴」、またしても登場する性欲処理の相手としての「年上の人妻のガールフレンド」や、「主人公にだけはなぜかあっさりなつくエキセントリックな少女」——と、既出のモチーフを揃い踏みで焼きなおしてつぎはぎした中に、ダメ押しのようにジェイ・ギャツビーとよく似た行動を取る男を配置したのが本作。自己模倣ここに極まれりの感あり。

あとがき

作家デビューして以来、たまに依頼される単発のエッセイ等を除けば、ひたすら小説だけを書きつづけてきた。評論を書いてみたいという思いは以前からあったものの、具体的な機会もないまますでに十三年が経過していた。今回の話は自分から言いだしたことではあるが、正直、評論という形で、しかも単一の作家について論じることで一冊の本をものすることができるのか、自分でも確信が持ててはいなかった。

しかし実際には、案ずるまでもなかったようだ。村上春樹について書かれた他の著作も、村上春樹自身が自作について語っているエッセイ等もいっさい参照せずにしたためたこの本を「評論」と呼ぶことを許していただけるなら、僕にとっての「評論第一作」は、迷いもなく一気呵成《いっきかせい》に書きあげられた。

最初にしたことは、村上春樹の長編小説全十四作をデビュー作『風の歌を聴け』から時系列ですべて読みなおすことだった（その中には、『色彩を持たない多崎つくると、彼の巡礼の年』や、再読作業中に発表された最新作『騎士団長殺し』という初読の作品も含まれていた）。読みかえすかたわら、気になる点などについてエクセル（表計算ソフト）を駆使して詳細なメモをつけていった。メモの項目数は実に二、三六七点に及ぶが、これが本書執筆における重要な基礎資料となった。

まるまる三ヶ月を要したこの作業はある意味で苛酷《かこく》を極めたが、そのメモをまとめる間に、「何をどう論ずるか」という設計図は、僕の頭の中にほぼ完全な形でできあがっていたものと見える。いざ本稿に取りかかってからは、まさに怒濤《どとう》の勢いで次から次へと文章が奔《ほとばし》り出てきて、連日、仕事の切りあげどきをなかなか見定められなくて難渋したほどだ。そうしてわずか五十日間で書きあげた原稿を読みかえすにあたって、手直しの必要はほとんど感じなかった。

自分はこれほどまでにこの村上春樹という作家について語りたいことをくすぶらせていたのか。それが本書執筆中における第一の驚きだったのだが、脱稿《だっこう》した今、まっさきに思うのはこういうことだ。――アンチの立場で書いた村上春樹論であると言いながら、僕の中ではどうやら、この作家に対する「愛」の占める割合が、自分で見積もっていたよりもはるかに大きかったらしい。

村上春樹という作家に対して僕が抱いている複雑な思いからして、これが愛憎入り乱れる論調になるであろうことは、最初からわかっていた。それでも現在の僕は、「村上春樹」の文字を目にするだけでも反射的に反感を抱いてしまうほど「アンチ」側に寄っているわけで、批判的立場での評論など書こうものならどんなみもふたもない悪罵が自分の口から飛び出すものかと身構えていたところもある。

だが、実際にはそうはならなかった。いわゆるハルキストの人から見ればずいぶん口が悪いように思えるかもしれないが、僕は村上春樹の美点は美点として認めているし、否定的言辞を連ねるにしても、そう思うに至った理由を必ず、可能なかぎり具体的な実例を挙げながら逐一ていねいに明示しているつもりである。それはとりもなおさず今なお僕がこの人に一定の敬意を払い、愛を感じているからこそなのだ。

なお、本書のタイトルに含まれる「反ハルキスト」という言葉には、二重の意味合いがある。それは「反ハルキ＝イスト」であると同時に、「反＝ハルキスト」でもある。つまり、「村上春樹という作家、あるいはその作品に対してアンチの立場を取っている者」という意味と、「村上春樹を無条件に礼賛する

〝ハルキスト〟と呼ばれる人々に対する異議申し立て」という意味の両方がそこには含まれているのである。

僕がこんなにも違和感を覚える村上作品を、彼らはなぜ手放しで褒めたたえるのか。僕が村上作品を読む際に煩わされているこの無数の「雑音」が、彼らにはまったく聞こえていないとでもいうのか。そのことに対する違和感も、本書執筆の大きな動機のひとつになっていたと思う。

しかしその点を追及しようとする姿勢は、執筆途上で腰砕《こしくだ》けになってしまった感もある。結局のところ、その人が「それでいい」と言っているものを「なぜそれでいいのか」と問いただすことには、なんの意味もないと思われるからだ。僕はおしなべて食材としての臓物が苦手なのだが、ホルモン焼きが好きな人に「なんでそんなものが好きなの?」と訊くのは、愚問以外のなにものでもないだろう。

世間一般での(海外にまで越境している)村上春樹熱がいつまで続くのかはわからない。ことによると今年の暮れには、本当に本人がオスロの市庁舎での授賞式に登壇しているかもしれないが、一方では、村上春樹自身がいつまで健筆《けんぴつ》を振るえるのかと危ぶんでいるところもある(『騎士団長殺し』を読むかぎり、小説家としてはすでに才能が枯渇しているようにも見えるので)。しかしともかくも、村上春樹という作家が依然絶大な人気を誇っているうちに、僕がここ三十年ほどにわたって腹に溜めこんできたものをこういう形で世に出せたことについては、かけ値のない満足を感じている。

愛ゆえの一発の銃弾を、僕はたしかに放ったのだ。

二〇一七年六月二二日　平山瑞穂

平山瑞穂（ひらやま・みずほ）
1968年、東京都生まれ。立教大学社会学部卒業。2004年にデビュー作の『ラス・マンチャス通信』（角川文庫）で第16回日本ファンタジーノベル大賞を受賞。著書に『忘れないと誓ったぼくがいた』（新潮文庫）、『シュガーな俺』（世界文化社）、『あの日の僕らにさよなら』（新潮文庫）、『プロトコル』（実業之日本社文庫）、『マザー』（小学館文庫）、『3・15卒業闘争』（角川書店）、『出ヤマト記』（朝日新聞出版）、『四月、不浄の塔の下で二人は』（中央公論新社）、『彫千代～ Emperor of the Tattoo ～』（小学館）、『バタフライ』（幻冬舎）等多数。編著に『紙礫7 変態』（弊社刊）。

愛ゆえの反ハルキスト宣言

2017年9月15日　初版発行

著　者　平山瑞穂

発行所　株式会社皓星社
発行者　藤巻修一
編　集　谷川　茂
〒101-0051　東京都千代田区神田神保町 3-10
電話 03-6272-9330
e-mail info@libro-kosesha.co.jp
ホームページ http://www.libro-koseisha.co.jp/

カバーイラスト　大久保ナオ登
カバーデザイン　小林義郎
本文デザイン・組版　米村緑（アジュール）
印刷・製本　精文堂印刷株式会社

定価はカバーに表示してあります。
落丁・乱丁本はお取替えいたします。
ISBN 978-4-7744-0639-8　C0095